겪어야
진짜

어른의 어른
후지와라 신야가 체득한
인 / 생 / 배 / 짱

김윤덕이 묻고
후지와라 신야가 답하다

푸른숲

그에게 내가 가야 할 길을 묻고 싶었다

1.

싸부!

어릴 때 난 '사부師父'가 있으면 좋겠다고 생각했다. 사방이 물음표로 가득 찬 세상에서 삶과 죽음, 정의와 행복, 사랑과 전쟁 등 인생 대의 大義에 관해 가르침을 주는 정신적 지주, 가르침뿐 아니라 어리광과 치기, 불평까지도 무한대로 받아주는 스승, 모든 사람이 내게서 등을 돌려도 거친 세파에 휘청거리다 돌아와도 두 팔 벌리며 "괜찮다" 다독여주는 널따란 품이 있었으면 했다.

    세상에 그와 비슷한 존재는 어머니뿐이었지만, 우리 엄마는 나 말고도 세 명의 자식을 키워야 했으므로 너무 바빴다. 아버지는 다른 사람들의 사부가 되기를 더 좋아했으므로 집에 계신 날이 많지 않았다. 나는 가끔 급한 문제가 발생하면 "주여!"를 외치는 날라리 크리스천이었지만 하나님 또한 사부가 되기에는 너무 멀리, 너무 높은 곳에 계셨다.

　내가 생각하는 이상적인 사부는 영화 〈소림사〉에 등장하는 쿵푸 사부였다. 만취한 상태에서도 한 팔로 풋내기 제자를 간단히 제압하는 술태백이 고수 말이다. 당대 최고의 무인이로되 인간미 철철 넘치는 이 늙은 사부가 "더 이상 가르칠 게 없다, 하산하거라" 하며 자신의 비검을 물려줄 때, 그 검을 두 손으로 받아드는 이가 나라면 얼마나 좋을까 상상했다.

　요즘 말로 '멘토'가 전혀 없었던 것은 아니다. 내가 처음 흠모했던 사람은 다니던 교회의 중고등부 학생회 노처녀 교사였다. 깡마른 다리에 청바지를 즐겨 입던 그녀는 운동권이었다. 거리에서 독재 타도를 외치다 예배 시간에 임박해 달려 들어오던 몸에선 언제고 매캐한 최루가스 냄새가 풍겼다. 지금 생각하면 고졸에 번듯한 직장이라고는 없는 백수였는데도, 그녀가 톱밥난롯가에 우리를 모아놓고 "이 나라 이 민족을 위해 기도합시다" 하고 비장하게 읊조릴 때면 가슴 한켠이 벅차오르곤 했다.

　멘토에 가장 근접한 사람은 첫 직장 '샘터'에 있었다. 동화작가 정채봉. 그는 나에게 글쓰기의 기본을 가르쳐주었고, '글이 곧 사람'임을 일깨워준 은사다. 4년 가까이 일한 샘터에서 신문사로 직장을 옮길 때 그는 진심으로 염려하고 격려했다. "샘터가 오솔길이었다면 신문사는 아스팔트라서 한 번 넘어질 때마다 무릎이 까지고 피가 날 걸세." 이후에도 데드라인에 쫓기며 하루살이처럼 살아가는 생활에 힘겨워할 때마다 애정 어린 조언과 격려를 아끼지 않았다. 그가 예순이 못 돼 이생과 작별하던 날, 나는 태어나 가장 서글픈 함박눈을 보았다.

　　그러고 보니 정채봉 선생이 떠난 뒤 한동안 사부나 멘토를 잊고 살았다. 결혼해 아이 둘 낳고 키우면서 직장까지 다니느라 마음의 스승을 염원하고 말고 할 여유도 없었다. 유명인들을 인터뷰할 때 '당신의 정신적 스승은 누구입니까'라는 질문은 습관적으로 던졌다. 그들의 입에서는 어김없이 위대한 사람들의 이름이 흘러나왔다. 명사가 너무 많으니, 어느 땐 "무학無學인 내 아버지가 최고의 스승"이라는 대답이 신선할 정도였다. 누구나 멘토를 이야기하는 시대이니 나도 한번 두어볼까, 생각해본 적도 있지만 번번이 실패했다. 그사이 내 머리가 커진 탓, 멘토에 대한 기대치가 높아진 탓도 있다. 또 진심으로 존경의 염이 우러나 마음으로 모시고 싶은 어른이 보이지 않았기 때문이기도 하다. 이태석 신부나 김수환 추기경, 법정 스님처럼 만인의 존경을 받는 위인들이 있었지만, 그들 또한 하나님만큼이나 높은 자리에 있어 내 좁은 마음자리에 모셔놓고 칭얼대며 괴롭힐 수 있는 존재가 아니었다.

2.

후지와라 신야를 만난 것은, 일본 대지진이 일어난 2011년 초여름이었다. 하루가 멀다 하고 신문사 책상에 쌓이는 신간 중에 신야의 책이 있었다. 《돌아보면 언제나 네가 있었다》. 그리 눈길을 끄는 타이틀이 아니고, 분량도 많지 않아서 주말에 시간 때우기용으로 대강 훑고 덮을 생각이었다. 기자 업을 하면서 체득한 오랜 습관으로 저자 소개가 적힌 책날개부터 펼쳤다. 더벅머리 중년 남자의 사진이 흑백으로 박혀 있었다. 오에 겐자부로보다는 젊고 무라카미 하루키보다는 늙어 보였지만, 날카로운 눈빛 때문인지 둘보다 훨씬 촌스럽고 '올드'해 보였다. 그런데, 이 남자의 프로필이 장황하고 흥미진진했다. 인도 여행서의 고전인 《인도방랑》을 쓴 여행작가이고 사진작가라고 했다. 서예로 퍼포먼스를 하는 예술가이고, 〈아사히 신문〉과 〈요미우리 신문〉에 칼럼을 쓰는 저널리스트이기도 했다. 그게 끝이 아니다. 2011년 3월 발생한 대지진 이후 시민운동 단체를 꾸려 방사능 유출 문제를 놓고 정부를 거세게 몰아쳤던 선동가이기도 했다.

이쯤 되면 기삿거리를 찾아 밤낮으로 헤매는 기자들은 군침을 꼴깍 삼키게 마련이다. 일본 젊은이들의 구루guru, 정신적 스승으로 시오노 나나미나 무라카미 하루키보다 더 많이 읽히는 작가라고도 하니, 책을 다 읽어보지도 않은 상태에서 나는 무작정 신야와의 인터뷰를 추진해야겠다고 마음먹었다.

《돌아보면 언제나 네가 있었다》는 그 소망을 당장 실현하라고 등을 떠밀었다. 아사히도 요미우리도 아닌, 도쿄의 지하철 무가지에 연재했다는 그의 글들은 20년 글밥을 먹고 살아온 내겐 신선한 충격이었다. 변두리 해변에서 날개 다친 비둘기와 떠돌이 개를 돌보며 사는 노파, 첫사랑을 잊지 못해 언제고 수련을 카메라에 담는 무명의 사진작가, 꿈을 품고 상경했다가 상처만 받고 귀향하는 10대 소녀에 이르기까지 신야의 시선은 이름 없는 소시민들이 엮어가는 남루한 삶의 풍광에 닿아 있었다. 신야는 평범한 이들의 일상에서 보석 같은 삶의 진실을 길어 올렸다. 글을 엮는 솜씨도 탁월했다. 소설이 아닌가, 의심할 만큼 한 편 한 편의 에세이는 드라마였다.

나의 '신야 읽기'는 그의 대표작이자 출세작인 《인도방랑》으로 이어졌다. 지금으로부터 30년도 더 전에 쓰인, 그러니까 그가 20대에 쓴 이 여행기는 지금까지 읽은 어떤 여행기와도 달랐다. 7년이라는 장대한 여정부터가 나를 압도했다. 구성도, 문체도, 메시지도 달랐다. 신야의 문장은 잘 벼린 칼날 같아서, 여행서라기보다는 철학서, 문명 비평서라고 해야 할 만큼 심오하고 사색적이었다. 《티베트방랑》, 《동양기행》, 《아메리카기행》 또한 예외가 아니었다. 인터뷰어로서는 대어를 낚은 셈이다.

우리의 첫 만남은 도쿄 시부야에 있는 그의 작업실에서 이뤄졌다. 인도, 구루, 방랑 같은 단어들 때문에 나는 기인, 혹은 도사의 풍모를 지닌 70대 초반의 남자를 상상했다. 그런데 정작 내 눈 앞에 나타난 신야는 단신의, 평범하고도 예의 바르기까지 한 사람이었다. 고집스러워 보이긴 했다. 짧게 깎은 반백의 머리에 물빛 셔츠, 베이지색 면바지를 입었고, 좀처럼 웃지를 않아서 틈만 나면 손뼉 치며 웃어대는 아줌마 기자를 무안하게 했다.

　인터뷰는 다섯 시간 동안 진행됐다. 스무 평이 될까 말까 한 신야의 아파트는 조용하고 평화로웠다. 그는 회색 소파에 앉아 이야기했고, 나는 거실 바닥에 두 다리를 펴고 앉아 속기사처럼 노트북에 신야의 말들을 받아 적었다. 그의 답변에는 군더더기가 없었다. 질문을 던지면 10초쯤 생각한 뒤 일목요연하게 정리된 답을 내놓았다. 꽤 긴 이야기를 하기도 했는데, 두서없이 엉뚱한 방향으로 가는 듯하다가도 결국엔 정확히 본류로 돌아왔다.

　자신의 개인사보다는 일본 대지진 이야기를 더 많이 하고 싶어 하던 모습이 인상적이었다. 원전 사고를 방관하고 거짓말을 한 간 나오토 정부를 비판할 땐 목소리가 격해졌다. 그는 조국의 앞날을 진심으로 염려하고 있었다. 고독사가 빈번하게 일어나는 일본 사회의 비인간화, 냉동화에 가슴 아파했으며, 방 안에만 틀어박혀 사는 20대 젊은이들에게 무한한 애정과 안타까움을 표했다. 신야의 일본 사회 비판은 놀랍게도 한국에도 예외 없이 적용되었다.

　인터뷰를 하면서 나는 점점 이 '볼품없는' 일본 할아버지에게 빠져들었다. 도인인 양 허세를 부릴 줄 알았던 신야가 누구보다 냉철한 현실주의자이며 가슴 따뜻한 휴머니스트라는 사실에 전율했다. 그는 책상, 아니 컴퓨터 앞에 앉아 허구한 날 정치적 트윗이나 날려대며 대중을 혼돈에 빠뜨리는 논객들과는 거리가 멀었다. 누구보다 열린 사고를 지닌 체하며 거침없이 발언을 쏟아내다가 국민이 위기에 빠졌을 때에는 어디로 숨었는지 보이지도 않는 사이비 지식인들과는 달랐다. 그는 동일본 대지진뿐 아니라 고베 대지진 때에도 생수와 야채를 자동차에 가득 싣고 현장으로 달려갔다. 칠순 고령에도 시부야의 밤거리를 떠도는 10대들을 만나 이야기하고 그들의 고민과 울분을 글과 사진, 영상에 담아 세상에 알리는 작업을 이어가고 있다. 한없이 사위어가는 조국을 좀 더 따뜻하고 인간다운 세상으로 만들기 위해 치열한 예술 활동을 펼쳤다. 우리나라에도 이런 지성, 이런 예술가가 있었던가, 나는 문득 궁금해졌다.

3.

다시 싸부!

결론적으로 말해, 마흔이 넘어 내게 사부가 생겼다. 물론 신야에게 사부가 되어달라 청한 적 없고, 더욱이 국적이 달라 말도 안 통하지만, 무슨 대수랴. 돌아보니 '후지와라 신야'라는 이름을 가슴에 담아야겠다고 결심한 순간이 생뚱맞다. 도통 말이라고는 없이 상냥한 미소만 띠고 있던 그의 아내가 우리가 인터뷰하며 먹은 다과 그릇을 막 내간 뒤였다. 신야가 어느 책에도 아내와 자녀 이야기를 하지 않았던 것이 떠올라, 가족에 대해 물었다. "저분이 부인이시죠? 그럼 자녀는 몇인가요?" 그러자 신야가 갑자기 목소리를 낮추더니 두 손 모아 귀 엣말을 했다. "나에겐 여행한 지역마다 애인이 있답니다." 이게 무슨 말인가. 깜짝 놀라 쳐다보니 신야가 재미있다는 듯 껄껄대며 웃었다. 아, 그 순간 나는 신야의 얼굴에서 술 취한 쿵푸 사부를 떠올리고 말 았다.

조폭 대장 같은 포스force를 발산하는 이 매력적인 할아버지 에게는 온갖 시답잖은 고민을 얘기해도 좋을 듯했다. 말 안 듣는 자 식, 밉살맞은 남편, 꼴불견 상사의 치부를 시시콜콜 일러바쳐도 될 것 같고, 나이듦과 죽음, 사랑과 이별에 대한 개똥철학도 신야라면 밤새워 들어줄 것 같았다. 돈키호테 같은 그의 의협심과 도발이 좋았 다. 어디에도 속하지 않고 마음대로 떠났다 돌아오는 그의 자유로움 이 좋았다. 음식과 여자를 좋아하지 않고 오랜 여행을 할 수 없다는 허세, 구닥다리 한량기마저 좋았다. "죽음 뒤엔 아무것도 없다. 그래 서 모든 형태의 죽음은 성스럽다"는 이 무신론자는 "나를 잃지 않으 면 세상에 두려울 것이 없다"고 했다. 그것이 신야의 여행 방식이자, 삶의 방식이었다.

그로부터 넉 달 뒤 우리는 다시 만났다. "대지진, 일본에 축복 될 것"이라는 제목의 후지와라 신야 인터뷰가 실리자 커다란 반향이 일어났다. 서가에 잠자고 있던 신야의 책들이 되살아났고, 신야 마니아가 한국에도 생겨났다. 그래서 독자들을 만나기 위해 신야가 서울에 왔다. 88 서울올림픽 이후 한국에 처음 온다고 했다. 나에겐 도쿄에서 못 다한 이야기를 나눌 수 있는 절호의 기회이기도 했다. 우리는 3박 4일 동안 신야가 묵은 서대문구의 한 레지던스 호텔에서 만나 인터뷰를 이어갔다. 도쿄에서 입었던 물빛 셔츠와 붉은색 실크 셔츠를 번갈아 입는 신야를 보고 푸른숲 출판사 김수진 부사장은 "가리봉동의 노는 할아버지 같다"고 해서 좌중을 웃겼다. 물론 그녀도 신야의 열성 팬이 되었다.

서울에서의 인터뷰는 후지와라 신야의 어린 시절 이야기부터 시작됐다. 순전히 나의 취향이었다. 성장기와 가족사를 모르고 그 사람을 안다고 할 수는 없기 때문이다. 신야가 이런 인터뷰 방식을 썩 좋아한 것은 아니다. "꼭 만담을 하는 기분입니다. 일본에서도 나의 가족사, 성장기에 관해 이야기한 적은 거의 없거든요."

7년간 인도를 방랑했던 20대부터 지금까지 거리를, 세계를 떠도는 남자. 일본 정부가 미워하는 독설가이며 사진작가, 시부야 한복판에서 먹물 묻힌 거대한 붓을 세상을 향해 거침없이 휘두르는 예술가. 명상과 요가를 파쇼만큼이나 혐오하지만 붉은색 페라리를 사랑하는 이 유별난 인물의 정체를 나는 여전히 알지 못한다. 분명한 건, 그는 정이 많고 자유로우며 영적靈的인 남자라는 사실이다. 인디

언 추장처럼, 빈 사막을 홀로 걷는 수도승처럼. 틀림없이 그는 혼돈의 세상 속에서 진리를 찾는 법을 알고 있을 듯했다. 그에게 내가 가야 할 길을 묻고 싶었다.

차례

1장

매일 부서지고
매일 새로워진다

"쓰기 위해 그 열 배를 읽는다." 어느 유명 문학비평가의 말이다. '글쓰기란 무엇일까'에 대한 고민이 깊던 무렵, 그의 인터뷰를 읽었다. 그에게 읽기란 "생존을 위한 양식"이라고 했다. 그래서 청춘의 대부분을 도서관에서 자료 뒤지고 책 읽는 일로 보냈고, 칠순의 요즘도 '무차별 책 읽기'를 포기하지 않고 있었다. 인간의 내면보다 자료를 더 신뢰하는 실증적 연구와 학문적 엄정함을 숭배하는 학자라고, 기사엔 적혀 있었다.

그런데 뭔가 헛헛했다. 지독한 글쓰기 윤리를 지닌 학자라는 경외심이 들면서도 '읽기', 그 방대하고도 집요한, 너무나 간접적인 행위를 생각하니 왠지 모를 지루함과 공허가 엄습했다. 쓰기 위해 읽고, 읽기 위해 산다니! 이건 말 그대로 책벌레에 백면서생의 삶이 아닐까.

대하소설《토지》의 작가 박경리가 세상을 떠나기 4년 전 어느 일간지 인터뷰에서 이런 말을 남겼다. "돈 벌기, 글쓰기보다 사는 게 더 중요하다." 통영 박경리 기념관 벽면에도 적힌 그 글을 보고 가슴이 뛰었다. 그래, 가장 중요한 것은 읽기도 쓰기도 아닌, 내가 발 딛고 사는 삶 자체일 것이다. 내 코와 입으로 숨 쉬며 손과 발로 엮어가는 삶이 진실하고 치열하고 아름다워야 글쓰기도, 문학도 의미가 있지 않을까.

그런 점에서 사부 신야는 삶의 순간순간이 가장 치열하고 존귀하며 아름답다는 것을 보여주는 사람이다. 여행작가이자 저널리스트이며 사회운동가이자 퍼포먼스 예술가인 그의 작품에는 삶이 활어처럼 살아 펄떡인다. 언제나 삶이 있는 현장으로 달려갔기 때문이다. 1995년 대지진이 일어났던 고베로, 2011년 쓰나미가 불어닥쳐 만신창이가 된 후쿠야마로 지원 물품을 싣고 달려가 사건이 일어난 바로 그곳에서 글을 쓰고 사진을 찍었다.

여행할 때에도 신야는 일부러 위험한 곳을 찾아다닌다. 사창가 뒷골목, 총성이 난무하는 무법천지에 겁도 없이 뛰어든다. 여행서를 손에 든 채, 가이드를 따라, 그것도 짜인 스케줄에 따라하는 '관광'은 혐오의 대상이다. 단 하루라도 진정으로 여행하고 싶다면, 그래서 그 지역의 속살을 발견하고 싶다면, '사고를 치라'고 강권한다. 신야의 예술가적 상상력과 창의성이 공허하지 않은 까닭은 바로 이 때문이다. 그는 타인의 삶과 경험을 기록한 책이 아니라, 남루한 거리에서, 용광로 같은 삶의 현장에서 자신이 직접 만나고 부딪힌 사람들에게서 삶의 지혜와 혜안을 얻었다.

지금 이 순간
'살아 있다'는 느낌

신야의 에세이 《돌아보면 언제나 네가 있었다》에 이런 이야기가 나온다.

아사가야 역에서 걸어서 15분쯤 떨어진 곳에 집이 있는 그녀는 8년간 언제나 정해진 길을 걸었다. 어느 날 공사로 인해 늘 다니던 길을 지나갈 수 없게 되자, 어쩔 수 없이 우회로를 선택한 그녀는 지금까지 한 번도 지나간 적이 없던 길을 가게 되었다. 그때 그녀는 한 채의 오래된 저택 옆 공터에서 가지를 뻗고 있는 커다란 동백나무를 봤다. 사람이 다니지 않는 고요함 속에서 계절과 조화를 이룬 오색 동백꽃이 빽빽하게 피어 있고, 바닥에는 떨어진 동백꽃이 주단처럼 깔려 있었다. 자신의 시계視界가 얼마나 좁았던가, 절감한 그녀는 쳇바퀴 돌아가듯 변화 없이 살면서 잊고 지낸 꿈을 떠올린다. 그리고 판에 박힌 생활에 회의를 느껴 결국 회사를 휴직하고 영국 유학

길에 오른다. 오래전 품었던 플로리스트의 꿈을 이루기 위해서.

후지와라 신야(이하 **후지와라**)　매일 다니던 길을 벗어나 다른 길로 갔을 때 전혀 다른 풍경과 감동을 만났던 여인은 원래의 꿈을 위해 유학을 떠납니다. 다른 길로 걸어간 행위가 그녀의 인생을 바꿔놓은 거지요. 나는 백 명의 생각과 한 명의 생각 차이는 무엇일까 늘 고민합니다. 그리고 백 명과 다른 방식을 선택합니다. 다르게 생각하기란, 성공의 수단이 아니라 삶의 자세여야 한다고 생각해요. 창의성 그 이상을 뜻하지요.

김 윤 덕　그런 결단이 쉬운 일, 흔한 일은 아니지 않습니까.

후지와라　산에는 생태 통로라는 게 있습니다. 늑대가 다니는 길, 토끼가 다니는 길이 정해져 있지요. 늘 같은 길을 다니기 때문에 생태 통로가 생기는 겁니다. 동물은 의외로 아주 보수적이에요. 본래 인간은 동물 중에서도 가장 혁신적인 동물이었습니다. 결국 여기까지 진화해왔고요. 이렇게 진화가 끝나 하나의 일정한 문화가 완결되면 갑자기 보수성이 표면에 등장합니다. 지금이 바로 그런 시대라고 생각해요. 고등학교를 졸업하고 대학에 가고 직장에 취직해서 정년퇴직하는 생활이 정형화되었습니다. 나는 그런 판에 박힌 삶을 사는 사람들에게 항상 지나던 길을 벗어나 동백꽃을 만난 여인의 이야기를 들려줍니다. 언뜻 굉장히 특별하게 들릴지도 모르지만, 지극히 평범한 이야기에요. 모두가 귀가하는 길은 다 정해져 있지요? 인간 스스로도 생태 통로를 만들어가고 있는 겁니다. 나는 늘 같은 길로 다니는 것에 금방 싫증을 냅니다. 호기심이라고도 할 수 있지요. 다른 길로 가면 다른 풍경을 보게 되는데 그쪽이 더 즐거워요. 더불어 삶의 방식도 바뀝니다. 낯선 길로 가는 상황에서는 스스로 생각해야 하는 일들이 생겨나기도 하니까요. 처음 만나는 꽃이 있고, 사람들이 있고, 풍경이 있고요. 회사원들이 점심시간에 밥을 먹으러 갈 때에도 자주 가는 식당이 정해져 있지 않습니까. 매일매일 다른 식당에 가는 사람은 아마도 없을 거예요. 나는 그게 정말 이상해요. 나는 정말 맛있으면 두 번 세 번 찾기도 하지만, 가능하면 다양한 식당을 경험해보려고 노력합니다. 그러다 보면 새로운 발견이 있지요. 일상이화 日常異化! 일상을 다르게 만들어야 일상이 변하고 재미있어집니다. 이로 인해 내가 지금 살아 있다는 감각이 살아나는 거지요.

김윤덕   지루한 것, 반복되는 것을 참지 못하는 성격이시죠? 변덕스럽고요 (웃음). 그런데 일상이화를 실천에 옮기기란 퍽 귀찮고도 두려운 일입니다. 평범한 사람들에게는 말이죠.

후지와라   다르게 보고 다르게 생각하고 다르게 행동하는 것을 습관으로 만들면 꽤 쉬워져요. 나 혼자 작업실에서 철야를 하는 날이면 아침밥을 먹으러 24시간 운영하는 쇠고기덮밥집에 갑니다. 그때 나는 맨손으로 가지 않습니다. 냉장고에 있는 락교나 우메보시, 달걀을 가지고 가서 나만의 방식으로 먹습니다. 카레집에 갈 때는 반드시 자주색 양파를 잘라서 들고 가고요. 그건 자본주의 시각에서 보면 하나의 위반 행위일 수도 있습니다. 그러나 아주 사소한 위반이기 때문에 주인이나 종업원들이 화를 내지는 않아요(웃음). 중요한 건, 매일 똑같은 방식으로 쇠고기덮밥을 먹는 사람과 매일 다른 방식으로 쇠고기덮밥을 먹는 사람의 관점은 다를 수밖에 없다는 것이지요. 이는 내 일상의 즐거움이고, 자양분이기도 합니다. 나는 사람들이 일상에 작은 변화를 주는 데 재미를 느꼈으면 좋겠어요. 그렇게 하다 보면 보통 사람들이 생각지 못한 것을 갑자기 떠올리게 되지요. 이는 예상치 못한 성공의 발판이 되기도 합니다. 핵심은 역시 일상생활에 있어요. 똑같은 일상에서 자기만의 방식으로 재미와 통찰을 만들어내는 거죠. 특히 작가, 저널리스트 같은 사람들은 변화를 줄 수 있어야 합니다. 김 기자, 당신에게도 해당되는 말이지요.

김윤덕 **소심한 저는 식당 주인에게 들켜 무안해질까 봐 절대 그러지 못할 것 같습니다.**

후지와라 걸리지 않도록 조심해야지요(웃음). 다행히 나는 한 번도 걸린 적이 없습니다. 그런 짓을 하는 사람이 일본에는 거의 없기 때문이지요. 주위를 잘 살피지 못하는 식당 직원들에게도 문제가 있고요 (웃음). 일상에 조금만 변화를 주어도 인생은 아주 많이 달라집니다. 누구나 할 수 있는 일이지요.

김윤덕 정말 다니던 길만 바꿔 걸어도 달리 생각할 수 있을까요?

후지와라 그럼요. 전철 안에서 다른 쪽 방향으로 고개만 돌려봐도 또 다른 세상이 펼쳐지지요. 그런 점에서는 보수화되면 안 됩니다. 일상 속에서 동일한 행동을 하려는 습성부터 버려야지요. 그런 점에서 낯선 곳으로의 여행은 아주 좋은 방법입니다.

인형 코알라,
진짜 코알라

신야가 말했듯, 일상에 변화를 주는 데 재미를 느끼고, 그러다 보통 사람들이 생각지 못한 것을 떠올려 성공한 사람 중 하나가 스티브 잡스다. 공교롭게도 잡스 또한 인도를 여행했다. 반항문화가 팽배했던 1970년대 미국에서 성장기를 보낸 잡스는 마약과 로큰롤에도 만족하지 못하고 떠난다. 구루를 찾아서. 잡스의 전기를 쓴 월터 아이작

슨은 "자신을 부적응자, 히피로 여기며 권위에 도전하고 반문화와 저항을 꿈꾸던 시대를 거치면서 스티브는 자연스레 '다른 것'을 생각하게 됐을 것"이라고 했다.

그러고 보면 낯선 곳으로의 여행은 혁명과도 같은 것이다. 신야는 다양한 표현 활동을 하는 예술가이지만 그를 만든 8할은 인도에서 시작해 티베트와 아시아, 아메리카 대륙까지 섭렵한, 기나긴 여행 같은 삶이라고 봐도 무방하다. 신야가 고집했던 여행 방식은 창조적인 삶의 방식과 직결된다. 전혀 새로운 관점과 방법으로 세상을 살아보고 싶은 사람이 있다면 그의 여행기를 흉내 내도 좋을 만큼. 흥미롭게도 그에겐 여행 혹은 사진에 대한 지식이나 노하우가 전혀 없었다.

김윤덕 **인도로 떠나기 전까지 여행 경험도 전혀 없고, 사진도 찍을 줄 몰랐다면서요?**

후지와라 카메라 버튼이 어디 붙어 있는지 정도를 아는 수준이었죠 (웃음). 사진작가가 될 생각은 추호도 없었어요. 내게 있는 거라고는 무모할 만큼 대범한 배짱과 호기심이었습니다. 남들과 다른 경험을 하다 보면 나만의 글과 그림, 사진은 저절로 갖게 됩니다. 생긴 대로, 날것 그대로인 상태로 나아가 무수히 실패하고 넘어지면서 자기만의 모양을 만들어나갔지요.

김 윤 덕　'버리기', '준비하지 않기'가 인도 여행을 앞둔 당신의 마음가짐이 었다고 했습니다.

후지와라　학교, 아파트, 가구, 책…… 버려도 지장 없는 건 죄다 버리 거나 팔아치웠어요. 그랬더니 뜻밖에도 내 소유 중에 절실히 필요한 건 칫솔 정도더군요(웃음). 세상 사는 데 아등바등하며 붙잡고 가야 할 것은 의외로 별로 없더군요.

김 윤 덕　준비하지 않고 어떻게 여행을 떠납니까.

후지와라　여행이 대중화되면서 '상처받지 않는 여행', '부서지지 않는 여행'을 원하는 사람들이 급증하기 시작했지요. 낯선 곳에서 상처받 지 않기 위해 사람들은 수많은 정보를 수집합니다. 자기를 무너뜨리 지 않기 위해 가능한 한 많이요. 80년대 들어서는 더더욱 그런 사람 들이 늘어났지요. 그 무렵 일본에서 한창 유행하던 책이 《지구를 걷 는다》였습니다. 책을 펼치면 칸칸이 현지 여행 정보가 수록돼 있는 가이드북이죠. 이런 책이 일종의 보험 역할을 합니다. 그러다 보니 현지 사람들도 모르는 얘기를 여행자들이 아는 경우도 있습니다. 모 두가 추체험, 남의 체험을 따라하는 여행을 하고 있는 거지요. 정 보가 많을수록 불안은 줄어들지만 실상에서는 멀어집니다. 열 사람 이 똑같은 정보를 머릿속에 집어넣고 '자유의 여신상'을 보았을 경우, 다 똑같아 보일 수밖에 없지요. 그런 여행에는 놀라움이 수반되지 않습니다. 알고 있는 것을 확인하는 작업에 불과하니까요.

김윤덕　**가만히 있어도 정보가 흘러넘치고 굴러들어오는 시대에서 정보 없는 여행이 가능할까요?**

후지와라　정보화 사회에서 태어난 아이들이 진정한 의미의 체험을 할 수 없다는 것은 대단히 불행한 일입니다. 정보화 사회란 정보를 모르면 불안감을 느끼는 사회를 말합니다. 정보를 섭취하는 행위로 인해 불안은 오히려 증폭되지요. 당신 말대로 정보를 일절 무시하고 여행하기는 굉장히 어려운 시대가 됐습니다. 문제는 그로 인해 사람들이 한없이 약해진다는 것입니다. 겁쟁이가 돼가고 있지요.

김윤덕　**테러와 폭력이 난무하는 세상이기에 정보의 필요성이 더 강조되는 것도 사실입니다.**

후지와라　물론 생각하지 않을 수 없습니다. 하지만 젊은이에게 여행을 시키라는 속담은 어느 나라에나 있습니다. 위험을 피하지 말고 위험을 감당하게 하는 것이 여행의 진정한 의미죠. 위험과 여행은 떼려야 뗄 수 없는 관계입니다. 트래블travel에 트러블trouble은 필요악이지요(웃음). 그렇다고 상대적으로 안전한 캐나다나 호주로 여행을 가면 안 된다는 말이 아니에요. 여행지는 그 사람이 태어난 시대 배경, 처한 환경에 따라 얼마든지 달라질 수 있지요. 나는 어쩌다 보니 인도로 간 것뿐입니다. 선진국에 가면 배울 게 없고, 제3세계에 가면 많은 것을 배운다는 얘기가 결코 아닙니다. 그곳이 인도든 캐나다든 스웨덴이든, 어떤 장벽에 부딪혔을 때 벽을 넘어가야 한다는 것입니다.

친척 중에 한 여자아이가 호주에서 유학을 하고 있었습니다. 그 아이는 호주에 가서 코알라를 안아보는 게 꿈이었지요. 그래서 유학을 가서 코알라를 직접 품에 안아보고는 크게 만족했습니다. 그러고 나니 이 아이는 동물원이 아니라 야생에 사는 코알라가 보고 싶어졌고, 가이드를 고용해 숲 속을 투어했다고 합니다. 바로 거기서 엄청난 장면을 목격합니다. 나무 위에서 두 마리의 코알라가 엉겨 붙어 격렬한 싸움을 하고 있었던 거지요. 결국 한 마리의 코알라는 귀가 뜯겨 나갔습니다. 그야말로 피투성이가 된 전투를 목격하고 아이는 충격을 받았습니다. 그녀에게 코알라는 인형이었지, 야만스런 동물이 아니었으니까요. 벽을 넘어 자연 속으로 들어가보았더니 거기에 '진짜' 코알라가 있었던 겁니다. 아마도 그녀는 세상을 여유롭고 평화롭게 살아갈 수만은 없음을 깨달았을 겁니다. 코알라 하나만을 예로 들어도 하나의 선, 장벽을 넘었을 때 세상이 다르게 보인다는 사실을 알게 되지 않습니까? 똑같이 호주를 여행해도 인형 코알라만 보고 오는 사람이 있는가 하면, 진짜 코알라를 보고 오는 사람이 있습니다.

김 윤 덕　여행하기 좋은 나라가 따로 있을까요?

후지와라　물론 음식이 맛이 있고 없다는 차이는 분명히 존재합니다
만(웃음), 나는 여행했던 모든 나라가 좋습니다. 어느 나라를 여행한
다면 그 나라에 빠져드는 게 중요합니다. 빠져들다 보면 일체화되
는 순간이 있습니다. 물론 벽은 있지요. 장벽까지만 가느냐, 그걸 뛰
어넘느냐가 관건입니다. 관광을 목적으로 한 여행은 벽까지만 가는
것입니다. 경계를 뛰어넘는 여행이란 절반은 그 지역 사람이 된다는
뜻입니다. '어떤 나라는 좋았고 어떤 나라는 싫었다', 혹은 '저 나라
는 두 번 다시 가기 싫다' 혹은 '다시 한 번 가고 싶다'는 생각이 든다
면 당신은 진정한 여행을 한 게 아닐 수도 있습니다. 벽을 뛰어넘은
세상을 보는 것이 진짜 여행입니다.

김 윤 덕　벽을 뛰어넘으려면 최소한의 시간이 필요하지 않을까요? 하루 이
틀 묵어서는 진짜 여행을 하기 힘들 것 같습니다.

후지와라　분명히 시간이 문제가 됩니다. 하지만 짧은 시일 안에 벽을
재빠르게 뛰어넘고 싶다면 어떤 사건에 말려들면 됩니다. 예를 들어
술주정뱅이를 만나 싸움을 벌였다면 그 나라에 자기 다리 절반은 집
어넣은 셈입니다. 여행지에서의 사소한 분쟁은 현지인들에게 환영
키스를 받은 것과도 같은 선물이라고 생각해요. 도중에 갈등을 겪고

싸움이 일어나야 여행은 풍요롭고, 새로워집니다. 굴곡 없는 일상에 지쳐갈 무렵 활기를 불어넣는다는 의미에서 일부러 약간 위태로워 보이는 다리를 건너보는 것도 좋습니다.

　　미국을 여행할 때 할리우드에서 일본 젊은이를 만난 적이 있어요. 그때 나는 미국에 온 지 3개월 정도 되었는데, 이제 막 도착한 젊은이가 할리우드에 대해서 나보다 훨씬 더 많이 알더군요(웃음). 안전을 목적으로 많은 정보를 가지고 여행하는 사람들이 많습니다. 내 주위에는 1년간 세계여행을 했는데 어떤 어려움도 겪지 않았다고 자랑하는 사람이 있었습니다. 그걸 대단한 능력이라고 생각한 거죠. 하지만 그는 조금도 변하지 않았습니다. 여행이란 경험이 그의 삶에 어떠한 영향도 주지 못했던 거죠. 정보가 넘쳐나는 시대라 지금은 본능적으로 정보를 모아서 여행을 떠날 수밖에 없기도 합니다. 그러나 나는 사람들에게 말하고 싶습니다. 모든 정보를 차단한 뒤에 무작정 여행을 떠나보라고. 여행의 한 방법으로 말입니다. 내가 이미 알고 있는 정보의 결과물이 눈앞에 나타났을 때의 감동과 아무것도 몰랐을 때의 감동은 전혀 다릅니다. 일생에 한 번은 그냥 딱 지도만 보고 떠나는 여행을 해봤으면 좋겠습니다. 인간은 이런 여행으로 성장합니다.

고깃덩어리 인간에게
가장 필요한 건

신야와 만난 지 1년쯤 지나 《나는 걷는다》의 저자로 유명한 베르나르 올리비에를 인터뷰했다. 흥미로운 건 둘 다 도보 여행가이고, 관광지가 아닌 '사람을 만나는 것'이 여행의 목적이라는 공통점이 있지만, 여행 방식은 전혀 다르다는 점이었다. 칫솔과 카메라 정도만 준비해서 떠나는 신야와 달리 올리비에는 만반의 준비를 한 뒤 길을 떠나는 여행자였다. 4년에 걸쳐 실크로드를 완주할 때에도 무작정 걷기만 한 게 아니었다. 떠나기 전은 물론 중간중간 건강상의 이유로 3~4개월 정도 파리로 돌아와 쉴 때마다 도서관, 관공서, 각종 정보서를 뒤지며 앞으로 여행할 지역에 대해 치밀하게 학습했다. 30년 기자 경력을 자랑하는 그의 여행 방식이었다. 심지어 터키어, 이란어 등 필요한 기본 회화를 습득했다.

반면 신야는 즉흥의 변주를 즐겼다. "나처럼 제멋대로 여행하는 사람에게 프로그램으로 짜인 여행은 고행苦行"이라고 너스레를 떠는 신야는 《동양기행》에도 이렇게 적었다.

"산을 보려고 하면 바다가 보이고, 바다가 보고 싶어질 때면 산이 나타난다. 이것은 여행이 연주하는 즉흥곡이다. 자연스레 펼쳐지는 형편에 몸을 맡긴 채 예측하지 못한 우연을 통해 무엇이 나타날 것인가 하고 기대감을 품는, 여행 중에나 맛볼 수 있는 일종의 장난이다. 그러면 버스는 예정에도 없던 거리로 나를 데려가고, 본 적도 없는 남자들과 여자들을 내 눈앞에 데려다놓는 것이다."

　　즉흥의 스릴뿐 아니라 신야는 어느 여행지에 가나 무모하리 만치 대범한 모험을 감행했다. 인도 방랑을 마친 뒤 티베트를 비롯한 아시아 전역으로 여정을 확대하면서 모험의 강도는 한층 거세진다. 사 창가 어슬렁거리기, 시비 걸어오는 사람 그냥 지나치지 않기가 주특기 다. 카메라를 코트 밑에 숨긴 채 터키의 무서운 사창가 게네레브에 잠 입하는 대목에서 나는 숨을 죽였다. 호기심에 코브라의 독을 마시는 장면에서는 '흐억' 하며 저절로 미간이 찌푸려졌다. 위험천만했던 순 간도 허다했다. 집시가 경영하는 이스탄불 작은 식당에서 음식값이 터 무니없이 많이 나오자 신야는 주인과 실랑이를 벌인다. 순간 열일곱 살 먹은 소년의 습격을 받아 가슴의 살갗이 벗겨지고 피가 배어나는 위험천만한 일이 벌어지지만 신야는 이 또한 즐겁게 추억한다.

　　"어쩐지 그날의 기분 나쁜 사건이 그리워졌다. 손가락에 닿 은 가슴의 상처는 시든 장미의 가시 같은 자국이 생겨 더 이상 아프 지 않았다. 흉터는 여행길에 만난 사랑처럼 살갗에 각인되어 시간이 지나도 사라지려고 하지 않는다."

김윤덕　왜 모험을 즐깁니까? 왜 일부러 위험한 곳만 찾아다닙니까?

후지와라　'사건'에 말려들기 위해서죠(웃음). 눈으로만 보고 마는 여행은 의미가 없어요. 터키에서 만난 창녀 도루마가 말하더군요. "지금 터키는 좌익이니, 우익이니 하며 테러질만 하고 있다"고, "머리만 쓰는 사람들뿐"이라고. "인간은 고깃덩어리예요. 감정이 제일 중요해"라는 도루마의 말은 진리입니다. 죽어라 생각만 하고, 머리만 쓰며 살아가는 사람들은 협소하고도 경직된 삶을 살지요. 인간이 지닌 감성, 고도의 산업화와 과학화로 인해 소멸되다시피 한 인간의 원초적인 본능을 되살리고 극대화해주는 게 여행입니다.

이 대목에서 신야의 1970년대 한국 여행담을 들었다. 한바탕 대소동이 일어났던 부산 횟집이 가장 기억에 남는다고 했다. 소동은 다분히 의도적인 구석이 있었다. 부산 외곽에 관광객에게 바가지 씌우는 것으로 유명한 먹자골목이 있다는 소문을 듣고 일부러 찾아갔기 때문이다.

후지와라　어항 속에서 유영하는 돌돔을 주문했지요. 예상했던 대로 내가 선택한 돌돔이 아닌 일반 돔이 나오더군요. 나는 바닷가 출신입니다. 항구에서 유년기를 보냈으니 생선에 관한 한 전문가라고 할 수 있어요. 주인을 불러서 왜 내가 주문한 생선이 나오지 않고 엉뚱한 고기가 나왔느냐고 항의했지요. 그러자 무슨 소리냐며 주인이 오리발을 내밉디다. 그래서 "지금 내가 먹은 생선의 껍질을 보여달라"고 소리쳤더니 안 된다고 딱 잘라 거절하는 겁니다. 그래서 식당 주방으로 달려갔지요. 주방 대야에 내가 처음 골랐던 돌돔이 느긋하게 헤엄을 치고 있더군요. 그제야 주인이 싹싹 빕니다. 돌돔을 배불리 먹고 돈도 안 내는 걸로 합의를 보았죠(웃음).

뭔가를 얻었다는 건
뭔가를 상실했다는 뜻

김 윤 덕　**말이 나온 김에 한국 여행 이야기를 들려주시죠.**

후지와라　1970년대 중반이었습니다. 당시만 해도 일본인 여행자는 거의 없었을 겁니다. 서울과 부산에 사업차 머무는 이들은 있었을지 몰라도, 혼자서 한국의 시골, 촌구석까지 여행하는 외국인은 찾아보기 힘들었죠. 그때도 사진을 많이 찍었습니다. 꿈속에서 보듯 아름다운 풍경들이 많았지요. 개발의 물결에 휩쓸리기 전 한국엔 날것 그대로의 시골 풍경이 남아 있었습니다. 이제는 모두 사라져버렸지요. 안타까운 일입니다. 뭔가를 얻으면 건 뭔가를 잃게 마련이니까요.

김 윤 덕　**부산 말고 기억에 남는 곳이 또 있습니까?**

후지와라 기차를 타고 가다가 본 봉양(충북 제천)이란 곳이에요. 역 이름도 예뻤고, 차창으로 보이는 마을 풍경이 참 아름다웠어요. 두 번째로 한국을 찾았던 1988년에 일부러 기차를 타고 다시 봉양을 찾아갔지요. 콘크리트 덩어리가 돼 있더군요.

김 윤 덕 **1970년대 한국을 외국인 혼자서 여행하기는 쉽지 않았을 것 같은데요.**

후지와라 주로 여관에서 묵었습니다. TV 방송이 끝날 때면 애국가와 함께 선글라스를 끼고 등장하던 대통령의 무서운 얼굴을 잊을 수가 없어요(웃음). 노래하는 방식이 일본의 군가와 아주 비슷해서 놀랐지요. 군사정권 시절이라 시골 여관에 묵으면 어김없이 형사들이 들이닥쳐 내 짐을 다 뒤지고 심문을 했어요. 신기하게도 그런 사람들은 죄다 가죽 점퍼를 입고 있었죠. 농부들은 친절했어요. 어느 날은 한 벽촌 농가에서 여인들이 김치를 담고 있기에 사진을 찍은 적이 있어요. 그걸 보고 어떤 여인이 "당신 뭘 하고 있느냐"고 물었죠. "진짜 김치를 처음 봐서 사진을 찍고 있다"고 했더니 "그럼 점심이나 먹고 가라"고 하더군요. 햇살 내리쬐는 툇마루에 앉아 있었더니 밥상이 나왔습니다. 상 위에는 따뜻한 밥, 김치, 숭늉, 딱 세 가지뿐이었는데, 천상의 맛이었습니다. 세계 여러 나라에서 음식을 먹어봤지만 그렇게 단출한 밥상은 처음이었어요. 특히 김치는 정말 맛있었죠. 진짜 시골 김치였어요. 당신도 그런 '진짜 김치'를 먹어본 적 있습니까? 적어도 요즘 한국 사람들보다 내가 한국 김치의 본맛은 더 잘 알 겁니다(웃음). 한국을 여행하면서 인도와 한국의 국민성이 많이 닮았다는 생각도 했는데요, 한국의 '한복'과 인도 전통의상 '사리'는 비슷한 구석이 있어요. 갠지스 강변에서 긴 치맛자락이 바람에 휘날리는 여인을 보면서 한국 여행 때 보았던 한복을 떠올렸지요. 지금의 한국 사람들이 그걸 입는지, 또 좋아하는지는 잘 모르겠지만, 폭이 넓은 그 치맛자락이 인상 깊이 남아 있습니다. 일본 기모노의 좁고 딱 붙는 치마폭과는 전혀 달랐지요.

김윤덕 한국에서도 1990년대 후반부터 일어난 해외 배낭여행 붐이 사그라들 줄을 모르고 지금까지 이어지고 있습니다.

후지와라 지난해 1월 인도에 다녀왔어요. 거의 40년 만에 간 셈이지요. 인도에도 그사이 변화가 있더군요. 첨단 IT 기술이 발전했고 젊은이들의 신앙심은 상당히 옅어져 있었지요. 또 하나 큰 변화는, 인도 대륙을 누비는 여행자 중에 한국 사람들이 무척 많았다는 사실입니다. 부러웠죠. 정말 좋은 현상입니다.

김윤덕 일본 여행자들 숫자만 하겠습니까?

후지와라　천만에요. 일본 사람, 특히 젊은이들은 내성적으로 변해서 좀처럼 여행을 하지 않습니다. 한번은 젊은이들 앞에서 강연을 했는데 어떤 20대 남자가 질문을 하더군요. 미국, 영국, 프랑스 등 세계 각국에서 일본을 제 발로 찾아오는데 굳이 해외로 여행을 떠날 필요가 있느냐고요. 일본에 가만히 앉아서도 세상 돌아가는 일을 다 알 수 있는 국제화 사회인데 왜 여행을 해야 하느냐는 겁니다. 답답하고 화가 났습니다. 그래서 이렇게 대답해주었죠. "우선 미국이란 나라에 가면 너는 차별부터 받을 것이다. 특히 미국 남부지역을 여행하다 보면 유색인종에 대한 차별 어린 시선을 느끼게 된다. 그런 차별 대우는 일본을 자기 발로 찾아오는 미국인들에게서는 결코 받을 수 없다. 그들은 대부분 일본에 친밀감을 느끼는 사람들이고, 경제적으로도 여유 있고 교양 있는 사람들일 테니까"라고요. 차별 체험은 미국이란 땅에 직접 가봐야 할 수 있습니다. 일본에 자유롭게 올 수 없는 계층의 미국인들을 만나야 진짜 여행이고 진정한 외국 체험이지요. 이처럼 일본의 많은 젊은이들은 자기 자리에 붙박인 채 세상을 바라보려고 합니다. 일종의 자폐증이죠. 실제로 '히키코모리'라고 불리는, 집 안에 처박혀 타인과 섞이지 않으려는 젊은이들이 수십만 명 있습니다. 병적이지는 않아도 히키코모리 감성을 지닌 젊은이들도 너무나 많구요. 자기의 세계를 구축한 뒤 타인과 소통하지 않으려 하지요. 그중 한 가지 현상이 여행을 하지 않는 것입니다. 자기 주변으로 모여드는 외국인들과 얘기하는 것만으로 국제화되었다고 착각하는 거죠. 그들은 자신의 가치관이 부서지는 경험을 두려워합니다.

김 윤 덕   경제 대국 일본에서 사는 젊은이들이 그렇게 폐쇄적으로 살아간다니 믿기지 않습니다. 특별한 이유가 있을까요?

후지와라   경제적 어려움 때문이기도 할 겁니다. 노동환경이 매우 열악하니까요. 도쿄에서 방을 빌리려면 적어도 7만 엔이 필요해요. 젊은 사람이 풀타임으로 일해도 생활하는 데 여유가 없습니다. 일본이 선진국이 맞나, 하는 의문을 갖게 되지요. 그러다 보니 요즘 젊은이들은 자동차를 사지 않고, 여행을 하지 않습니다. 불교 용어 중에 "충분하다, 족하다는 것을 안다"는 말이 있는데, 좋게 적용하면 요즘 젊은이들은 작은 세계에 만족하면서 불필요한 것을 구하지 않는다는 얘기로 들리지요. 그러나 자기와 다른 것은 원하지도 찾지도 않으니 일종의 자폐화라고 해석할 수도 있습니다. 젊은이들이 보다 많이 일하고 보다 많은 것을 추구하는 가치관에서 벗어난 게 반드시 나쁘지는 않지만, 이런 딜레마가 있으니 안타깝지요. 어쨌든 인도에 다시 갔을 때 한국 젊은이들이 인도 구석구석을 호기심 어린 눈빛으로 바라보고 사색하는 모습을 보면서 무척 부러웠습니다.

지기 위해,
좌절을 맛보기 위해

2년 전 겁도 없이 여행서 한 권을 펴냈다. 열 살짜리 아들 손을 잡고 20개월밖에 안 된 늦둥이 딸을 유모차에 태운 채 국경을 넘나들며 여행한 기록이다. 스웨덴의 수도 스톡홀름을 거점으로 노르웨이, 핀란드, 덴마크, 영국, 프랑스, 독일, 스위스, 체코, 이탈리아의 주요 도시를 여행했다. 남편 없이 두 아이를 데리고 낯선 도시들을 누볐다는 게 지금 생각해도 장하고 대견스럽다.

물론 다시 가라면 절대 안 간다. 고생을 바가지로 퍼 담았으니. 하지만 되짚어보기도 싫은 위험천만한 순간들을 떠올릴 때마다 함께 생각나는 얼굴들로 가슴이 뭉클해진다. 우리가 위험할 때 구해준 사람들은 현지의 백인들이 아니었다. 융프라우 정상에서 고산증에 걸린 아들 녀석이 하산길 열차에서 구토를 하기 시작하자 등 두드려주며 비닐봉지를 받쳐준 사람은 인도에서 온 까무잡잡한 남자였다. 파리 몽마르트르 언덕에서 택시를 잡으려던 우리를 유색인종이라고 거부하지 않고 기꺼이 태워준 사람은 세네갈에서 온 흑인이었다. 중동 여인들에게도 은혜를 입었다. 코펜하겐의 인어공주 동상을 찾아가는 길, 유모차 앞에 놓인 수십 개의 계단을 올려다보며 낙심하고 있자, 히잡을 두른 여인 서넛이 달려 내려와 잠든 아이의 유모차를 계단 위로 번쩍 올려주었다. 내 처지가 딱해 보였던지, "힘내서 살라"며 어깨를 두드려주던 노파의 미소가 잊히지 않는다.

　　고행에 가까운 신야의 여행에 비하면 우리 여행은 지극히 안전하고 안락한 여정이었다. 하지만 예기치 않은 사건에 부딪히고 문제를 해결해나가면서 그동안 내가 얼마나 좁은 울타리에서 아등바등하며 살았는지, 얼마나 편협한 사고에 갇혀 있었는지 절감했다. '백인은 선량하고 안전하며 유색인종은 위험하다'는 고정관념 혹은 사대주의를 머리가 아닌 몸으로 와장창 깨뜨린 것이 놀랍게도 여행 덕분이었으니 말이다.

김윤덕　　**왜 여행을 하십니까.**

후지와라　　지기 위해, 좌절을 맛보기 위해서 합니다. 여행은 자기가 무너지는 일입니다. 새로운 세계를 알게 된다는 뜻이지요. 나는 스물네 살 때 처음 인도에 갔습니다. 인도를 여행하면서 내 안에 있던 가치관이 무너지고 패배하는 걸 목격했지요. 인도만이 아니었습니다. 다른 환경, 다른 문화권에 가면 반드시 일어나는 현상이죠. 언젠가 사막에서 만난 이슬람의 한 청년이 내게 물었습니다. "너희 나라의 신은 왜 자비롭게 웃고 있는가?" 당황한 나는 이렇게 대답했습니다. "종교란 원수마저도 받아들이고 포용하는 사랑"이라고. 그러자 청년이 비웃으며 말하더군요. "불교가 굉장히 지쳐 있군!" 그 말은 신선한 충격이었습니다. 사막에 사는 사람들은 오아시스가 있는 한 뼘의

낙원을 두고 뺏고 빼앗기는 항쟁을 하면서 살아갑니다. 이스라엘과 팔레스타인의 분쟁이 전형적인 예이지요. 그들에게 종교는 생존이 걸린 치열한 삶이자 투쟁이었습니다. 살아갈 권리를 쟁취하는 방식이죠. 그런 이들의 눈에 부처님의 인자한 미소는 안일하고 위선적으로 보입니다. 지쳐 있는 것처럼 보일 수 있지요. 종교에 대한 생각은 문화와 환경에 따라 이렇듯 달라집니다. 낯선 문화, 낯선 땅에 가면 우리의 사고방식을 또 다른 거울에 비춰보게 되지요. 이처럼 여행을 하면 매일 부서지고 매일 새로워집니다. 그로 인해 다시 살아갈 힘을 얻습니다.

김윤덕 티베트 라다크에 있는 은둔 사찰의 승려들이 흙덩이처럼 보이는 밀기울떡을 먹는 걸 보고 눈앞이 캄캄해졌다고 하셨지요. 《동양기행》에서 읽은 기억이 납니다. 닷새 동안 입에 대지 않고 버티다가 엿새째 되는 날 "마침내 혀에서 혁명이 일어났다"고 쓰셨더군요. 커다란 흙덩이를 단숨에 먹어치우셨죠.

후지와라 맞아요. 정말 맛있었죠(웃음). 닷새째 되던 날까지만 해도 절 문 앞에 버려두고 온 배낭, 그 안에 들어 있는 세 봉지의 크래커와 삶은 달걀, 말린 고기와 오렌지가 먹고 싶어 죽을 것 같았으니까요. 스님들이 건넨 밀기울떡은 입에도 대지 않았습니다. 그런데 아사 직전에 엄청난 변화가 일어났지요. 아무 맛도 없고 모양도 흉측해 도저히 사람이 먹을 수 없는 음식이라고 생각했던 그 떡을 내가 아주 맛있게 먹어치운 겁니다. 여행은 고정관념을 깨뜨립니다. 자기가 배양해온 작고 좁은 가치관 대신 크고 넓은 가치관을 갖게 하지요. 큰 시야를 얻은 사람들이 고국에 돌아가 새로운 가치관을 창출하면서 사회와 국가를 변화시킬 수 있다고 생각해요. 나라 전체로 볼 때에도 굉장히 바람직한 일이지요. 그런 점에서 나는 하나의 가치관, 단일한 신념을 가지고 성장해온 나라는 바탕이 허약하다고 봅니다. 여러 가지 요소와 자원들이 어우러져야 한 나라의 힘이 생기지요. 요리만 해도 그렇지 않나요? 나는 타이 음식, 베트남 음식을 좋아합니다. 서양 요리와 아시아 요리를 혼합해 좋은 점만 살렸기 때문입니다.

김윤덕 **여행을 멋지게 하기 위한 노하우 한 가지 가르쳐주세요.**

후지와라 그런 질문을 수없이 들었지만 나의 대답은 언제나 같습니다. 얽매인 데 없이 여행하세요. 그래야 피안彼岸이나 저승, 이승에 대한 감성이 생겨납니다. 여행 중 더없이 천하고 시시한 사람들부터 고상하고 차원 높은 사람들까지 다양한 계층의 사람들과 접하려고 노력해보세요. 당신의 여행이 풍요로워질 겁니다. 시시한 여행을 하면 시시한 사람밖에는 사귀지 못합니다.

김윤덕 **여행한 지 10년 만에 여행의 빙점氷點이 찾아왔다고 쓰셨는데요.**

후지와라　모든 게 시큰둥해지더군요. 눈앞에 나타나는 모든 것에 흥미를 잃고 무관심해졌습니다. 특히 인간이 싫어져서 풍경만 바라보고 다녔지요. 이 시기에 내가 찍은 사진에는 사람이 등장하지 않아요. 사람 만나기가 싫다는 것은 자신이 쇠약해져간다는 걸 의미합니다. 이러다가는 안 되겠다 싶어서 아무리 어리석은 인간일지라도 인연을 맺기로 결심했습니다. 변두리의 창녀에서 깊은 산중에 틀어박힌 승려까지 모든 인간과 사귀기로 작정했지요. 인간의 빙점을 녹여주는 것은 결국 인간입니다. 인간의 체온이었습니다.

선과 악을 명백히 구분 지을 수도 없이 수백 가지 군상이 뒤죽박죽 섞인 인도에서 신야는 천하고도 숭고한 인간 본성의 양날을 적나라하게 목격한다. 세균 배양기나 다름없는 도시, 찢어질 듯 울어대는 경적과 역겨운 정액 냄새가 진동하는 인간 박람회장을 누비며 나름의 '득도'를 한 것일까. 흥미로운 것은, 오랜 여행을 하고 돌아온 사람들이 허무주의자, 혹은 현실 부적응자가 되는 데 반해 신야는 철저한 현실주의자가 되었다는 점이다. '인생? 별것 아니군. 진리와 종교? 이 또한 별것 아니군'이라고 코웃음을 치면서도 인간 세상에 깊은 연민과 애정을 갖게 되었는지도 모른다.

신야가 여행을 통해 얻은 가장 큰 깨달음은 세상에 한 가지 진실, 혹은 진리는 없다는 것이었다. 그는 선악을 단정 짓는 기준조차 의심스러운 눈으로 노려본다. 그에게 악이란 도리어 세상을 하나의 잣대로만 바라보는 것이다. 이미 신야는 스물네 살 인도의 사막을 걸을 때 여행이 줄 선물을 예감하고 있었던 듯했다.

"청년은 태양에 지고 있었다. 청년은 대지에 지고 있었다. 청년은 사람에 지고, 열에 지고 있었다. 청년은 오물에 지고, 꽃에 지고 있었다. 청년은 빵에 지고, 물에 지고 있었다. 청년은 거지에게 지고, 여자에게 지고, 신神에게 지고 있었다. 청년은 자신을 둘러싼 온갖 것에 지고 있었다."

2장

시시한 삶은 없다,
위대한 삶도 없다

서울에 온 사부 신야에게 '행복'에 대해 물었던 날, 우리는 부암동 손만두집에 있었다. 천장이 낮은 다락방이었다. 주인이 지난봄 앞마당 나무에 열린 앵두를 따서 직접 만들었다는 셔벗을 야금야금 먹다가, 땅거미 지는 풍경을 무연히 바라보는 신야에게 나는 별안간 용기를 내어 물었다.

　"왜 남들과 다르게 살아갑니까? 그 편이 더 행복합니까."

　느닷없는 질문에, 신야는 말뜻을 알아듣지 못한 사람처럼 나를 잠시 바라보았다. 상투적인 것을 싫어하는 신야가 골백번도 더 들었을 "인도 여행은 왜 떠났습니까?"라는 질문만큼이나 많이 들어온 질문이기 때문인지도 몰랐다. 그러나 신야는 예의 바른 사람이었다. 신중을 기할 때 나오는 버릇대로 한 5초쯤 골똘히 생각에 잠긴 뒤 사부는 말했다.

후지와라   어떠한 목표를 이루기 위해 우리는 공부를 하고 대학에 진학합니다. 그것이 가장 평범하고도 이상적인 모습이겠지요. 그런데 최근에는 오로지 학력을 높이기 위해, 좋은 학벌을 얻기 위해 이미 깔려 있는 철로를 달린다는 생각이 많이 들더군요.

    '깔려 있는 철로'라는 말에 심장이 쿵 떨어졌다. 나야말로 위태롭게 깔린 철로에서 한 치의 어긋남 없이 달리기 위해 가슴 졸이며 살아왔기 때문이다. 게다가 학교 공부라면 질색하는 아들에게도 그 길을 강요하고 있는 중이었다.

후지와라   깔려 있는 철로로 꼭 달려가야 할 필요는 전혀 없는데 말이지요. 그런 의미에서 나는 이단아죠. 하지만 사람들이 전부 '후지와라 신야'라고 한다면 우리가 사는 세계는 엉망진창이 될 겁니다(웃음). 오히려 세상은 평범한 삶을 사는 사람들이 만들어가지요. 아침에 일어나 회사에 가서 열심히 일하고, 저녁에 들어와 샤워를 한 뒤 소파에 기대 시원한 맥주 한 잔을 들이켜는 즐거움으로 사는 사람들 말입니다. 그 사람들에겐 사회에서의 역할이라는 것이 있지요. 사람들이 서로 다른 역할을 수행하기 때문에 사회가 구성되어 굴러가는 것이고요. 그래서 각자의 삶을 부정할 수는 없습니다.

김 윤 덕   문제는 많은 사람이 선택하는 길을 따라가지 않을 경우 맞닥뜨릴 두려움 아닐까요? 나 혼자 낙오자가 된 느낌이랄까, 한 치 앞을 내다볼 수 없는 시대에 독불장군처럼 살자면 대단한 용기가 필요합니다.

후지와라   모두들 자기가 원해서 그 길을 선택한 것일까요? 낙오자란 누가 붙이는 딱지인가요? 곰곰이 자기 자신에게 물어봐야 합니다. 물론 안전해지기 위해, 다치지 않기 위해 한없이 지루해지는 인생을 앞으로도 결코 선택하지 않을 겁니다.

　　　　뜻밖에 신야도 평범한 삶을 동경한 적이 있었다고 한다. 아파트 단지에 살 때의 일이었다.

후지와라   거기에서 아주 일상적인 풍경들을 보았지요. 아침에 남편이 출근 준비를 하면 예쁜 부인이 "안녕히 다녀오세요"라고 인사를 합니다. 아내는 아이들을 데리고 공원에 가서 놀기도 하고 공부를 가르치기도 하겠지요. 저녁이면 남편이 돌아오고 온 가족이 식탁에 둘러앉아 식사를 합니다. 나 또한 이런 생활이 인간의 진정한 행복이 아닐까 생각했던 적이 있어요. '평범'이라는 덕목은 위대하지요. 나는 굴곡 많은 삶을 살았지만 평범의 위대함을 알고 있습니다. 남의 집 잔디가 더 푸르고 잘 자라는 것처럼 보이기도 하지요(웃음). 그런 의미에서 모든 삶을 긍정해야 합니다. 중요한 것은 '삶은 이래야 한다'는 생각을 하지 않는 것입니다.《돌아보면 언제나 네가 있었다》에 사진가 미야마의 이야기도 나옵니다만, 나는 다양한 삶의 의미를 긍정해요. 모든 형태의 죽음이 위대하고 멋진 것처럼. 어떤 삶이든 순간순간 최고의 아름다움과 행복이 빛나는 법이지요. 각자의 삶은 비교할 수 있는 것이 아닙니다. 시시한 삶이란 없습니다.

미야마는 수국을 찍는 사진가다. 자신을 찾아와 조언을 구하는 미야마에게 신야는 "당신에게 사진 찍는 재능은 없어 보이니 다른 일을 찾아보는 게 낫겠다"라고 냉정하게 말해 돌려보낸 적이 있다. 이 젊은 사진가는 실망했으나 포기하지 않는다. 수년 뒤 미야마는 신야에게 자신의 첫 개인전 소식을 전해온다. 수국으로 카메라 앵글을 가득 채운 사진 앞에서 신야는 감동한다. 특히 비를 맞고 선 청보랏빛 수국 사진 앞에서 발길을 떼지 못한다. 성공할 수 없을 것 같았던 청년은 사진 세계를 조금씩 조금씩 성숙시켜온 것이다. 그의 사진은 신야의 사진과는 또 다른 빛깔의 감동을 뿜어내고 있었다.

사진은 이래야 한다, 사랑은 이래야 하고 인생은 이래야 한다는 생각을 하지 않는 것. 그것이야말로 행복으로 가는 첫걸음이라고 신야는 말하고 있었다.

남은
20퍼센트의 나

《돌아보면 언제나 네가 있었다》에는 시네마 현을 떠나 도쿄라는 거대 도시에서 살고 싶었던 소녀의 이야기도 나온다. 드디어 꿈꾸던 도쿄에 입성한 소녀는 물가 비싼 도시에서 버텨내기 위해 쉬지 않고 일한다. 그렇게 1년이 지난 어느 날, 문득 전철 유리문에 비친 자신의 낯선 얼굴을 보고 소녀는 놀란다. 그리고 어느 순간부터 일기를 쓰지 않았다는 사실도 함께 깨닫는다. 일을 하고 돌아오면 끄적일 여력도 없이 지쳐 곯아떨어지는 날이 대부분이었기 때문이다. 그러고는 일기를 쓰지 않은 날은 어떤 일이 있었고 어떤 생각을 했는지 기억나지 않는다고 고백한다. 기억에 남아 있지 않은 날들이란 도대체 무엇일까? 신야는 말한다. 이는 스스로 호흡하지 않고, 자신의 본모습으로 살지 않은 날들이라고. 일기를 쓰지 않게 된 이유는 단지 피곤해서가 아니라, 본모습으로 살지 않았기에 '기록해야 하는, 기록하고 싶은 자신의 모습이 없었다'는 뜻이라고.

김 윤 덕　　**자기 자신의 모습대로 산다는 것은 무슨 뜻입니까?**

후지와라　　나는 작가이고 사진가입니다. 붓으로 서예 퍼포먼스도 하지요. 그러다 보니 사방에서 여러 가지 제안이 들어옵니다. 제안을 받아들이고 거절하는 나의 기준은 돈을 얼마나 벌 수 있는가가 아닙니다. 하고 싶냐 하고 싶지 않냐 입니다. 단순하지요. 하기 싫은 일은 하지 않고, 하고 싶은 일은 받아들입니다. 따지고 보면 누군가의 제안을 받아서 하는 일은 거의 없는 편입니다. 내가 떠올린 생각, 아이디어를 토대로 추진해가는 일이 대부분이지요. 자기가 좋아하는 일을 하면서 살 수 있다는 것은 오늘날엔 매우 특수한 경우인지도 모릅니다. 하지만 마음속으로라도 구분할 수 있다면, 보다 자기다움을 유지할 수 있지 않을까요?

김윤덕 복잡하게 얽힌 사회, 기업이라는 시스템의 부품처럼 살아가야 하는 사람들이 자기 자신의 모습대로 살기란 꽤 힘든 일 아닐까요?

후지와라 물론입니다. 여러 사람들과 어울려 사회생활을 하는 사람이라면 하고 싶지 않은 일을 해야 하는 경우가 틀림없이 있을 겁니다. 그 안에서 항상 갈등이 빚어질 거고요. 그런데 말입니다, 그렇다 하더라도 어떤 고집은 필요해요. 생업을 위해 내 모습의 70~80퍼센트는 돈과 시간에 판다 하더라도, 남은 20퍼센트의 나는 어떤 것에도 팔지 않겠다는 근성이 있어야 합니다. 자칫 고집으로도 보일지 모르겠지만, 그걸 평생 유지하겠다는 정신은 필요하다고 생각해요.

도쿄의 소녀처럼 내 심신이 생산성 없이 소모되고 있다는 느낌을 받은 것은 지난해 초였다. 기자 생활 20여 년 만에 처음으로 '아, 힘들다'는 탄식이 튀어나왔다. 글 쓰는 일은 고통스럽지만, 의미 있고 보람 있었다. 피로했지만 이제 그만둬야겠다는 회의는 거의 느껴본 적이 없었다. 아마도 나이로 인한 체력 저하가 직접적인 원인이었을 것이다. 거의 매일 자정이 되어 퇴근하는 일상은 병을 안겼다. 피로와 짜증도 가중시켰다. 하지만 더 큰 문제는 재미와 보람, '나만이 해낼 수 있다'는 독창적인 자부심의 상실이었다. 신야가 말한 '남은 20퍼센트의 나', 고집스럽게 지켜내야 하는 바로 그것이 흔들리고 있다는 불안감. 그렇다고 사표를 낼 용기는 없었다. 중도 포기자가 되는 것 같아 망설여졌다. 어릴 때부터 미련한 곰 같다는 소리를 들을지언정 끝을 보고야 말던 나였다. 그것이 장기이자 미덕이었다. 그런데 전혀 다른 미래를 개척해보리라는 자신감마저 크게 떨어져 있었다. 지금 이 고비만 이 앙다물고 넘기면 새로운 길이 열리지 않겠나, 하는 막연한 운명에 비굴하게 기대고 있는 자신을 발견했다. 무엇보다 세상에는 내가 마음만 먹으면 누릴 수 있는 욕망의 찌꺼기들이 아직 남아 있었다.

욕망,
불온하지 않다

김 윤 덕　　**돈이나 권력, 명예에 대한 세속적인 욕망은 없었습니까?**

후지와라　　젊었을 때는 돈을 벌고 또 벌고 싶어서 어쩔 줄 몰라 했지요(웃음). 스무 가지가 넘는 일자리를 전전했던 이유도 어떻게 하면 좀 더 효율적으로 돈을 벌 수 있을까 하는 생각에서였습니다. 싼값에 기업의 노예 취급을 당하는 것은 매우 어리석은 짓이라고 생각했어요. 조직으로부터 독립해 돈을 벌어야겠다는 생각에 구두닦이를 시작했지요. 물론 생각했던 것보다 벌이가 잘 되지는 않았습니다만(웃음). 대학에 들어가 여행을 떠나야겠다는 강렬한 욕망을 느끼면서 나는 다시 돈을 벌어야겠다는 생각을 했습니다. 여행을 떠나려면 일단 돈이 필요하니까요. 많은 사람은 그냥 '돈만 많으면 좋겠다'고 생각하지만, 나는 '돈을 쓸 곳이 있었으면 좋겠다'고 생각하는 쪽입니다. A라는 목적을 위해 돈을 쓰고 싶으니까 돈을 벌어야겠다는 식이지요.

김 윤 덕　　**돈의 사용처, 즉 목표가 생겨야 돈 벌 생각을 하셨다는 뜻이군요.**

후지와라　　네, 나는 금전욕이 나쁘다고 생각하지 않습니다. 노동의 대가인 돈은 신성한 것이에요. 땀을 흘렸기 때문에 얻을 수 있는 것이죠. 돈이 더럽다고 여겨진다면, 수고하지 않고 얻었기 때문입니다. 요즘 일본에서는 컴퓨터 앞에 앉아 종일 주식 투자를 해서 돈을 번 사람이 화제가 되곤 합니다. 개인적인 생각이지만 나는 그런 돈은 더럽다고 생각합니다. 차라리 삐끼 짓을 하거나 그림을 그리는 행위가 노동이지요. 요즘엔 돈을 그저 모으기 위해서 버는 사람들이 많아진 것 같습니다. 안타깝지요. 돈을 어디에 쓰고 싶다는 목표를 세우는 것이 중요합니다.

김윤덕 **돈을 쓰기 위한 첫 목표가 인도 여행이었군요. 가진 것 없는 대학생이 어떻게 해서 돈을 모을 수 있었나요?**

후지와라 학교 근처에 미군이 운영하는 화랑이 있었어요. 일본의 후지산이나 하코네의 아름다운 풍경 그림을 미국 군사기지 근처 피츠버그 사람들에게 판매하는 장사를 하고 있었습니다. 그 화랑에서 그림 그리는 아르바이트를 하게 되었지요. 6호 정도의 캔버스에 후지산이나 일본의 독특한 풍경을 그려 화랑에 팔았죠. 한참 그림을 그리다 보니 기묘한 아이디어가 떠오르더군요. 서로 다른 그림을 따로따로 여러 장 그리느니, 같은 그림을 동시에 그리는 편이 나을 것 같았던 거죠. 종이를 여러 장 깔아놓은 뒤 똑같은 그림을 동시에 그려가기 시작했지요. 그렇게 했더니 완성하는 데 걸리는 시간이 10분의

1로 줄어들었습니다. 그림을 다발로 그려서 가져가니 화랑 주인이 입을 떡 벌리더군요. 그때는 벌이가 정말 잘 됐습니다. 오로지 여행을 떠나야겠다고 생각했기 때문에 그릴 수 있었지요.

김 윤 덕   명예욕은 어떻습니까?

후지와라   나는 의외로 유명해지고 싶다는 욕망은 별로 없었어요. 무슨 일인가를 열심히 하고 있으면 유명세는 저절로 따라오는 거라고 생각했지요. 대신 금전욕, 그리고 여인에 대한 욕망이 강해 문제였지요(웃음). 그런 의미에서는 본능에 충실했는지도 모릅니다.

김 윤 덕   그래서 "음식과 여자를 좋아하지 않고 여행을 지속할 수 없다"는 유명한 말을 남기셨군요?

후지와라   돈과 여자에 대한 욕망을 본능으로 해석할 것인가, 생명력이라고 해석할 것인가에는 논란의 여지가 있습니다만, 나는 생명력으로 해석합니다. 여성들에게도 남자를 고를 때 생명력이 왕성한 사람을 선택하라고 조언하지요.

김 윤 덕   생명력이 지나치게 왕성한 남자를 골랐다가 평생 고생하는 여인들을 여럿 보았습니다.

후지와라　일본에 이런 속담이 있지요. "넘어져도 공짜로 일어나지 않는다." 하다 못 해 동전이라도, 작은 돌멩이라도 주워서 일어나야 한다는 뜻이죠. 그런 지점에서 강한 생명력을 갖춘 남자를 찾아야 한다는 뜻입니다.

김 윤 덕　생활력, 생에 대한 의지가 강한 남자를 고르라는 말씀이군요. 그런데 본능에 충실한 것이 좋은 것입니까?

후지와라　그럼요. 자기가 어떤 사람인지 잘 알게 되지요. 내면의 목소리, 자연의 언어까지 들을 수 있습니다. 우리는 지나치게 냉정한 이성과 과학의 시대에 살고 있어요. 야성은 결코 야만이 아닙니다. 타고난, 길들여지지 않은 직관의 힘, 영적인 힘을 뜻하지요. 현대인들은 이쪽을 애써 외면하고 사는 것 같아요.

당신의 인생에
불운만 있었는지

생. 명. 력. 사부 신야의 말처럼, 현대인들은 인간으로서의 원초적 본능, 혹은 야성을 잃어버렸는지도 모른다. 이성이 언제나 올바르고,

과학이 증명해주지 않으면 믿지 않고, 의사가 치료해주고 약사가 처방해주지 않으면 결코 자생하지 못하는 허약한 시대를 살아가는지도 모른다. 심지어 누가 나에게 '가장 좋아하는 것은 무엇이고, 싫어하는 것은 무엇이냐'고 묻는다면, 나는 머뭇대고 주저할 게 틀림없다. 신야에겐 그리도 쉽고 단순한 구분이 내게는 매우 어렵다. 이 야비하고 복잡한 현대사회에서 살아남기 위해 나 또한 한없이 비겁해지고 약삭빨라진 탓이리라. 정치적, 문명적, 도회적 인간이 된 나의 낯빛은 날이 갈수록 창백해지고 있다.

김윤덕 신자유주의 시대라고 합니다. 무한 경쟁의 소용돌이에서 탈출구를 찾지 못하는 사람들이 참으로 많습니다. 당장 돈이 없어서, 희망이 없어서 불안해하고 힘겨워합니다. 좌절합니다.

후지와라 언뜻 보기에는 누구나 다 순풍에 돛단 인생을 사는 것처럼 보입니다만, 누구라도 어딘가에서 막히거나 좌절하는 일이 반드시 생깁니다. 인생이 백 퍼센트 순조롭게 풀려나가는 사람은 있을 수가 없지요. 누구에게나 불행한 시기가 있습니다. 그게 만일 30대라고 하면 선순환이 아니라 역순환, 즉 반대 방향으로 도는 흐름에 빨려 들어갔다는 뜻인데, 이는 곧 마음, 심적인 문제 때문이기도 합니다. 인간의 마음이란 언뜻 굉장히 강인해 보이지만 한없이 연약하기도 합니다. 그래서 정돈하고 다잡아야 합니다. 불모의 시간이 언제까지나 계속되진 않으니까요. 어딘가에서 반드시 전환점이 생깁니다. 불쑥 광명이 비칠 때 그 빛을, 기회를 잡을 준비를 항상 하고 있어야 하는 거죠. 그렇지 않으면 광명의 빛이 비치고 있다는 사실조차 깨닫지 못하고 다시 역순환의 소용돌이에 빠지고 맙니다.

김 윤 덕　　절망의 구렁텅이에 발을 담근 사람이 마음의 갈피를 잡기가 쉬운 일이겠습니까?

후지와라　　한 치 앞도 못 보고 불안한 사람이 어떻게 마음을 잡을 수 있을까, 싶겠지만 의외로 소소한 방식으로도 가능합니다. 여기 좌절한 사람이 있습니다. 구조조정을 당했지요. 회사에 갈 일이 없으니, 세수도 안 하고 머리도 감지 않고 옷도 한 달째 같은 걸 입고 다니기 십상입니다. 그러면 생활 자체가 흔들리죠. 나태하고 지저분한 생활이 마음을 더더욱 요동치게 하고 흔들어댑니다. 악순환인 거지요. 그런데 그런 사람이 깨끗한 옷을 입고 머리를 단정히 빗으며 자신을 가다듬는 것만으로도 마음을 정리할 수 있습니다. 복장뿐 아니라 아침, 점심, 저녁 식사를 반드시 챙겨 먹으면서 아침이면 해가 뜨고 저녁이면 해가 지는 우주 섭리에 입각한 생활을 하는 것도 재기의 기본 바탕이 됩니다. 만일 당신이 지금 불행에 빠져 있다면 소소한 일상을 더더욱 열심히 챙기며 살라고 말해주고 싶습니다. 그러면 마음이 덜 흔들리고, 남들에게도 용기 있고 아름다워 보입니다. 이는 곧 타인과의 소통이 가능해진다는 뜻이에요. 기회가 찾아올 확률이 매우 높아집니다. 그렇기에 혼란스러우면 혼란스러울수록 자기 자신이 엉망이 되어가는 사태를 경계해야 합니다. 마음이 다시 바로 세워져야 햇살이 비칠 때 기회를 잡을 수 있어요.

김윤덕   별다른 노력을 기울인 것 같지도 않았는데 일이 술술 잘 풀리는 사람들도 있습니다. 부모를 잘 만났거나, 위기에 처할 때마다 귀인을 잘도 만나는 사람들 말이죠. 그들에 비하면 "나는 왜 이렇게 운이 없을까" 하며 한탄하게 되고요.

후지와라   티베트 라다크에서 만난 안과 의사가 이런 말을 하더군요. "운이 나쁘다는 것은 운이 매우 좋을 수도 있다는 뜻입니다"라고요. 티베트에는 신이 하늘에서 천칭으로 이 세상을 저울질한다는 미신이 있습니다. 천칭의 양끝 받침 접시에는 행운과 불운이 올려져 있는데, 불운이 무거워지면 균형을 맞추기 위해 신은 행운의 받침 접시에 돌을 올려놓는다는 것이지요. 나는 이것이 단순한 미신이라고 생각하지 않습니다. 인간의 행동을 자세히 관찰한 후 터득한 명제, 진리라고 믿지요. 잘 생각해보세요. 당신의 인생에 불운만 있었는지, 아니, 당신을 지금까지 이끌어온 것이 단지 행운, 불운이라는 운명뿐이었는지 말입니다.

세상에 시시한 삶이란 없다, 특별히 위대한 삶도 없다는 사부 신야의 말에 목젖이 뜨거워졌다. 깔려 있는 철길을 악착같이 따라가지 않아도 된다니, 위안이 됐다. 축 처진 어깨에 날개가 돋을 정도는 아니지만 다시 운동화 끈을 맬 수 있는 힘이 솟았다.

자신을 놓치지 않고 살 것, 세상에 하나밖에 없는 나 자신의 야성을 발견해 나만의 인생을 창조해갈 것, 그것이 비록 세속의 찬사를 받지 못한다 하더라도 '나만 즐거우면 됐지' 하는 배짱을 가질 것, 나는 불운조차 행운으로 바꿀 수 있다는 허세를 부릴 것. 남과 자신을 비교하느라 금쪽같은 시간을 허비할 게 아니라 앞의 목록들을 하나씩 실천해가는 것이 행복으로 가는 지름길이 아닐까.

3장

몸이
외치는 소리

"걸을 때마다 나 자신과 내가 배워온 세계의 허위가 보였다. 세계는 좋았다. 대지와 바람은 거칠었다. 꽃과 나비는 아름다웠다. 나는 걸었다. 좋게도 나쁘게도, 모든 것은 좋았다. 나는 모든 것을 관찰했다. 그리고 내 몸에 그것을 옮겨 적었다."

신야의 처녀작 《인도방랑》에서 내가 가장 좋아하는 문장이다. 한 편의 시 같다. 이 문장을 웅얼거릴 때마다 신야가 걸었던 길을 따라 무작정 걷고 싶어진다. 속세의 짐을 훌훌 벗어던지고 지금 당장 인도로 떠나고 싶어진다.

《인도방랑》은 인도 여행서의 고전으로 통한다. 1972년 출간 이후 일본에 열병처럼 인도 여행 붐을 일으켰다. 그래서인지 신야를 사진가나 저널리스트보다 여행가로 알고 있는 사람들이 훨씬 많다.

그런데 처음 이 책을 접했을 때 매우 당황했다. 인도 여행에 대한 정보서가 아니었기 때문이다. 에세이 성격을 띤 여행서라고 해도 최소한의 정보는 담게 마련인데, 그런 내용은 눈을 크게 뜨고 찾으려 해도 찾을 수가 없었다. 나중에 보니 신야의 모든 책이 그랬다.

신야는 다짜고짜 뭄바이 역을 출발한 기차 안에서 펼쳐지는 살풍경을 묘사한다. 더 좋은 자리를 확보하기 위해 몸싸움을 벌이고, 욕설을 해대고, 물건을 훔치는, 살벌하고 유머러스하며 사람을 비웃는 듯한 아수라장. 그는 시간순으로 여정을 기록하는 데에는 애당초 관심이 없었다. 꼭 가봐야 할 명소는 물론이고 맛집과 숙소는커녕 교통편도 안중에 없다. 신야에게 여행은 관광이 아니라 '내가 살아 있음을 증명하기 위한' 날것의 삶, 그뿐이었기 때문이다. 천혜의 풍광을 즐기며 먹고 마시는 쾌락이 아니라 낯선 사람, 낯선 생각, 낯선 사건과 만나며 자신을 무너뜨리는 처절한 과정! 신야에게 여행은 삶이자 혁명이었다.

나는 방금
바람이 되었다네

나는 위대한 인터뷰어가 아니어서, 백만 명의 사람들이 신야에게 물었던 질문, 신야가 끔찍이도 지겨워하는 질문을 던지고야 말았다.

김 윤 덕 **첫 여행지를 인도로 결정한 특별한 이유가 있습니까?**

후지와라 　내가 살던 시절에는 인도에 대한 정보가 거의 없었어요. 신문에 가끔 기사가 실리기는 했는데, 고작 인도의 어느 지역에서 몇백 명의 아사자가 났다는 내용이었지요. 사람은 자기도 모르는 사이에 정보를 취사선택해 자기 방식으로 해석하는 것 같습니다. 나는 막연히 인도에 가면 노골적으로 드러난 인간의 본래 모습을 볼 수 있지 않을까, 정말 위험하지만 '살아 있는' 뭔가가 있지 않을까, 하고 생각했습니다. 그래서 인도에 갔고, 정말로 시체가 여기저기 굴러다니는, 일본과는 전혀 다른 가치관이 통용되는 세계를 맞닥뜨렸습니다. 글쎄요. 왜 꼭 인도였는지는 모르겠어요. 일종의 직관이 작용하지 않았을까요. 젊은이 특유의 감각이라고 할까. 캐나다나 스웨덴, 호주로 가고 싶다는 욕망은 내 몸에서 전혀 꿈틀거리지 않았으니까요(웃음).

김 윤 덕 **인도에서 '살아 있는 인간'을 보았다고 쓰셨던데요.**

후지와라 　인도의 도시는 매우 시끄럽습니다. 사람보다 많아 보이는 인력거들이 충돌 사고를 일으킬 것처럼 아슬아슬하게 달리지요. 어른 아이 할 것 없이 쉴 새 없이 떠들고, 식욕도 매우 왕성하지요. 토방에 주저앉아 땅바닥에 놓인 시커먼 음식을 맨손으로 게걸스럽게 먹는 모습은 마치 곰 같답니다. 내가 여행할 때만 해도 인도의 삼등열차는 서지 않아도 될 역에 무턱대고 서고, 창 너머로는 소가 머리를 들이밀었지요(웃음). 사람들은 무임승차를 죄라고 여기지 않았어요. 여행 중 사두sadhu도 여럿 만났습니다. 아내도 없고 자식도 없고 전 재산은 보자기 하나에 다 쌀 수 있어 언제 어디로든 당장 나설 수 있는 그들이 부러웠지요. 사두에게는 버스 운전사도 알렉산드로스 대왕도 똑같은 종류의 인간일 뿐이었지요. 어느 사두는 벌거벗은 몸으로 바람을 쏘이더니 "신야, 나는 방금 바람이 되었다네" 하며 웃더군요. 산업화, 기계화, 획일화 되어가던 일본에서는 한번도 느껴보지 못한 생명력을 인도라는 땅에서 온몸으로 마주하게 된 겁니다.

김윤덕　인도 사막을 2킬로미터 걷고 난 뒤에 관공서를 찾아가 증명서를 만드셨지요. 모래 위에 난 발자국 사진까지 찍었다는 대목에서 웃음이 났습니다. 스무 살 젊은 혈기의 신야가 보이는 듯해서요.

후지와라　그때는 살아 있음을 증명할 발자국 사진을 만 장 정도 찍어서 도쿄 화랑에서 전시할 계획이었어요. 인도에선 내가 이렇게 살아 있었다, 라는 메시지를 전하고 싶었죠. 그런데 인도를 여행할수록 회의가 들더군요. 그런 인위적인 행위 또한 '아트'에 불과할 뿐 삶 그 자체는 아니었으니까요. 문득 어처구니없는 짓이라는 생각이 들었죠. 한낱 종잇조각에 불과한 증명서를 찢어버린 뒤에야 보통의 여행을 하게 되었습니다. 자유로웠죠.

김 윤 덕   **여행 중 히피들을 만나 심한 열등감에 시달렸다는 얘기도 나오더군요.**

후지와라   호주에서 온 히피였죠. 오로지 자유 하나만을 향해 걸어가는 기괴한 인간들 앞에 서니 굴욕감이 느껴지더군요. 언제나 돌아갈 곳을 마련해두고 떠돌아다닌 내 여행은 '방랑'이라 이름 붙이기 어려웠으니까요. 모래 폭풍 사나웠던 타르 사막을 걷고 나서 여행 방식은 180도 달라졌습니다. 40도를 웃도는 무더위에 호수는 말라 죽어가고, 말라붙은 호수 바닥에는 2천 년 전 인간 삶의 잔해들이 여기저기 드러나 있는데 벌거벗은 아이들은 신이 나서 뛰어다녔어요. 이후로 나는 유연한 지느러미를 가진 물고기처럼 사람들과 도시, 황무지 사이를 헤엄쳐 다닐 수 있었습니다. 인도라는 땅을 벌레처럼 기어 다닐 수 있었지요.

김 윤 덕   **삶의 참모습을 깨닫기 위해 여행해야 한다고 하셨지만, 구도 때문인 양 인도로 떠나는 사람들이 급증하자 쓴소리를 하셨습니다. 명상, 기행, 요가 따위를 두고도 신비를 팔아먹는 일종의 사기라고 비판하셨지요?**

후지와라　일본에서는 1970년대 중반부터 인도 여행이 대중화되기 시작했어요. 자연으로 돌아가자는 말이 나오고, 평온이니 신비니 하는 말도 등장했지요. 그때부터 인도에 대한 세상의 해석이 어그러진 것 같아요. 실상 인도의 대자연을 접하면 평온을 얻기는커녕 무자비하게 혼돈스러운 아나키적 정신이 되어갑니다. 그런 인도 여행이 어찌된 일인지 명상 여행으로 둔갑한 겁니다. 신비주의에 빠질 가능성이 높아졌지요. 신비주의란 현실에서 도망치는 것을 뜻합니다. 일본에서는 단카이 세대로 불리는 젊은이들의 학생운동이 좌절되자 그들 사이에서 갑자기 인도 여행 붐이 일어났습니다. 그때 만들어진 인도의 이미지가 신비주의입니다. 어떤 의미에서는 컬트지요. 종교나 마찬가지입니다. 현실에서 도피한다는 뜻에서요.

김윤덕　인도 여행을 반드시 도피로 볼 이유는 없지 않을까요?

후지와라　적어도 인도 붐이 일었던 1970년대엔 그랬어요. 흔히들 인도 여행 하면, 히말라야를 바라보며 좌선하는 모습을 떠올립니다. 히말라야 산꼭대기에서 커다란 에너지가 분출돼 하늘로 올라가는 신비로운 장면을 보았다고 자랑들을 하지요. 구름이 상승기류를 타고 산꼭대기로 올라갔을 뿐인데도, 그걸 신비주의적으로 해석합니다. 좌선을 하다가 정신을 차리고 보니 머리 위에 장미꽃이 놓여 있었다고 말하는 사람도 있습니다. 동네 아이들이 장난 삼아 여행자의 머리 위에 장미꽃을 올려놓고 도망간 것뿐인데 말이지요. 그런 신비주의 여행을 한 사람들은 일본으로 돌아와 스스로 성자聖者의 이름을 붙이고는 향을 피우는 행위를 합니다. 그게 심화되어 나타난 것이 일본의 옴진리교입니다. 교주가 아사하라 쇼코인데, 그 사람이 공중부양 하는 사진으로부터 옴진리교는 시작됩니다. 단카이 세대 이후 신비화된 여행 흐름의 중심에는 그가 있습니다. 인도 여행을 한 '죄'로 나는 옴진리교 교주의 비서로부터 대담 요청 전화를 수없이 받았습니다(웃음). 그들의 구도 방식이 빤히 보였기 때문에 거절했지요. 세상이 어려워지면 이런 신비주의 경향이 생깁니다. 학생운동이 좌절되자 사람들에겐 도피처가 필요했던 겁니다. 그리하여 미니멀리즘, 신비주의로 도피했죠. 그 흐름은 지금까지도 영향을 미치고 있습니다. 인도에 갔다가 현실 사회로 복귀하지 못하는 사람들 말이죠.

김 윤 덕   **인도는 명상의 나라도, 속세를 초월한 사람들이 사는 성지도 아니라는 뜻인가요?**

후지와라   인도가 성인, 선인들이 사는 곳이라고 생각하면 오산입니다. 악인, 속인이 뒤섞인 인간 박람회장 같은 곳이지요. 다만 성聖과 속俗의 폭이 놀랄 만큼 벌어져 있어요. 백 가지 카스트가 있다고 하면 그만큼 다양한 인간의 격格, 즉 성과 속의 편차가 있다는 얘기입니다. 깨달음을 얻기 위해서라면 인도에 가지 마십시오. 살아 있는 인간의 실체를 보고 싶다면 인도로 가십시오.

사막 위
발자국을 찍다

"'나는 무슨 짓을 했건 후회는 않더라고 전해주시오. 내 평생 별짓을 다해보았지만 아직도 못한 게 있소. 아, 나 같은 사람은 천 년을 살아야 하는 건데.' 유언이 끝나자 그는 침대에서 일어나 시트를 걷어붙이며 일어서려고 했다. 말리는 사람들을 한쪽으로 밀어붙이고는 침대에서 뛰어내려 창문가로 갔다. 거기에서 그는 창틀을 거머쥐고 먼 산을 바라보다 눈을 크게 뜨고 웃다가 말처럼 울었다. 창틀에 손톱을 박고 서 있는 동안 죽음이 그를 찾아왔다."

니코스 카잔차키스의 《그리스인 조르바》를 처음 읽었던 때가 언제인지 모르겠다. 줄거리도 가물가물하다. 영화로 만들어졌을 때 안소니 퀸이 조르바 역을 맡았다는 것 정도만 기억난다.

그럼에도 누가 가장 감명 깊게 읽은 책이 무엇이냐고 물으면 나는 주저 없이 《그리스인 조르바》라고 답한다. 광산 노동자 십장 출신의 조르바가 임종을 맞이하는 마지막 장면 때문이다. 유독 이 장면만은 눈앞에서 영화를 보는 것처럼 지금도 강렬하다. 삶의 곡절을 적나라하게 겪은 나이도 아니었을 텐데, 나는 왜 이 대목에서 울컥했을까. '말馬처럼 울었다'는 묘사에 왜 눈시울이 뜨거워졌을까. 카잔차키스가 "살아 있는 심장, 게걸스러운 입, 아직 어머니 대지에서 완전히 분리되지 않은 위대한 야수의 영혼"이라고 묘사한 조르바처럼, 그 시절 나는 자유롭고 거침없이 살고 싶었나 보다. 타인의 시선과 기대를 의식하지 않고 마음 가는 대로 훨훨, 보무도 당당하게, 들끓는 에너지로 인생의 파고를 헤쳐나가고 싶었나 보다.

신야를 만났을 때, 나는 조르바를 떠올렸다. 니체와 함께 카잔차키스의 영혼에 깊은 골을 남긴 사람이 알렉시스 조르바(그는 실존 인물이었다!)이듯, 나이 마흔, 속세에 대한 탐욕과 아집으로 속물이 되어가던 내게 자유의 날개를 다시 달아준 사람이 후지와라 신야다. 조르바와 신야 둘 다 여러 나라와 도시를 전전했고, 죽을 고비를 수없이 넘겼다. 수많은 직업을 거치고, 생의 밑바닥에서 뒹굴면서 예리한 현실감각과 직관을 길렀다. 여행과 여자를 좋아한 원기 왕성한 마초였고, 책이 아니라 거리의 뒷골목에서 삶의 이치를 터득한 '현자'들이었다. 그들이 가장 시시하게 여긴 사람이 나 같은 '책상물림'이었다. 진리와 자유를 앞세우지만 정작 세속의 구속에서 벗어나지 못하는 어리석은 사람들. 그들을 향해 조르바는 충고했다. "당신은 자유롭지 않아. 당신이 묶인 줄을 잘라버리지 못하지. 이 줄을 자르지 못하면 어떻게 살맛이 나겠어? 잘라야 인생을 제대로 볼 수 있는데."

신야도 그랬다. '특별히 위대한 삶'이란 없다고. 자유로운 삶과 그렇지 못한 삶, 살아 있는 삶과 그렇지 못한 삶이 있을 뿐이라고. 스물네 살, '살아 있음'을 느끼기 위해 무작정 인도로 떠났다는 사부 신야의 말을 나는 처음에 이해하지 못했다. '숨을 쉰다'는 생물학적 의미에서의 살아 있음이 아니라면 대체 무엇이 사람을 살아 있게 한다는 말일까. 이 의문을 풀기 위해 나는 신야가 도쿄예술대학 1학년을 중퇴하고 인도로 떠났던 시점으로 돌아가 다시 이야기를 이어갔다.

김 윤 덕　어렵사리 입학한 대학을 왜 1년도 안 돼 그만두셨습니까. 그림에 대한 회의, 좌절이 찾아왔던 걸까요?

후지와라　좌절한 건 아니었어요. 나는 늘 무언가를 정해진 방식에 따라 '배워서' 하기를 싫어했던 것 같아요. 미술대학에 들어갔지만, 그림이란 배우는 게 아니라는 사실을 깨달았지요. 그래서 뛰쳐나갈 기회만 엿보고 있었는지도 모르고요.

김 윤 덕　당시엔 일명 전공투라고 불리는 일본 학생운동이 정점으로 치닫던 시점이었습니다. 시대 상황과도 관련이 있을까요?

후지와라　그렇죠. 내가 대학에 들어갔던 1960년대 후반은 적군파에 이어 전공투 학생들의 시위가 밤낮없이 이어지는 때였죠. 화실에 처박혀 그림을 그릴 상황이 아니었어요. 자족적인 생활을 하면서 살

형편도 아니었죠. 나도 밖으로 뛰어나가 뭔가를 하고 싶었는데, 그것이 딱 학생운동이라는 생각은 들지 않더군요. 학생운동과 다른 무엇, 그러니까 내가 '살아 있음'을 느끼게 하는 무엇인가가 절실히 필요했습니다.

신야가 말하는 적군파란 1969년에 발족한 일본의 좌파 테러 단체다. 후쿠오카로 향하던 일본 여객기를 납치해 북한에 망명한 '요도호 사건'으로 세계에 알려졌고, 폭력으로 미국식 자본주의 체제를 파괴한다는 목표를 세우고 마오쩌둥식 무력 투쟁을 주장했다. 전공투는 '전학공투회의'의 줄임말로 1960년대 말부터 일어났던 일본 학생운동을 통틀어 지칭하는 말이다. 시기가 조금씩 다르지만 후지와라 신야, 기타노 다케시, 무라카미 하루키 같은 사람들이 이 무렵 대학에 다닌 세대에 속한다.

김 윤 덕   살아 있음을 느끼기 위해 여행을 떠나셨다는 뜻인가요?

후지와라   일종의 구도求道로서의 여행이었죠. 앞서 말했듯 인도에 대해 아는 것이라고는 굶어 죽는 사람들이 많다는 것뿐이었어요. 그렇기에 인도로 갔습니다.

김 윤 덕   당신의 열정적인 기질이라면 극렬 운동권 학생이 되었을 것도 같은데, 여행이라니 조금 의외입니다.

후지와라　나는 태생적으로 조직, 혹은 집단행동을 좋아하지 않아요. 물론 전공투 학생들 말대로 분명히 사회에 부조리는 존재했지요. 학생들의 시위에도 충분한 근거가 있었고요. 하지만 그러한 이슈들은 어제오늘의 것들이 아닙니다. 지금도 지속되고 있지 않나요? 나는 좀 더 근원적인 무엇에 대한 고민을 했던 것 같아요. 눈앞의 정치적, 사회적 이슈들이 아니라 '산다는 것' 자체에 대한 위기감을 느꼈던 것 같아요. 매우 강렬하게.

김윤덕　산다는 것 자체에 대한 위기감이란 구체적으로 어떤 것입니까?

후지와라　당시 학생운동의 핵심 이슈는 '미국의 안보 체제 반대'였어요. 그러나 내가 생각하는 반체제의 대상은 미국이나 이데올로기가 아니었습니다. 그보다 훨씬 중요한 것이 있었죠. 숨을 쉬고 있는데 숨을 쉬고 있지 않은 느낌, 걷고 있는데 걷고 있지 않은 느낌, 살아 있는데 살아 있지 않은 느낌. 내게는 그런 육체적인 불안과 혼돈이 가득했어요. 현실 세계가 아닌, 가상공간에서 살아가는 느낌이라고 해야 할까요. 당시 나를 위협한 것은 미국이 아니라, 나의 존재가 억눌리고 있다는 공포였죠.

김윤덕　위기감이 당시의 정치적 이슈가 아니라 보다 근원적인 문제와 연관이 있었다는 뜻인가요?

후지와라　당시 일본 사회는 고도성장 일로에 있었습니다. 급속한 산업화 와중에 사람들은 기계 부품처럼 소모되고 또 소모되었지요. 대가족 제도는 붕괴됐고, 사람들의 따뜻한 온기는 싸늘하게 식어갔습니다. 철저한 관리 시스템 속에서 인간적인 숨결은 찾아보기 힘들었지요. 그 속에서 나 또한 서서히 소멸되고 있다는 생각이 들었어요. 그렇기에 죽어가고 있는 신체 감각을 회복하고 싶었어요. '살아 있음'을 나 스스로 증명하고 싶었죠. 그래서 일본 밖으로, 나의 일상 밖으로 떠나자고 다짐한 거예요. 처음 인도에 갔을 때 내가 숨 쉬고 있다는 증명서를 발급받았다고 했지요? 사막 위에 생겨난 발자국 사진을 찍었고요. 황당하게 들릴지 모르겠지만, 그것이 바로 나만의 방식으로 행한 반체제 행위라고 할 수 있지요. 돌이켜보니, 학생운동에 적극 참여했던 사람들도 본질적으로는 나와 비슷한 위기감을 느끼지 않았나 싶어요. 단지 눈앞에 '안보 반대'라는 거대 이슈가 있었기 때문에 거기에 뛰어들었을 뿐이죠. 이면에는 더욱더 구체적이고 육체적이며 본능적인, '진짜 삶을 살고 싶다'는 동기가 있었을 거라고 생각합니다.

여행이라는,
다른 방식의 투쟁

김 윤 덕　　그래도 전공투나 적군파 학생들의 관점에서 보자면 당신의 인도 여행은 현실도피로 보일 수도 있지 않을까요?

후지와라　　물론이죠. 그럴 수 있다고 생각합니다. 답을 위해선 우선 적군파와 단카이의 세대 구분이 필요해요. 나를 포함한 적군파는 전쟁 와중에도 부모가 아이를 낳겠다는 결단 아래 태어난 사람들입니다. 반면 단카이는 우리보다 서너 살 아래로, 전후 베이비붐 세대입니다. 보다 평화로운 시기였고, 그 수도 적군파 세대보다 훨씬 많았지요. 이처럼 다른 배경의 두 세대는 반체제 시위 양상도 극과 극이었습니다. 과격한 사상을 가진 적군파는 팔레스타인으로 직접 날아가거나 비행기를 납치해 북한으로 쳐들어갔고, 목적 달성을 위해 사람을 죽이기까지 했습니다. 국내외 찬반여론, 비난여론이 거세긴 했지만, 그들은 목숨을 걸고 싸웠지요. 이에 비해 단카이, 즉 전공투는 과격하지 않은 어깨동무 시위를 했어요. 패션, 일종의 시대적 유행처럼 시위에 가담했지요. 개인적인 생각이지만, 방식의 옳고 그름을 떠나 적군파는 속까지 꽉 차게 구워진 웰던well-done의 세계이고, 단카이는 겉만 구워진 레어rare의 세계라고 생각합니다. 인도 여행을 떠날 때 내게는 적군파가 시위를 일으키는 것과 같은 비장함이 있었습니다. 존재를 걸고 뛰어들었다고 할까요. 적군파가 항공기를 납치한 것과 같은 강도로 여행을 감행했습니다.

김 윤 덕   시대의 이데올로기에 매몰되지 않고 여행이라는 다른 방식의 투쟁을 선택했다는 뜻인가요?

후지와라   그렇지요. 몇 년 뒤 인도에서 돌아온 나는 혼슈의 아오모리 현에서 규슈의 후쿠오카 현까지 여행했습니다. 후쿠시마에서 처음 《인도방랑》 원고를 쓰기 시작했지요. 싸구려 여인숙에서 한창 집필하고 있을 때, TV에서 적군파에 관한 뉴스를 보게 됐습니다. 적군파들이 기동대와 총격전을 벌이는 장면이었지요. 나중에 생존자들에게 들은 뒷이야기가 매우 충격적이었습니다. 기동대에 쫓겨서 산속으로 들어간 적군파들은 매우 불리한 조건에서 싸우게 됩니다. 그러던 도중 갑자기 주변에서 굉장한 소음이 일어났고, '아, 드디어 기동대에게 포위당했구나' 생각한 적군파들은 패닉 상태가 되었지요. 차오르는 공포심에 급기야 내부 분열까지 일어나 서로에게 총질을 하는 사태로 치닫게 됩니다. 결국 기동대가 들이닥치기도 전에 서로의 총에 맞아 모두 자멸하고 말지요.

김 윤 덕   굉음이 기동대 측에서 나온 게 아니었나 봅니다.

후지와라　알고 보니 기동대의 발포가 아니라 원숭이들이 이동하는 소리였어요. 나도 인도 여행 중에 원숭이들이 이동하는 소리를 들은 적이 있습니다. 남인도의 마두라스라는 곳에서였죠. 마두라스 교외의 숲으로 코끼리 사진을 찍으러 갔습니다. 사진을 찍다 보니 날이 어두워져서 노숙을 하게 되지요. 침낭에 들어가 잠을 청했습니다. 머리 위로는 달이 휘영청 떠 있고요. 그런데 갑자기 숲 전체가 흔들리기 시작했습니다. 나뭇잎이 소나기처럼 떨어지고 엄청난 굉음이 들려오더군요. 놀라서 눈을 떠보니 무엇인가가 내 머리 위로, 아니 나무 위로 획획 지나가고 있었습니다. 자세히 보니 원숭이들이 달려가고 있는 겁니다. 저 동물들이 원숭이라는 것을 알게 된 순간 엄청난 황홀감에 빠졌습니다. 나도 원숭이가 된 듯한 기분이었으니까요(웃음). 물론 공포와 불안, 혼돈스러운 마음도 있었습니다만, 자연과 일체가 되었다는 황홀감이 모든 두려움을 압도했습니다. '나는 지금 살아 있다'는 강렬한 느낌을 받았지요. 결국 나는 누군가는 현실도피라고 생각하는 여행을 통해서 계속 살아갈 수 있었습니다. '인간이 숨 쉬며 살아간다는 것은 바로 이런 것'이라고 거의 모든 순간 느끼면서요. 적군파들이 궁극적으로 추구했고 찾으려고 했던 것들도 그것이 아니었을까요? 가장 인간답게 살아가는 것!

김윤덕　결과적으로 적군파의 과격한 반체제 행위보다 당신의 인도 여행이 더 길고 강력한 생명력을 얻게 되었다는 뜻인가요?

후지와라 　여행으로 신체 감각을 회복해 일본으로 돌아온 나는 창작 활동을 통해 사회적 발언을 하고 있습니다. 살아남은 적군파들은 대부분 50대에 사회 활동을 끝냈지만 나는 지금까지 왕성하게 활동하고 있지요. 이는 나의 관심사가 보다 본질적인 데 있었기 때문이라고 생각합니다. 사람들에게도 다수가 좇는 이데올로기를 따르기 전에 내면의 욕망을 따르는 것이 더 우선되어야 한다고 말해주고 싶어요. 멀리 보면 그것이 원숭이 소리를 듣고도 공포를 느끼는 상황과 희열을 느끼는 상황이라는 차이를 만든다고 생각합니다. 적군파들은 원숭이가 이동하는 소리를 듣고 인생을 끝냈지만, 나는 그 굉음을 토대로 새로운 인생을 시작했어요.

김윤덕 　당신처럼 뛰어난 직관력, 넓은 시야를 가지기란 어려운 일 아닌가요?

후지와라 　알다시피 나는 사진가이기도 합니다. 사진을 찍는 행위가 그런 점에서 상당한 도움이 되었지요. 사진은 '보다'라는 행위지요? 본다는 것은 매우 긍정적인 행위입니다. '생각'만으로 세상을 보면 안 됩니다. 점점 폐쇄적으로 되니까요. 그래서 '본다'라는 행위와 '생각한다'는 행위 사이를 끊임없이 왕복하며 살아가야 합니다. 일단 오감五感을 활짝 열어놓고, 해방시킨 다음 생각하세요. 모든 편견을 떨치고 자유로워져야 합니다. 오감을 갖추고 있는데도 전혀 사용하지 않는 사람들이 현대사회에는 참으로 많습니다. 살아남으려면 오 감을 활용해야 해요.

신야는 말했다. 벌레처럼 땅바닥을 기어 다니며 세상을 관 찰하는 사람은 무서울 게 없다고. 실제로 그는 가장 원시적이고 추하 며 더러운 삶의 현장을 골라서 여행하고 취재했다. 바로 그곳에 살아 있는 삶, 진정한 인간의 향기가 있다고 믿어서다. '햄과 같은 살빛을 가진, 혹은 살코기처럼 번들거리는 터키 여인이 쭈글쭈글하게 구겨 진 채로 두 다리를 크게 벌리고 웃는' 이스탄불을 좋아했고, '두개골 의 미간을 쪼개 정확히 두 동강 낸 양 머리 중 하나를 접시에 올린 뒤 하얀 뇌에 스푼을 넣으면서 라크(햅쌀로 빚은 술. 최저 45도) 안주라면 치 즈보다 이게 최고예요, 제일 좋은 건 눈알'이라며 권하던 앙카라 여 인을 사랑했다.

인도라는 대륙 또한, 야만적이고 반문명적이며 비이성적인 땅이라는 이유로 신야를 매료시켰다. 위대하고 거룩한 인생이 아니 라, 죄 많고 천박한 인생들의 집합소인 인도에서 그는 인간의 본질, 인생의 진리를 목격했는지도 모른다. 진창이나 다름없는 인도의 거 리에서, 위선 혹은 위악 따위는 존재하지 않는 원시의 대륙에서 비로 소 숨을 쉬고, 비로소 몸이 외치는 소리를 들었는지도 모른다.

4장

세상의 중심은
나

꽃미남, 꽃중년이 대세라는데, 웬일인지 나는 '꽃'자 들어가는 남자들에겐 끌리지 않는다. 이목구비를 깎아낸 듯한 미남들이니 눈은 호사할지언정, 찐하게 연애 한번 해보고 싶다는 흑심은 결코 들지 않는다. 우선 섹시하지 않다. 섹스어필은 얼굴이 잘생겼다고 해서 얻어지는 게 아닌 모양이다. 순정만화에서 막 걸어나온 듯한 원빈 혹은 장동건보다, 결코 미남이라고 할 수 없는 하정우, 류승룡 쪽이 훨씬 섹시하게 느껴지니 말이다. '사내'라는 두 글자가 풍기는 원초적 남성미가 희귀해진 요즘 시대에 수컷의 야성을 발산하는 남자를 만나면 가슴이 두근거리니…… 아줌마 취향인가? 단순히 거칠기만 해서도 안 된다. 카리스마, 혹은 포스가 느껴져야 한다. 허세, 허풍과는 다르다. 범접할 수 없는 인생의 연륜과 내공, 뚜렷한 철학과 기품이 있어서 발산되는 힘이라야 한다.

그런 점에서 사부 신야는 섹시한 남자다. 나이 일흔을 넘긴 '할아버지'인데도 신야는 매력적이다. 결코 출중한 외모는 아니다. 작달막한 키, 조폭처럼 바투 자른 머리에 펄럭거리는 통바지를 즐겨 입는, 마치 읍내 백수건달 같은 분위기랄까. 한데 그에겐 치명적인 마력이 있다. 삶에 대한 놀라운 통찰과 안목, 그것을 세상으로 거침없이 내뿜는 용기, 그리고 오랜 여행을 한 사람이 갖춘 현자賢者의 풍모다. 무엇보다 나는 신야가 나이 든 체하지 않아서 좋다. 그는 가르치려 들지 않는다. 대신 시간이 날 때마다 사람들의 이야기를 경청하기 위해 거리로 나선다. 신야는 또한 자신이 '남자'라는 사실을 결코 잊지 않는다. 나이 듦과 함께 포기하게 마련인 섹슈얼리티, 성적性的 정체성을 구현하기 위해 칠순의 그는 긴장하고 조심한다. 하긴 신야라면 나이 들 틈도 없을 것이다. 세상과 사랑하고, 사람들과 사랑하고, 여행 중 만난 여인들과 사랑을 나누느라.

신야의 강한 남성성은 야쿠자 출신인 아버지에게서 상당 부분 대물림한 것으로 보인다. 태어나 자란 곳이 규슈의 항구도시였다는 점도 영향이 있을 것이다. 그의 고향 모지항은 규슈의 대표 공업 도시인 기타큐슈의 끝자락, 그러니까 혼슈 섬과 규슈 섬을 가르는 칸몬 해협을 사이에 두고 시모노세키와 마주보는 항구다.

성장사를 들려달라는 간곡한 부탁에 마지못해 입을 연 신야는, '규슈남아九州男兒'라는 네 글자로 어린 시절 이야기를 시작했다.

그는 규슈남아를 '가장 남자다운 남자'의 동의어로 쓰고 있었을 뿐 아니라, 자신이 규슈남아라는 사실에 대단한 긍지를 가지고 있었다.

여관집 아들, 후지와라 신야

김윤덕　바닷가 항구 마을에서 보낸 유년기는 당신의 인생에 어떤 영향을 미쳤습니까.

후지와라　한국의 중심이 서울인 것처럼 일본의 중심은 도쿄입니다. 어느 나라나 그렇듯이 지방에 사는 사람들은 기본적으로 중심부, 수도를 바라보고 선망하며 자라지요. 일본에서도 사이타마, 군마, 이바라키 사람들은 오로지 도쿄만 바라보고 삽니다. 심지어 간사이 지방 사람들까지도 도쿄에 대한 동경을 가슴에 품고 살아요. 그런데 규슈 사람들은 조금 다릅니다. 규슈가 세상의 중심이라고 생각하며 살지요. 규슈 사람들에게는 규슈가 하나의 국가이니까요. 도쿄가 중심이 아니라 규슈가 중심이고 자기가 중심이라는 생각을 가지고 평생을 삽니다. "규슈남아"라는 말을 들어본 적이 있나요? 가장 남자다운 남자는 규슈 남자라는 뜻이지요(웃음). 역사적으로도 규슈는 막부로부터 독립된 지역이었어요. 또한 내가 태어난 곳은 항구가 있는 마을이라 여러 지역에서 사람들이 몰려들었습니다. 어딘가를 향해 떠나기보다 매일매일 새로운 사람들이 몰려오고 또 떠나가는 마을이었죠. 나는 시골 아이였지만 덕분에 다양한 사람들을 보고 만날 수 있었습니다.

제주올레를 본뜬 규슈올레가 개장한 지난해 봄, 후쿠오카 현부터 가고시마 현까지 여행을 한 적이 있다. 20년 경력의 재일교포 가이드가 신야와 꼭 같은 말을 했다. 일본열도를 구성하는 네 개의 섬 중 가장 남쪽에 있는 규슈 섬의 주민들은 역사적으로 세상의 중심이 규슈라는 자부심을 가지고 살아왔다는 것이다. 지형학적으로 바다와 대륙 양쪽으로 진출할 수 있는 '기지'인 데다, 서양 문물과 중국 문물을 가장 먼저 받아들여 일본의 명치유신을 일구어낸 의미 있는 섬이라고 했다. 근대국가의 기틀이 되었을 뿐 아니라 일본의 산업혁명에서도 규슈는 지대한 역할을 했다. 기타큐슈 공업지대를 중심으로 철강, 석탄 공업과 에너지 산업이 번성했고, 미쓰비시 중공업이나 사세보 중공 등 조선업으로 대표되는 중공업도 크게 번성했다.

1889년 특별 수출항으로 지정되고 역까지 개통되면서 모지항은 20세기 중반까지 규슈 지역의 중계무역항으로 활황을 누렸다. 신야가 말한 '규슈남아'라는 관용어가 실제로 존재하는지 찾아보았더니, 이런 풀이가 나와 있다. "외골수이고 씩씩하며 폭음을 하는,

남자다운 남자."

김 윤 덕   그 항구 마을에서 부모님이 료칸(일본 전통 숙박 시설)을 경영하셨지
요?

후지와라   많은 사람들이 박물관을 구경 오듯 우리 집을 찾아왔지요.
일반 가정집에서는 아는 사람들이 왔을 때 "어서 오세요" 하고 인사
를 하잖아요? 그런데 우리 집 사람들은 생전 처음 보는 사람들을 향
해 "어서 오세요" 하며 인사를 했어요(웃음). 거의 모든 종류의 사람들
이 우리 집을 찾아왔다고 할 수 있지요. 심지어 범죄자도 와서 묵고
갔으니까요.

김 윤 덕   손님 중에 범죄자들이 있었다는 얘기인가요?

후지와라   맞아요. 50대 남자였죠. 두 달가량 우리 집에 묵었습니다. 나
를 무척 귀여워해서, 자기 무릎 위에 앉혀놓고 예뻐했기 때문에 지금
도 그를 기억할 수 있습니다. 그러던 어느 날 경찰이 우리 집에 들이
닥쳤어요. 바로 그 아저씨를 잡아갔습니다. 어렸지만 내 마음속에는
강한 의문이 생겼어요. 그토록 자상하고 착한 아저씨가 왜 경찰에 잡
혀가는지 이해가 되지 않더군요. 그런 경험들로 나는 세상은 단면,
한 가지 측면만 있는 게 아니라는 사실을 깨달았지요. 태어나면서부

터 범죄자라거나 뼛속까지 범죄자인 사람은 없습니다. 세상을 오로지 하나의 관점으로 보아서는 안 된다는 생각을 그때 처음 하게 되었지요. 어린 시절의 크고 작은 경험들이 세상을 바라보고, 글을 쓰고, 여행하고, 사진을 찍고, 서예를 하게 된 기초가 된 것 같습니다.

김 윤 덕   '여관집 아들'로 태어난 게 오늘의 후지와라 신야를 만든 기본 토양이 되었다는 뜻일까요?

후지와라   그렇다고 볼 수 있어요. 인간의 깨끗한 면, 부끄러운 면, 지저분한 면을 어릴 때 너무 일찍 보게 된 겁니다(웃음). 지금도 생생한 기억이 하나 있어요. 내가 다니던 초등학교 교장선생님은 굉장히 엄격하고 무서운 사람이었어요. 어느 날 학교 선생님들이 우리 여관 연회장에 와서 파티를 하더군요. 호기심에 몰래 훔쳐보았더니, 그 무뚝뚝하던 교장선생님이 옷을 홀러덩 벗고 춤을 추고 있는 겁니다. 평소 점잖고 품위 있는 교장선생님이 한손에 쟁반 같은 것을 들고 막춤을 추고 있다고 상상해보세요. 충격이었죠. 그런데 나는 그 모습 때문에 교장선생님이 좋아지기 시작했습니다. 뭐랄까. 교양 없고 지저분하다는 생각이 들지 않고 생활인, 자연인으로서 인간적인 모습에 연민을 느꼈다고 할까요. 지금도 나는 인간의 원초적이고, 본능적인 모습에 애정을 갖고 있습니다.

정말로
목숨 걸고 뛰어들면

김윤덕   연회장까지 갖췄다면 굉장히 큰 여관이었나 봅니다. 부모님은 어떤 분들이었는지 궁금해요.

후지와라   모지항에서는 우리 집이 가장 큰 여관이었을 겁니다. 그렇게 만들기까지 아버지의 인생은 파란만장했지요. 야쿠자란 말 아시죠? 아버지는 20대 때 야쿠자였어요. 야쿠자의 본거지인 히로시마에서 20대를 보내셨지요. 그런데 일본의 야쿠자는 요즘의 조직폭력배와는 다릅니다. "인협人協"이라고 불리었을 만큼 일반인들에게 폐를 끼쳐서는 안 된다는 규범을 갖고 있었지요. 아버지 시절만 해도 마을 야쿠자는 경찰을 대신해 치안과 질서 유지를 담당했을 정도이니까요. 어떻게 보면 정의감이 넘치는 사람들이죠. 하고 싶다고 해서 아무나 야쿠자가 될 수도 없었어요. 오야붕이라고 불리는 두목한테 인정받고 직접 술잔을 받는 절차를 거쳐야 입문할 수 있었으니까요. 야쿠자는 이름도 부여받습니다. 아버지의 야쿠자 이름은 '히노메'였지요. '불의 눈'이라는 뜻이에요. 눈을 뜨고 불 속으로 뛰어든다고 해서 그 이름을 얻었다고 합니다.

김윤덕   '눈을 뜨고 불 속에 뛰어들 수 있을 만큼 용감해지라'는 뜻에서 내린 이름이었을까요?

후지와라   천만에요. 그 이름은 어떤 바람이나 상징이 아니에요. 실제로 아버지가 눈을 뜨고 불 속에 뛰어들었던 적이 있기 때문에 얻은 이름입니다.

김윤덕   눈을 뜨고 불 속에 뛰어든다는 게 가능한 일인가요? 큰 사고가 났을 것 같은데요.

후지와라   오야붕이 아버지에게 얼마나 담력이 있는지 시험하기 위해 상대 야쿠자 조직의 도박판을 혼자 힘으로 쓸어오라는 명령을 내렸답니다. 한 번도 아니고 두 번씩이나. 그런데 그걸 혼자서 해냈다고 해요. 세월이 많이 흐른 뒤 아버지가 당신의 야쿠자 시절에 대해 들려주셨지요. 나는 아버지에게 물었습니다. 혼자서 적진에 뛰어드는데 무섭지 않았느냐고, 진짜 혼자 갔느냐고. 아버지는 "당연히 처음엔 무서웠지"라고 하시더군요. 대신 두려움을 없애기 위해 준비를 완벽하게 하셨답니다. 칼에 찔릴 경우 내장이 다치지 않도록 물에 적신 신문지를 여러 겹 허리춤에 두르고 그 위에 다시 복대를 감는 식으로요. 그렇게 하면 칼끝이 관통하지 못한다고 해요. 그렇게 만반의 준비를 해가면 점차 두려움이 사라진다고 하셨지요. 그래도 어떻게 스무 명을 한 명이 당해낼 수 있느냐고 물었더니 아버지가 답하셨습니다. 정말로 목숨을 걸고 뛰어들면 아무리 강한 상대라도 당황하고 무서워하게 된다고요. 그런 일을 두 번이나 치르고 나서 '불의 눈'이라는 이름을 얻으신 거죠. 그 배짱과 담력으로 아버지는 스무 살 무렵 이미 꼬붕 스무 명을 거느리게 됩니다. 야쿠자 이야기는 아버지가 내게 해주신 가장 신기하고도 흥미진진한 이야기였어요(웃음).

이 대목에서 나는, 사춘기에 접어든 아들 녀석이 책상 위에써 붙여놓을 만큼 요즘 최고의 명언으로 떠받들고 사는 문장이 떠올랐다. "두려워하지 않는 게 아니라, 두려워도 계속하는 게 용기야."

김윤덕　　**아버님은 언제까지 야쿠자 생활을 하신 겁니까.**

후지와라　　길지는 않았어요. 스물네 살 때 아버지는 야쿠자 생활에서 손을 씻고 만주로 떠납니다. 기이하게도 내가 인도로 떠난 나이도 스물네 살입니다. 만주에서는 마적들과 보석 거래를 하셨다더군요. 그 사실을 아주 우연히 알게 됐지요. 내가 인도 여행을 하다가 부모님께 선물하기 위해 작은 에메랄드를 사왔는데, 아버지께서 그걸 보시더니 "2급품이군" 하시는 거예요. 그때 이미 아버지의 연세가 일흔을 넘었을 때에요. 내가 놀라서 "어떻게 아세요?" 하고 물었지요. 그랬더니 만주에서의 이야기를 들려주셨습니다. 그때의 수익으로 만주에 호텔을 하나 세웠을 만큼 부자가 되었다더군요.

김 윤 덕   야쿠자에 보석상에 마적에. 아버님이 갱스터 영화의 주인공으로 나와도 손색이 없겠습니다(웃음). 그래서 아버님의 만주 호텔은 어떻게 되었습니까?

후지와라   아버지가 노름을 좋아하신 게 문제였어요. 돈 걸고 하는 내기를 무척 좋아하셨지요. 만주에서 사랑에 빠진 여인이 있었는데, 그녀 또한 노름을 좋아하다 보니 똑같이 내기에 빠졌다가 호텔을 말아먹은 거지요. 무일푼이 되어 일본으로 돌아왔고, 다행히 다시 정신을 차려 열심히 일하셨다고 합니다. 그렇게 모은 종잣돈으로 모지항에 여관을 차린 겁니다. 그때 어머니를 만났고 아버지가 쉰네 살 되던 해에 내가 태어납니다. 완전히 늦둥이죠. 물론 어머니는 아버지의 첫 번째 부인이 아닙니다. 나도 우리 어머니가 아버지의 몇 번째 부인인지 몰라요(웃음). 어차피 어머니도 두 번째 결혼이었고, 전 남편과 살면서 낳은 딸을 데려와 여관의 지배인으로 키우셨지요. 여관이라는 결코 평범하지 않은 환경, 그리고 결코 평범한 삶을 살지 않으신 부모님이야말로 내 삶에 범상치 않은 영향을 미친 주인공들입니다.

김 윤 덕   어머니는 어떤 분이셨습니까.

후지와라   매우 보수적이고 전통적인 사고방식을 지닌 여인이었습니다. 초등학생 때인가, 아주 친한 친구 중에 술집 아들이 있었어요. 상당한 개구쟁이인데, 어느 날 '빨간책'이라고, 야한 이야기들만 모아놓은 외설집을 내게 빌려주었죠. 어른들에게 들키면 안 되니까 이불 속에 들어가서 몰래 읽는데, 읽다 보니 분위기가 점점 수상해지는 게 불현듯 '내가 이런 책을 읽어도 되는가' 하는 죄책감이 들더라고요. 그러다 나도 모르게 잠이 들고 말았습니다. 자다 보니 무슨 소리가 나서 살그머니 눈을 떠봤더니 어머니가 내 옆에서 그 책을 읽고 계시는 겁니다. 순간 '이거 난리 났구나, 내일 아침에 나는 죽었다' 싶더군요(웃음). 그러다 잠이 들었고, 이튿날 아침 눈을 떴습니다. 그런데 문제의 빨간책이 내가 뒀던 상태 그대로 놓여 있었어요. 어머니는 아무 말씀도 없이 부엌에서 아침밥을 짓고 계셨죠. 자애롭고 지혜로운 여성이었어요. 지금의 교육열 강한 젊은 엄마들이었다면 어땠을까요? 별의별 상상을 다 하면서 잠든 아이를 흔들어 깨운 뒤 그 자리에서 종아리를 때렸을 겁니다(웃음). 그런 점에서 나는 어머니 복이 있었지요.

정해진 건
뭐든지 싫었다

김윤덕   학교 공부는 잘하셨나요?

후지와라　성적으로 따지면 쉰 명 중에 뒤에서 두 번째 혹은 세 번째? 엄청나게 머리 나쁜 녀석이 한 명 있어서 꼴찌는 안했습니다(웃음).

김윤덕　**조숙했고, 영리한 아이였을 것 같은데, 공부에 재미를 못 들이셨 나요? 에디슨이나 아인슈타인처럼?**(웃음)

후지와라　하루는 학교에서 학부형 참관 수업을 했어요. 선생님은 자신을 비롯해 우리 학급이 멋지게 보여야 하니 전날부터 리허설을 하셨습니다. 학생들에게 질문할 내용을 미리 알려주고, 대답할 사람까지 정해뒀지요. 그날 연습한 질문이 '가을 곤충인 귀뚜라미는 알을 어떻게 낳을까요?'였습니다. 정답은 '난관을 땅속에 집어넣어서 낳는다'였지요. 어떤 학생을 시켜도 정답이 나오는 것이 선생님에게는 훈장 같은 일이었죠. 어떤 의미에서는 조작이고요(웃음). 드디어 참관 수업 날이 왔고, 선생님은 하필 내게 질문을 하셨습니다. "후지와라 군, 귀뚜라미는 어떻게 알을 낳을까요?" 그래서 내가 대답했습니다. "귀뚜라미는 날아다니면서 알을 낳습니다." 참관 수업은 물론 엉망이 되었고, 선생님 얼굴은 일그러질 대로 일그러졌습니다.

김윤덕　**삐딱이였군요.**

후지와라　지금 생각해보면 나라는 아이는 뭔가 정해진 대로 하는 것을 죽도록 싫어했던 것 같아요. 지금도 TV에 나가 인터뷰를 할 때 리허설은 절대 안 합니다. 똑같은 얘기를 두 번 하는 것은 죽기보다 싫으니까요. 그런 의미에서 특이한 아이였는지는 모르지만, 어쨌든 공부는 정말 안 하고, 못 하는 아이였어요.

김 윤 덕   양자택일식, 사지선다형의 주입식 일본 교육을 자주 비판해오셨지요. 그런 획일적인 교육 방식에 대한 반감이 어릴 때부터 있었기 때문일까요?

후지와라   글쎄요. 인생에 정답은 없음을 아버지의 여관에서, 그리고 집안이 망하는 과정에서 체득한 것 같아요. 태생적인 부분도 있고요. 한국에서도 IQ검사를 하나요? 일본 학교에서는 그 테스트를 저학년 때 한 번, 고학년 때 한 번 하는데, 나의 지능은 늘 학급의 최고치로 나왔지요. 그런데 성적은 늘 바닥이어서 야단을 많이 맞았습니다. 그래도 공부는 하고 싶지 않더군요. 재미가 없었습니다.

김 윤 덕   틀에 박힌 암기식 학교 공부가 싫었을 뿐이지, 교과서 외의 책들은 많이 읽었을 것 같습니다.

후지와라   글쎄요. 얼마 전에도 인터뷰 요청이 있었어요. '후지와라 신야가 최근에 읽은 책'을 주제로 물어본다고 해서 거절했지요. 기본적으로 나는 책을 읽지 않습니다. 특히 인도로 떠났던 스물네 살 이후로는 뭔가를 쓰기 위해 또는 조사하기 위해 책을 찾아 읽는 경우는 있지만, 어떤 책 한 권을 골라 처음부터 끝까지 정독했던 경우는 거의 없었습니다. 물론 중학교, 고등학교 시절에는 많은 책을 읽었어요. 학교 공부와 전혀 상관없는 책들이었지만(웃음). 맨 처음 읽은 책은 아까 말했던 에로물이었고, 문학에 자연스럽게 빠져들면서 헤르만 헤세, 앙드레 지드, 펄벅의 책부터 셜록 홈스의 추리소설까지 닥치는 대로 읽었습니다.

그렇게
'자아'가 싹텄다

김윤덕 다시 여관 이야기로 돌아가볼까요? 야쿠자, 보석상 출신 아버님의 장사 수완이 보통이 아니셨던 것 같은데요.

후지와라 태평양전쟁이 끝나고 나서 모지항에는 엄청나게 많은 사람들이 몰려들었어요. 여관방을 구하지 못해 거리를 떠도는 사람들이 부지기수였죠. 특히 패전 후 만주에서 돌아오는 사람들, 한반도에서 돌아오는 사람들이 많아서 항구의 여관들은 엄청난 호황을 누렸어요. 전쟁이 끝난 직후라 돈보다도 물자와 음식이 부족했던 시절이죠. 그래서 패전하고 돌아온 군인들은 돈 대신 쌀을 내고 여관에 묵었어요. 전쟁을 겪지 않은 세대들은 잘 모르겠지만, 전쟁 직후에는 먹을 게 없습니다. 한국전쟁 직후도 마찬가지였을 겁니다. 어쨌든 돈 대신 쌀을 내고 묵고 가는 손님들이 있어서, 우리 집에는 쌀이 넘쳐났어요. 당시만 하더라도 쌀로 만든 주먹밥은 매우 귀한 음식인데, 나는 어머니가 항상 주먹밥을 만들어주셨기 때문에 그런 줄도 몰랐지요. 아무 생각 없이 주먹밥을 들고 동네에 나가면 아이들이 내 주위로 몰려들었으니까요. 어쨌거나 아버지의 여관은 매일매일 손님들로 넘쳐났어요. 문제는 돈이 많아지자 노름이 다시 아버지를 유혹했다는 거예요. 돈이 물밀듯이 들어오면 어딘가에 써야 한다는 강박이 생기지 않습니까?(웃음) 소맷자락에 돈다발을 넣고 도박을 하러 다니셨죠. 그러다 어머니에게 들통이 나면 불같이 혼이 나셨고요. 어머니는 만주의 여인과는 달랐습니다. 도박으로 여관을 다 날려버릴 생각이라면 자식들을 데리고 떠나겠다고 으름장을 놓으셨지요. 그러자 진짜로 아버지가 도박을 그만두셨습니다.

김윤덕 **끊기 힘들다는 노름도 그만두셨으니 엄청난 부자가 되었겠습니다.**

후지와라 그랬으면 얼마나 좋겠습니까? 돈이 남아도니 아버지는 그 돈을 야구에 쓰기 시작합니다. 야구광이었거든요. 돈이 많으니 야구 팀을 거느리는 구단주가 되고 싶으셨던 겁니다. '여관에 소속된 야 구팀 구단주'라는 말을 들어보셨습니까?(웃음) 이름도 '청룡클럽'이 라고 붙였어요. 후지와라 여관이 거느리는 야구단 청룡클럽! 당시 야구가 대유행이긴 했지만 롯데 같은 대기업이나 야구단을 갖고 있 었지, 일개 시골 여관이 운영하는 야구단은 없었습니다. 그래도 청 룡클럽은 나름 강팀이었어요. 전국 고등학교에서 야구 실력이 뛰어 난 선수들만 모아놨으니까요. 선수들은 시합이 끝나면 유니폼을 입 은 채로 우리 여관에 와서 밥을 먹었지요. 그 풍경이 어린 나에겐 퍽 낯설고도 재미있었어요. 문제는 야구단에 돈을 퍼부어도 아버지에 겐 여전히 돈이 남아돌았다는 데 있었지요(웃음). 그러자 아버지는 전국 고교야구대회를 자신이 직접 개최하겠다는 원대한 계획을 세 우게 됩니다. 실제로 전국의 모든 고교야구팀에 편지를 보내고, 스무 개 학교로부터 참가하겠다는 답장을 받아내지요. 한 학교에 임원과 교사까지 포함해 20~30명씩 되니 선수단만 5백 명이 넘고, 응원단 까지 따라오니 대략 천 명이 모지항을 찾아오게 된 겁니다. 아버지 는 신이 나서 모지항의 모든 여관은 물론 옆 도시의 여관들까지 전 부 예약을 했어요. 그리고 마침내 선수단들이 모지항으로 오기 시작 했지요. 그런데 대회를 코앞에 두고 엄청난 일이 발생했습니다.

김 윤 덕 지진이라도 일어난 건가요?

후지와라 전국고교야구연맹으로부터 한 통의 편지가 날아왔습니다. 개인이 사적으로 그런 대회를 열면 안 된다는 내용이었죠. 대회를 당장 중단하라는 강력한 경고도 포함되어 있었습니다. 결국 대회는 무산됐습니다. 아버지는 천여 명의 손님을 위해 예약했던 여관을 취소하면서 방값의 50퍼센트를 보상하셔야 했지요. 이 일로 아버지의 돈은 상당히 많이 줄어들게 됩니다.

김윤덕 아버님은 왜 그리 무모한 모험을 하셨을까요? 아무리 야구가 좋아도 그렇게 큰 비용을 들이면서까지 즐길 이유가 있을까요?

후지와라 저도 가만히 생각해보았는데, 아마도 모지항에 있는 야구장 단상에서 당신이 개회사를 하는 영광을 누리고 싶으셨던 것 같아요. 그 대회에서 우승한 야구팀과 후지와라 여관의 청룡클럽과의 명대결도 보고 싶었겠지요. 그 허세, 허풍을 남자라면 이해할 수 있을 겁니다. 길고 긴 일본 고교야구 역사에 이런 에피소드는 또 없을 거예요 (웃음).

김윤덕 후지와라 여관은 어쩌다 내리막길을 걷게 됐습니까? 야구대회가 무산되면서 경제적으로 입은 타격이 적지 않았던 걸까요?

후지와라 야구 때문에 큰돈이 날아갔지만, 그래도 아버지에겐 돈이

제법 남아 있었어요(웃음). 여관의 파산은 모지항의 쇠퇴와 관련돼 있습니다. 규슈 섬과 혼슈 섬 사이에 자동차가 달릴 수 있는 해저터널이 뚫리면서 모지항은 쇠락의 길을 걷게 되죠. 어린 마음에도 교통이라는 요인이 지역 경제에 얼마나 큰 영향을 미치는지 실감했습니다. 상황이 180도 달라진 거예요. 혼슈와 규슈를 잇는 연락선이 오갈 때는 배를 타려는 사람들이 반드시 하룻밤 이상 모지항에 묵고 갔지요. 하지만 해저터널이 생기면서 자동차를 타고 바로 혼슈로 넘어가게 되니 모지항의 숙박업이 급속도로 쇠퇴할 수밖에 없었지요. 엄청난 영화를 누리다가 갑자기 몰락하게 된 겁니다. 우리 집이 완전히 파산한 것은 내가 고등학생일 때지만, 이미 그전부터 내리막길로 들어서고 있었습니다.

김윤덕 **모지항이 쇠퇴했다고 해서 항구의 모든 여관이 망하진 않았을 듯한데요.**

후지와라 완전히 망하기 전에 아버지가 여관을 하나 더 지었어요. 니시키마치라는 마을에서 세이류라는 마을로 이사해 더 크고 멋진 여관을 개업한 거죠. 좀 더 좋은 시설을 갖춰서 손님을 끌어들이자는 생각에 투자를 한 겁니다. 하필 그때부터 모지항에 머무는 사람들의 발길이 거의 끊기기 시작했지요. 흥청거리던 마을이 거짓말처럼 고요해졌으니 넓기만 한 세이류의 여관 또한 손님이 있을 리가 없었어요. 문제는 아버지가 여관을 새로 지으면서 돈을 많이 빌리셨다는 겁니다. 집안의 몰락이 시작됐죠.

김 윤 덕   **도움받을 곳이 전혀 없었나요?**

후지와라   알다시피 형편이 좋을 때는 모든 사람이 친절하게 대하지만, 상황이 나빠지면 인간의 본래 모습이 나타나지요. 그게 세상 이치입니다.

김 윤 덕   **친지나 친구 분들이 등을 돌리신거군요.**

후지와라   아버지가 경제적으로 어려워졌다는 소문이 나자 가장 친하게 지냈던 튀김집 아저씨가 달려왔습니다. 나를 무척 귀여워하던 분인데, 아버지는 그분에게 백만 엔을 빚지고 있었어요. 우리의 어려운 형편을 도와주러 온 줄 알았는데, 그게 아니었지요. 4톤 트럭에 인부 다섯 명을 데리고 와서는 우리 집 물건들을 실어 나르기 시작했습니다. 그때 어른들은 집에 안 계셨고, 누나와 나만 겁에 질려 방에 숨어 있었어요. 튀김집 아저씨는 우리가 즐겨 듣던 SP판까지 들고 가려고 했어요. 그때 처음 분노라는 걸 느꼈지요. 그때까지 점잖은 부잣집 도련님이었기에 제가 다른 사람에게 화를 낸다는 것은 상상할 수 없었습니다. 하지만 그때 나는 우리 집 물건을 모두 끌어내 현관에 잔뜩 쌓아놓고 걸어오는 튀김집 아저씨를 향해 레코드판을 집어 던졌습니다. 처음으로 세상을 향해 분노를 느낀 순간이었어요. 그 한 순간이 인생에 커다란 분기점이 되었지요. 내게 처음으로 '자아'라는 게 생겼습니다. 고등학교 1학년 때였죠. 아무 생각도 아무런 걱정도 없이 호의호식하던 도련님은 그날 세상의 진실, 인간의 이중적인 얼굴을 목격합니다. 인간이 한번 기울기 시작하면 시체를 파먹는 새들, 까마귀들이 몰려든다는 것을 처음으로 직시하게 되었지요. 여기까지가 내가 모지항에서 살았던 시절의 이야기입니다.

5장

손등으로
뺨을 치는 마음

결핍 없는 성장기가 결코 축복이 아님을, 나이 들며 절감한다. "신은 사랑하는 자에게 고난을 준다"는 성경 구절이 도무지 이해되지 않더니 나이 마흔을 넘겨 그런가, 시련과 고난이 한 사람의 인생에 왜 축복이 되는지 조금은 알겠다.

중학교 동창회에서 우연히 만난 '그녀'는 딸 때문에 고민이 많았다. 명문대 의대를 나와 남편과 함께 제법 큰 병원을 운영하는 그녀는 겉보기엔 남부러울 것이 없어 보였다. 환자가 많은 날 퇴근이 늦어지고 몸이 물 먹은 솜처럼 무거워지는 것을 빼고는. 친구는 강남의 최고급 아파트에서 외제 승용차를 끌며 상위 1퍼센트의 풍요로운 삶을 누리고 있었다.

문제는 딸이었다. 고등학생인 딸에겐 '꿈'이 없다고 했다.

무엇이 되고 싶다, 어떻게 살고 싶다는 포부가 없었다. 대입 위주의 한국 교육이 문제인 것 같아 외국 유학을 제안해봤지만 딸은 고개를 저었다. "말도 안 통하는 나라에서 왜 불편하고 외롭게 살아?" 친구도 거의 없어 우울증 증세까지 보인다는 딸 얘기를 하며 한숨을 내쉬던 그녀는 '결핍'이란 단어를 꺼냈다. "하나부터 열까지 부족한 것 없이 살아온 딸에게 '소망이 무엇이냐'는 물음 자체가 말이 안 되는 거야. 막말로 돈을 갈퀴로 긁어모으면 뭐해. 자식을 위해 보람 있게 쓸 수가 없는걸."

따지고 보면, 이런 고민은 그녀만의 것이 아니었다. 정도의 차이가 있을 뿐, 10대 자녀를 둔 대한민국 부모들의 공통된 고민인지도 모른다. 나라 전체가 가난했던 60~70년대에 성장기를 보낸 부모 세대는 주어진 결핍을 극복하기 위해 이를 악물고 경쟁했다. 마음먹은 대로 꿈을 이룰 수야 없었지만, 최소한 내 부모보다는 훌륭한 사람이 되고 풍족한 삶을 살아야겠다는 포부, 혹은 투지가 있었다.

하지만 그때에 비해 태어날 때부터 풍족했던 요즘 10대들은 다르다. 좌절, 결핍을 경험해본 적 없는 아이들은 자기가 뭘 하고 싶어 하는지, 어떤 삶이 뜻 깊고 아름다운지에 관심이 없다. 부모 세대보다 훨씬 치열하게 살아야 하는 사회이지만, 왜 경쟁을 하며 살아야 하는지 이해 못 하는 아이들이 부지기수다.

10대 아들을 둔 나의 푸념을 듣고 사부 신야가 쓸쓸하게 웃었다. 일본의 10대, 20대들도 마찬가지라고 했다. 아니 한국보다 훨썬 먼저 청소년들의 무기력증이 나타나기 시작했고, 오래전부터 '히키코모리'라고 불리는 은둔형 외톨이들이 사회문제가 되고 있다고 했다. 이는 결핍의 부재 때문이기도 하지만 과도한 경쟁 체제 사회에 미리 겁을 먹고 필요한 경쟁조차 포기한 아이들이 늘어났기 때문이라고 했다. 또한 그는 '다름'이라고는 찾아볼 수 없는 획일적인 입시교육, 1등만 알아주는 사회구조도 문제지만, 현실에 저항하지 않고 맹목적으로 순응하려는 어른들, 부모들이 더 큰 문제라고 꼬집었다.

그런 점에서 "부잣집 도련님이었던 자신에게 집안의 파산이라는 거대한 시련은 차라리 축복이었다"고 신야는 말했다. 어느 날 갑자기 빈곤의 나락으로 떨어진 순간의 상처와 트라우마가 현실을 냉철하게 바라보는 눈, 그리고 투지를 길러주었기 때문이다. 10대의 어린 나이로 견뎌내기 버거운 시련을 안겨준 부모 또한 신야에겐 원망의 대상이 아니라 고마운 존재였다. 그 이유가 모지항을 떠난 신야 가족이 겪은 파란만장한 삶의 여정에 담겨 있다

벳푸항의
74세 삐끼

김 윤 덕   고향 모지항을 떠나 벳푸, 그러니까 오이타 현의 칸나와라는 온천

마을로 이사하셨지요?

후지와라   튀김집 아저씨의 횡포가 있은 지 1년 뒤의 일이었죠(웃음). 채권자가 한둘이 아니어서 나중에는 집까지 다 빚쟁이들에게 떠넘 겨야 했습니다. 갈 곳이 없었어요. 그때 모지항에서 여관을 운영하는 아버지 친구 분이 우선은 자기 집으로 와 있으라고 했습니다. 우리 에게 남아 있는 재산이라고는 이불밖에 없어서 그걸 짊어지고 갔죠. 친구 분의 여관도 우리 여관만큼이나 크더군요. 주인은 우리가 가져 온 이불을 커다란 응접실에 쌓아놓으라고 하더니, 우리 식구에게는 햇볕이 들어오지 않는 단칸방을 내주었어요. 그 와중에 나는 고등학 교에 다녔고, 어머니와 누나는 설거지하고 청소하며 여관 손님들 시 중을 들었습니다. 그런데 아이들 눈이 의외로 민감합니다. 어른들은 막상 어려운 상황에 부닥치면 당황하고 동요하면서 사물을 올바르 게 바라보는 안목이 흐려져요. 하지만 아이들은 다릅니다. 나는 아버 지의 친구를 의심하기 시작했어요.

김윤덕   갈 곳 없는 친구의 가족을 받아준 은인이 아니었던가요?

후지와라   사실 그 사람은 이불 욕심으로 우리 식구를 받아준 거였어 요. 당시엔 이불이 굉장히 값어치 있는 귀중품이었으니까요. 게다가 우리 이불은 아주 좋은 천, 특A급으로 만든 제품들이었지요. 실제로 어느 날 응접실에 가보니 높게 쌓여 있던 우리 이불들이 눈에 띄게 줄어 있었습니다. 안 되겠다 싶어서 천으로 우리 이불을 덮은 뒤 꽁꽁 묶어놨지요. 주인이 가져가지 못하게요(웃음). 이불은 우리 가족의 마지막 남은 자존심 같은 거였습니다. 그렇게 1년을 지냈더니, 주인이 혼슈에 망한 우동집이 있는데 거기 가서 우동 가게를 해보지 않겠느냐고 아버지에게 제안했습니다. 아버지는 식구들 입에 당장 풀칠을 해야 하니 관심을 가졌지만, 내가 절대 안 된다며 반대했어요. 왠지 그 여관집 주인이 하라는 대로 해서는 안 될 것 같았습니다. 지금 생각해보면 한 가족이 나아갈 길을 이제 겨우 고등학생이 된 내가 정한다는 것은 있을 수 없는 일이지만, 막연하게나마 어떤 확신이 있었어요. 한 번 망한 우동집을 우리가 가서 한다고 성공할 확률이 높아지겠습니까? 더 어려워지면 어려워질 테지요. 내가 워낙 고집을 피우니 아버지도 양보를 하셨어요. 대신 벳푸로 가서 이불 대여업을 하면 어떨까 하는 의견들이 나왔고, 그래서 우리 식구는 모지항을 등지고 벳푸로 떠나게 됩니다.

김윤덕　　**벳푸에서는 희망이 보이던가요?**

후지와라　　유감스럽게도 벳푸에는 이미 이불 대여업을 하는 가게가 차고 넘쳤지요. 여관들마다 단골로 거래하는 가게들이 이미 다 정해져 있었고요. 결국 아버지는 이불 대여업을 포기하고 그걸 다 팔아서 당

분간의 생활비를 마련했지요. 그때 이미 아버지의 연세가 일흔다섯
이었어요. 그 나이에 무너졌다면 다시 일어서기는 현실적으로 불가
능하지요. 그런데도 아버지는 포기하지 않으시고 뭐라도 해봐야겠
다는 의지로 가득 차 있었습니다. 내가 아버지를 존경하는 이유지요.
아내와 자식들한테 다 털어놓지는 않으셨지만, 아버지는 식구들 몰
래 여러 가지 일들을 하신 것 같아요. 가진 건 몸뚱이 하나밖에 없으
니 몸을 팔아 무엇을 해보실 작정으로 처음엔 거리를 계속 배회하
셨습니다. 대형 여관을 경영한 경험이 있으니 벳푸의 여러 여관집을
찾아가 혹시 당신이 할 일이 없을까 물어보고 다니셨을 겁니다. 한
때 큰 부자였고 여관협회 회장까지 했던 사람이 마치 부랑아처럼 일
을 구걸하게 된 셈이죠. 아침 일찍 집을 나가면 종일 여관을 돌아다
니다가 밤 10시가 넘어야 집에 돌아오셨어요. 한겨울에는 망토를 뒤
집어쓰고 다니셨는데, 밤에 들어오실 때 창백한 얼굴빛을 보면 오늘
도 일이 잘 안 되었다는 사실을 직감할 수 있었습니다.

김 윤 덕 **일정한 수입도 없었으니, 집안은 더욱 더 가난해졌겠습니다.**

후지와라 그런데 아버지의 생명력이 대단했어요. 칸나와를 비롯해 벳
푸는 유명한 온천 지역이니 관광버스들이 수없이 드나들지 않습니
까. 버스들 정차하는 데서 무심코 앉아 있다가 일거리를 발견하신 겁
니다. 버스에서 내린 손님들에게 여관을 추천해주는 일이었죠. 여관

을 안내해주면 여관으로부터 숙박비의 20퍼센트를 받습니다. 일종의 호객행위가 성행하는 걸 보고 아버지가 '아, 이걸 하면 되겠다' 하고 무릎을 치신 겁니다. 단골 업체들과만 거래하는 이불 대여업과는 달리 여관들은 예전에 거래가 없었다고 해도 손님만 데려가주면 돈을 주었으니까요. 다행히도 아버지에겐 인덕이 있어서 손님이 점점 늘어났습니다. 그 일을 시작한 지 2주일이 지난 어느 날 밤 집에 들어오신 아버지가 식구들을 좌탁에 둘러앉힌 뒤 안주머니에서 20만 엔을 탁 꺼내서 보란 듯 내려놓으셨지요. 그게 2주 동안 아버지가 벌어들인 수입이었어요. 당시 20만 엔은 지금의 2백만 엔에 해당할 만큼 큰돈이라 식구들이 깜짝 놀랐습니다. 아버지 인상이 믿음을 주었는지 이후로도 일은 상당히 잘 되었던 것 같아요. 운이 좋아 예약 없이 단체로 들어온 사람들을 잡으면 그들을 버스에 태운 채로 점찍어둔 호텔로 직행하니 목돈이 왕창 들어왔지요.

대나무에
마디가 있는 이유

김 윤 덕   야쿠자에서, 보석상으로, 여관 주인에서 관광 에이전트로 변신을 거듭하셨군요(웃음). 참으로 대단한 생명력을 지닌 분입니다.

후지와라　하지만 좋은 일에는 시련이 닥치게 마련이지요(웃음). 알고 보니 호객행위도 마음대로 할 수 없는 곳이 벳푸였어요. 20여 명의 삐끼들이 나름 조직을 만들어 손님 나눠먹기를 하고 있었는데, 느닷없이 낯선 노인이 나타나 손님을 빼가니 이상할 수밖에요. 처음엔 나이 든 할아버지이니 그냥 두자고 했다가, 2주일이 지나고부터는 이 노인이 손님을 제일 많이 차지해 데려가니 화가 난 겁니다. 급기야 삐끼들은 아버지를 호출합니다. 스무 명이 바닷가로 끌고 가빙 둘러싸고는, 이 일에서 손 떼지 않으면 바다에 처넣겠다고 협박을 했지요. 비록 일흔이 넘은 노인이었지만 왕년에 뜬 눈으로 불 속에도 뛰어들었던 야쿠자 출신의 아버지는 눈도 깜박하지 않았다고 해요. 딱 한마디만 하셨지요. "도나도세!" 규슈의 방언으로 '마음대로 해!'라는 뜻입니다. 배짱만은 20대 젊은 시절 못지않았던 겁니다. 하지만 현실적으로, 물리적으로 당해낼 수 없는 상황이니 분명 굉장히 위험한 순간이었어요. 그때 엄청난 기적이 일어납니다. "아니, 후지와라 대장 아닙니까?" 삐끼들 사이에 아버지를 알아보는 사람이 있었던 거예요. 아버지처럼 모지항에서 여관을 경영하다 사업이 망하면서 삐끼로 전락한 사람이었죠. 그 남자의 도움으로 아버지는 무사히 살아나셨고, 삐끼 조합에도 가입하게 됩니다. 너무 많은 손님을 혼자서 끌고 가지 않겠다는 조건으로요(웃음).

김윤덕　오로지 부친에게만 생계를 의존했나요?

후지와라 그럴 리가 있나요. 누나 둘과 형, 그리고 나까지 우리 4남매도 일을 했습니다. 집에 돈이 없다는 걸 아니까 방학이 되면 여관 같은 데 돌아다니면서 아르바이트 자리가 있는지 묻고 다녔지요. 고매한 '도련님'이었던 내가 허드렛일을 찾아서 돌아다닌 겁니다(웃음). 물론 가는 곳마다 아이들이 할 일은 없다며 쫓겨나곤 했죠. 그러다가 하루는 굉장히 큰 여관에 가게 되었어요. 주인이라는 사람이 막 일하는 노동자처럼 험악한 인상이라 망설였지만 그래도 용기를 내어 "아저씨, 아르바이트 자리 있으면 하나 부탁드립니다" 했지요. 그러자 주인이 나를 무섭게 한번 쏘아보고는 자기를 따라오라고 합니다. 여관 안쪽 정원으로 데려가더군요. 정원에는 개축공사를 하고 난 뒤라 쓰레기들이 잔뜩 쌓여 있었습니다. 내가 할 일은 정원에 널브러진 쓰레기들을 정리하는 거였어요. 쓰고 남은 자투리 목재들에 박힌 못을 따로 뽑아서 모으고, 나무는 나무대로 모아놓는 작업이었죠. 분류를 잘 못하면 혼이 나니까 정말 열심히 했어요. 한편으로는 의구심도 들었지요. 쓰고 버릴 목재들의 못은 왜 뽑아서 정리하는 걸까. 못들은 죄다 녹슬고 휘어져 있어서 쓸모가 없어 보였거든요. 일을 열심히 해서 며칠 동안 일당을 받던 어느 날 그 여관 앞을 지나다가 이상한 장면을 보게 됩니다. 2톤 트럭이 와서 얼마 전 내가 정리한 폐목재들을 실어내고 있었어요. 운전수에게 이 폐목재들을 어디로 가져가느냐고 물었더니 불태워버릴 거라고 해요. 순간 화가 나더라고요. 내가 며칠 동안 못을 뽑고 정리한 나무인데 태워버린다니 얼마나 허무합니까. 그래서 여관 주인에게 달려가 물었습니다. 진짜로 저 나무들을 태울 생각이냐고요. 그러자 주인이 아무 말도 없이 다른 데로 가버리더군요. 며칠 후 그 여관이 개축을 기념해 잔치를 하게 되었습니다. 일본에서는 잔치를 할 때 집주인이 떡이나 과자를 손님들에게 뿌리는 풍습이 있는데, 2층에 있던 주인 아저씨가 유독 나한테만 떡과 과자를 뿌리는 겁니다. '쓸데없는 일만 시키는 저 매정하고 무뚝뚝한 아저씨가 왜 나에게 과자와 떡을 던진 거지?' 하고 의아해하며 집으로 돌아오는데, 불현듯 깨달았습니다. 아, 주인 아저씨는 내게 일감을 주기 위해 필요 없는 일을 일부러 만들어 시킨 거였어요. 인상은 험상궂고 목소리는 맹수처럼 거친 남자였는데, 그 속엔 이토록 깊고 따뜻한 마음이 있었던 거지요.

김윤덕　역시 사람은 겪어봐야 아는 거로군요. 겉모습, 첫인상만으로 한 사람을 판단했다가 후회한 적이 저도 많습니다(웃음). 어쨌든 아름다운 추억이라고 했지만 그래도 여전히 서럽고 고달팠던 시절이었을 것 같아요.

후지와라　화류계의 도련님이 어느 날 갑자기 절벽으로 떨어져서 다시 기어오르는 경험을 하게 된 거죠(웃음). 대나무를 보세요. 굉장히 가늘지만 키가 커도 쓰러지지 않습니다. 마디가 있기 때문이지요. 대나무를 보고 있으면 저 마디가 필요한가 싶기도 해요. 그러나 마디는 강도를 유지하기 위해서 존재합니다. 키가 커도 쓰러지지 않도록 잡아주지요. 나는 그때까지만 해도 마디 없는 생활을 계속해왔던 거예요. 하지만 아버지의 여관이 망하면서 내 인생에 아주 강력한 마디가 만들어진 겁니다. 아마도 가업이 계속 잘 되어 내 인생이 탄탄대로 같았다면 나는 마디 없는, 매우 허약한 인간이 되었을 거예요. 틀림없이! 그런 의미에서 굉장히 힘든 나날이었지만 내게는 무엇과도 바꿀 수 없는 귀중한 경험, 축복의 시간이었다고 할 수 있지요.

말하지 않고
행하는 것

김윤덕 당신의 어느 책에 보니 아버지에게 딱 한 번 체벌을 당한 적이 있다고 적혀 있더군요.

후지와라 야쿠자 출신이지만 아버지는 남을 때리는 일은 절대 하지 않았어요. 평생을 통틀어 딱 한 번 제게 손을 대셨지요. 중학교 3학년 때의 일이었어요. 기모노를 파는 가게에 아주 예쁜 여자아이가 살았어요. 아마도 내가 그애를 좋아했던 모양입니다. 왜 그랬는지는 기억나지 않지만, 내가 그 아이를 울렸던 것 같아요. 원래 세상 풍파로 마음이 일찌감치 일그러진 남자아이는 누군가를 좋아하면 이상하게 못살게 구는 습성이 있습니다(웃음). 딸아이가 울면서 돌아오자 기모노 가게 엄마가 열이 받아서 우리 집을 찾아왔겠지요. 왜 내 딸을 울렸냐고 다그치면서. 하필 그 자리에 아버지가 계셨습니다. 아버지는 여자를 울리는 놈은 세상에서 가장 나쁜 놈이라고 생각하는 남자였죠. 아버지의 손이 내 얼굴로 날아오더군요. 그런데 손바닥이 아니라 손등이었습니다. 손바닥으로 뺨을 맞는 것과 손등으로 뺨을 맞는 것은 상당히 다른 느낌을 줍니다. 손바닥으로 뺨을 후려치는 경우 아무래도 감정이 개입되니까요. 기분이 나쁘지 않았어요. 손등으로 때리면 그래도 아직 여유가 있다는 신호로 받아들여집니다. 요컨대 '가르치겠다'는 또 다른 표현이지요. 실제로 손등으로 누군가를 때리면 맞는 사람의 얼굴보다 때리는 사람의 손이 더 아프다고 해요. 조금 다른 이야기입니다만, 일본에서는 매일 아침 밥상에 촛불을 켜놓습니다. 식사 기도를 마친 뒤 손등으로 바람을 일으켜 촛불을 끄지요. 그런데 촛불은 안쪽보다 바깥쪽으로 바람을 일으킬 때 더 쉽게 꺼집니다. 나는 아버지의 손등이 날아온 순간, '어! 아버지가 촛불을 끄는 방식과 똑같네' 하고 생각했습니다(웃음).

김 윤 덕   아버지의 기질을 아주 많이 닮으신 것 같아요. 아버지의 어떤 가르침이 당신에게 가장 큰 영향을 미쳤을까요.

후지와라   알게 모르게 여러 가지 사고방식과 생활 습관, 가치관을 물려받았겠지만, 우선 떠오르는 한 가지는 뭔가를 행동에 옮길 때 말하지 않는다는 것입니다. 말하지 않고 행하는 것! 아버지는 자식들에게 뭔가를 해주실 때에도 아무 예고 없이 실행하셨지요.

김윤덕 **그와 관련해 어떤 추억이 있습니까?**

후지와라 아키타견犬에 관한 추억이 있어요. 형이랑 둘이서 아키다견에 관한 책을 보고는 어머니에게 "이 개 좀 사주시면 안 되겠냐"고 날이면 날마다 졸랐지요. 그때 내가 중학생이었는데 아키타견에 관한 한 마니아여서 개의 혈통부터 외모까지 죄다 꿰뚫고 있었어요. 어느 날 밤 9시쯤 우리 집으로 인부들이 어떤 요람을 가지고 들어왔습니다. 그 안에 아키타견이 들어 있었지요. 아키타라는 지역에서 출발해 차를 여러 차례 갈아탄 뒤 그날 밤에야 도착한 겁니다. 아버지는 개가 집에 도착할 때까지 아무 말씀도 하지 않으셨던 겁니다. 물론 우리 형제는 깜짝 놀랐고, 날아갈 듯이 기뻤죠. 한눈에도 아키타견임을 알 수 있었지만 진짜인지 아닌지 확인하려고 개의 발목을 잡아서 굵기를 재봤습니다. 크게 자라는 개는 발목이 굵다고 배웠으니까요. 아직 새끼인데도 녀석의 발목은 아주 굵었습니다. "아, 이건 진짜다" 하고 기뻐했지요. 메이지 세대인 아버지는 전형적인 그 시대 남자였어요. 이것저것 말하지 않고 묵묵히 뭔가를 추진하는 사람들. 그런 습성을 나도 물려받았는지, 무슨 일을 성사시킬 때 미리 말을 하지 않습니다. 사람들이 깜짝 놀라면 재미있기도 하고요(웃음).

김윤덕   **아버지는 아들의 인도 여행을 어떻게 생각하셨습니까.**

후지와라   가라, 혹은 가지 마라는 식의 말씀은 일절 하지 않으셨어요. 아버지에게 '아들이 인도로 간다'는 것은 아무 일도 아니었으니까요. 대단한 일도, 놀랄 일도 아니었지요(웃음). 나 또한 인도로 떠날 때 부모님께 보고를 하거나 상의를 드리지 않았어요. 인도에 있는 동안 여행기를 어떤 잡지에 기고했는데 그걸 우연히 아버지가 보시고 당신의 아들이 인도에 있음을 알게 되었지요. 그래도 학교까지 그만둘 거라고는 생각하지 못하셨나봅니다. 어머니 역시 아들이 대학을 그만둔 것을 몹시 슬퍼하셨지만, 두 분 다 나의 결정을 존중해주셨습니다.

사부 신야는 마초(남성우월주의자)였다. 정의롭고 의협심이 강한 마초! "일본의 젊은 남성들이 갈수록 소심해지고 연약해져 속상하다"며 안타까워하는 강력한 남성성의 소유자이며, 칠순의 나이에도 자기가 '남자'라는 사실을 잊지 않는 매력적인 할아버지였다. 역설적이게도, 그는 페미니스트이기도 했다. 여성, 장애인, 방황하는 10대, 소수민족 등 사회적 약자들에게 누구보다 깊은 애정과 연민을 가진 휴머니스트였다.

이 풍요롭고 기름진 DNA를 신야는 아버지에게서 물려받았다. 야쿠자 출신의 무모하고 저돌적이며 허풍스러웠던 이 남자는 이제 겨우 열 살 난 아들에게 말하지 않고 행하는 사나이의 도道를 가르쳐준 동시에, 멸치 국물로 계란찜을 만드는 법, 사랑을 표현하는 법도 함께 전수한 진정한 사부였다.

아버지만큼이나 아들은 강하고 정의로우며 낭만적인 남자로 자란다. 파란만장한 인생을 살았지만 90세 넘게 천수를 누린 뒤 잠자는 듯 평온하게 떠났다는 사부 신야의 부친을 실제로 만나보았다면 어땠을까. 사부 신야는 "아버지에 대한 추억은 심장에 박혀 있는 거라 좀처럼 이야기하지 않는다"며 빙그레 웃었다. 그만큼 그에게 아버지는 태산 같은 존재였나 보다. 무엇이든 정해진 것은 싫었고, 인생에 정답은 없다고 믿었던 규슈남아의 삐딱한 인생은, 살기 위해서라면 '삐끼질'도 마다하지 않았던 생활력 강한 아버지 슬하에서 일찌감치 움트고 있었다.

6장

아무것도 되지 못한 불안,
그러나 자유!

얼마 전, 언니가 전화통에 대고 훌쩍거렸다. 대학생 딸이 엄마 아빠 몰래 편의점 아르바이트를 하고 있더라며. 이른바 '인서울in Seoul'권에 있는 사립대에도 갈 수 있는 실력이었지만, 한 학기 사오백만 원하는 등록금을 부모에게 부담지우기 싫어 지방 국립대를 선택한 조카였다. 악착같이 공부해 장학금을 탄다고 들었는데, 기숙사비나 생활비도 손 벌리기 싫었는지 엄마 아빠 몰래 편의점 아르바이트를 시작한 거였다. "편의점은 24시간 열려 있는데, 밤에 나쁜 놈이라도 들이닥치면 어떡하냐구. 남들처럼 풍족하게 키우지도 못했는데, 너무 불쌍해. 면목이 없어."

끝도 없는 푸념에 나는 20년도 더 지난, 대학 시절 이야기를 언니에게 털어놨다. 청주 부모님 밑에서 학교를 다닌 언니와 달리

나는 혈혈단신으로 서울에 올라와 대학 생활을 시작했다. 돈이 있을리 없었던 시골 교회의 가난한 목사 딸이니 나름 짭짤한 설움을 겪었다. 학기 중엔 기숙사 생활을 했지만, 문제는 방학 때였다. 언론에 대한 꿈이나 사명감보다는 기자 장학금이 탐나 학보사에 들어갔더니 방학 중에도 서울에서 머물며 학보사 일을 계속해야만 했다. 부모님에게 방학 동안의 숙박비까지 달라고 할 수가 없어 메뚜기처럼 친구들 집, 혹은 자취방을 전전하며 2~3일씩 더부살이를 했다. 하루는, 재워주겠다는 친구가 약속을 잊고 여행을 떠난 바람에 한밤중에 오갈 데 없는 신세가 됐다. 핸드폰도 삐삐도 없던 시절이었다. 이리저리 궁리하다 딱 한 번 가본 학보사 친구의 자취집을 무작정 찾아가기로 했다. 남가좌동으로 기억하는데, 버스 종점에서 내려 캄캄한 골목골목을 순전히 직감만으로 찾아가던 기억이 지금도 생생하다. 마침내 찾아낸 연립주택 2층집 셋방. 문을 두드려도 기척이 없어 돌아서려는 찰나 현관문 사이로 빼꼼히 나타난 친구의 얼굴에 눈물이 왈칵 쏟아졌다.

　　그런 딸이 안타까웠는지 아버지는 서울의 아는 목사님에게 부탁해 방학 동안 머물 처소를 마련해주셨다. 그렇게 해서 빨간 십자가가 공동묘지처럼 서 있는 구로동, 어느 여자 회사원의 자취방에 한 달간 더부살이를 할 수 있었다. 혼자 살기도 비좁은 방에 얹혀사는 내게 싫은 내색하지 않았던 언니는 지금 무얼 하며 사는지. 지금도 취재차 2호선 순환열차를 타고 아주 가끔 구로동을 지날 때면 가습 한복판에 알싸한 서러움과 두려움이 밀려든다.

"그랬어? 너도 힘들었구나. 난 집에서 학교 다니느라 전혀 몰랐다 애. 서울로 대학 갔다고 부러워만 했지."

"알바하는 딸 둔 걸 자랑스럽게 생각해, 언니. 그런 시련 어려서 겪어봐야 나중에 훌륭한 사람 돼. 강해지고 깊어지고. 부족한 것 없이 자란 아이들 바람만 쬐끔 불어도 나가떨어지는 거 안 봐? 염려 마. 고난이 축복이 될 거야."

우리 집안에서 태어난 첫 생명이라 애정이 각별했던 조카에게 나는 사부 신야의 이야기, 그의 20대를 들려주고 싶었다.

신야에겐 '청춘'이라 불리는 20대가 시련의 절정이었다. 자신에게 드리워진 거대한 그늘을 걷어내고 운명을 개척하기 위해 이를 악물었던 시절이다. 가업이 파산한 뒤 공부할 여건이 안 되자 대학 진학 대신, 구두닦이부터 건물 청소원, 나이트클럽 삐끼까지 비천한 직업을 전전했다. 배낭에 칫솔과 카메라만 넣어 미지의 땅 인도로 방랑을 떠난 것도 20대였다.

그에게 청춘의 동의어는 '자유'였다. 아무것도 되지 못한 현실에 대한 불안과 바닥 없는 자유를 가진. 가장 낮은 자리, 삶의 밑바닥에서 세상을 올려다보는 시기였다. 결코 만만치 않았던 그 경험들로 사부 신야는 진짜 삶과 가짜 삶, 목숨을 건 진짜 혁명과 패션에 지나지 않는 가짜 혁명을 구별해내는 매서운 안목을 갖게 되었다. 그는 나락으로 떨어지는 걸 두려워한다면 청춘이 아니라고 했다. 오히려

젊어서 밑바닥 생활을 겪은 사람은 지독하게 운이 좋은 사람이라고,
사부 신야는 말했다.

도쿄 최고의
구두닦이

김 윤 덕 고등학교를 졸업하고 대학에 진학하기까지 3년이 걸렸더군요. 짧
지 않은 그 시기에 무엇을 하셨습니까?

후지와라 건물 청소부터 구두닦이, 나이트클럽 삐끼, 세일즈맨까지
안 해본 일이 없지요. 쓰레받기 들고 하는 일은 지금도 엄청나게 잘
합니다(웃음). 마음만 먹으면 번듯한 사무실에서 하는 일자리를 구할
수 있지만 그러기는 싫었어요. 회사에 종일 매여 있고 싶진 않았
으니까요. 돈은 필요한데, 조직에 고용되지 않고 돈벌이를 할 방법이
없을까 고심하면서 거리를 배회했지요. 당신은 자본 없이, 조직의 도
움 없이 할 수 있는 돈벌이가 무엇이라고 생각합니까?

김 윤 덕 글쎄요. 사업에는 재주가 없어 심각하게 고민해본 적이 없습니다.

후지와라　내 눈에 확 들어온 게 구두닦이였어요. 저건 나도 할 수 있겠다 싶었지요. 당시 일본에서 가장 성능이 좋은 '키위'라는 구두약과 손님이 발을 올려놓을 구두통만 구입하면 누구나 할 수 있는 사업이었죠. 나는 그저 구두 닦을 옷감만 준비하면 되었어요. 구두닦이용으로 가장 좋은 옷감은 오래 입어서 낡은 천이니까 돈이 전혀 들지 않지요. 만반의 준비를 한 뒤 도쿄의 닛포리 역 앞 계단에 '가게'를 열었지요. 그게 나의 첫 번째 사업 아이템이었습니다.

김 윤 덕　**손님은 많았습니까?**

후지와라　아뇨. 1주일 동안 손님이 한 명도 오지 않더군요. 역 안에 있는 구둣방에는 사람들이 북적이는데 내게는 아무도 오지 않았습니다. 하지만 내가 좀 고집이 센 편이라 손님이 오지 않아도 계속 앉아 있었지요. 1주일 이상 손님이 오지 않았다면 오늘도 내일도 오지 않을 거라는 사실을 잘 아는데도 똥고집을 피우며 앉아 있었죠.

김 윤 덕　**저도 엉덩이가 무거운 편인데, 그렇게 살벌한 역전에서 파리 날리면서는 단 한 시간도 앉아 있지 못할 것 같습니다.**

후지와라　(웃음)그렇게 열흘쯤 지난 어느 날이었어요. 아무 생각 없이 멍하니 앉아 있는데 갑자기 구두 하나가 구두닦이 통 위로 올라왔습니다. 나는 깜짝 놀랐어요. 지금도 그 구두의 모양과 색깔이 또렷하게 기억납니다. 독일제 보드반이라는 고품질 검정 구두로, 광도 굉장히 잘 나는 신발이었어요. 구두에 따라 광이 잘 나고 안 나고 하거든요. 아무리 닦아도 광이 안 나는 구두가 있는데, 그 구두는 조금만 문질러도 광이 잘 날 테니 정신을 바짝 차리고 열심히 닦기 시작했습니다. 마침내 작업을 끝내고 돈을 받기 위해 처음으로 손님을 올려다보았어요.

김윤덕 **어떤 사람이던가요?**

후지와라 50세쯤 되어 보이는 아저씨인데 돈을 주면서 이렇게 묻더군요. "꼬마야, 여기 손님 안 오지?" 나는 고개를 끄덕였습니다. 그런 다음 당돌하게 물었죠. "왜일까요?" 그 아저씨가 대답하더군요. "너는 누가 봐도 초보자라는 걸 바로 알 수 있거든. 구두통이며 구두약, 옷차림까지 모두 새것이잖아. 이제 막 시작한 초보 구두닦이라는 사실을 금방 알 수 있지." 그제야 구두닦이로서의 나 자신을 객관적으로 바라보게 되었습니다. 그날 집에 돌아가자마자 샌드페이퍼로 구두통을 열심히 갈아서 닳아 보이게 했습니다. 입고 있던 옷은 마구 더럽혔고, 목에 걸 수건에도 꼬질꼬질하게 때를 묻혔어요. 그리고 나서 다음 날 기차역으로 나갔더니, 정말로 손님들이 오기 시작하더군요. 나는 지금도 그 손님의 얼굴을 기억하고 있습니다. 그는 한국인이었어요.

김 윤 덕　**한국인요? 일본말로 대화를 나눴을 텐데 한국인이라는 걸 어떻게 알았습니까?**

후지와라　한국 사람이 쓰는 일본어였으니까요. 어렸을 때 한국에서 건너왔거나 오래전 한국에서 건너온 부모 밑에서 자란 사람이었을 겁니다. 아시겠지만, 일본에서는 한국에서 온 사람들이 엄청나게 고생하며 삽니다. 구두닦이를 비롯해 자격증 없이 할 수 있는 일은 모두 한국인들이 했다고 봐도 무방하지요. 아마 그 손님도 젊었을 때 밑바닥을 경험한 사람이었을 겁니다. 그러니 나를 보고 동정심을 느꼈고, 귀한 충고를 해주었지요. 나의 아르바이트 인생에서 가장 인상적인 사건이었습니다.

김 윤 덕　**구두닦이 생활은 얼마나 하셨습니까?**

후지와라　제법 오래 했어요. 나는 집착하는 성격이라 어떤 일에 꽂히면 아예 통달할 때까지 파고드는 버릇이 있습니다. 구두닦이의 세계도 삐끼의 세계처럼 나와바리, 그러니까 구역이라는 게 있어서 기존 구두닦이들 틈바구니에서 고생도 했어요. 하지만 나는 최고의 광을 낼 수 있는 기술을 터득하는 데 안달이 나 있었죠. 그래서 일부러 시간을 내어 베테랑 구두닦이들의 구두 닦는 방법을 관찰하기 위해 거리를 돌아다녔습니다.

김윤덕   단지 생계를 잇기 위해 구두닦이를 했다는 뜻이 아니네요. 무얼 하든 그 분야 최고가 되겠다는 결의가 느껴집니다.

후지와라   그런가요(웃음). 마침내 이케부쿠로라는 곳에서 최고의 구두 닦이를 한 명 발견했어요. 그의 구둣방으로 가서 "구두 닦는 법을 가르쳐주십시오" 하고 부탁했습니다. 하지만 '영업 비밀'이라며 고개를 젓더군요. "안 돼!"라는 한 마디와 함께 쫓겨나고 말았습니다. 40대 중반인 그 아저씨가 닦는 구두는 멀리서 봐도 훌륭하게 광채가 났습니다. 정말 멋졌지요. 꼭 저 남자의 기술을 훔치고야 말겠다는 일념으로 내 가슴은 불타올랐습니다.

김윤덕   한번 꽂히면 거침이 없으시군요. 그래서 그 기술을 훔치는 데 성공하셨습니까?

후지와라   직접 가르쳐주지는 않겠다고 하니, 구둣방에서 조금 떨어진 전봇대 뒤에 숨어서 하루 종일 구두 닦는 모습을 관찰했습니다. 물론 바로 걸리고 말았죠. 오랜 세월 구두를 닦아온 베테랑이라 작은 기척만으로도 누가 자신을 보고 있다는 걸 눈치채더군요. 바로 등을 보이며 구두를 닦았습니다. 그렇다고 포기할 내가 아니었지요.

김윤덕　**참으로 집요하십니다.**

후지와라　그 남자가 나를 밀어낼수록 저 기술을 훔치고야 말겠다는 욕망이 점점 강해졌어요. 그래서 다음 날 변장을 하고 그 구둣방을 찾아갔습니다. 입에는 마스크를 하고, 머리엔 야구 모자를 쓴 뒤 구두를 신고 손님으로 가장해 그를 찾아갔지요. 뚜벅뚜벅 걸어가서 구두통 위에 한쪽 구두를 올려놨더니 아무 말 없이 닦아주기 시작했습니다.

김윤덕　**비법을 알아낸 겁니까.**

후지와라　물론입니다. 당신도 구두닦이를 할 생각이라면 반드시 알아둬야 합니다(웃음). 제일 처음 마른 솔로 먼지를 닦아냅니다. 그다음 물에 적셔 꼭 짠 천을 살짝 말린 뒤 구두의 얼룩을 지웁니다. 그다음 키위 구두약을 메리야스 천에 발라 구두를 닦아야 합니다. 이때 메리야스 천은 반드시 낡은 것이어야 해요. 옷감에 잔털이 남아 있어서는 안 되죠. 메리야스 천을 손가락 두 개, 그러니까 검지 중지에 감은 뒤 구두약을 찍어가면서 계속 구두를 닦아갑니다. 진정한 구두닦이는 두 손가락만으로 구두를 능숙하게 닦을 수 있어야 해요. 천에 묻히는 구두약의 양도 중요합니다. 무조건 많이 묻혀서는 안 되지요. 그건 오랜 경험을 통해 느낌, 직감으로 알아내야 합니다. 말로는 설명하기 어려워요. 쉬운 방법은, 구두약을 찍었으면 다시 손바닥에 한 번 더 찍어서 양을 조절해가며 닦는 겁니다. 한 번 찍은 양으로 점점 광을 내어가며 닦아가는 게 관건이지요. 그러다 보면 손가락이 구두에 비칠 정도로 광이 납니다. 마지막 완성 단계도 중요합니다. 물을 뿌려야 해요. 아주 소량의 물을 입에 물었다가 '촤악' 하고 뿌립니다. 그런 다음 낡은 셔츠를 가로 방향으로 문질러 다시 구두를 닦아냅니다. 그러면 구두 위에 물이 놓인 것처럼 빛이 나지요. 물론 물광은 하루밖에 유지되지 않지만 그날만은 최고로 광채 나는 구두를 신을 수 있지요. 마지막 단계에서 융을 사용하는 사람이 있는데, 안 됩니다. 광채가 죽어버리니까요.

김윤덕 **성공하셨네요. 끝까지 들키진 않았습니까.**

후지와라 그럴 리가요. 온 정신을 집중해 베테랑 구두닦이가 하는 모습을 관찰하고 있는데, 불길한 느낌이 들었습니다. 한쪽 구두의 작업이 끝나 다른 쪽 발을 올려놓는 순간 남자가 내 얼굴을 올려다본 것입니다. "어? 너, 이 자식!" 남자가 소리쳤죠. 나는 얼른 "죄송합니다" 하고 사죄한 뒤 한쪽 구두값만 던져놓고 줄행랑을 쳤습니다. 한쪽 구두 닦는 법을 완벽하게 관찰했기 때문에 그것으로 충분했지요. 그

렿게 해서 나는 구두닦이의 비법을 배웠습니다. 구두닦이의 달인이 되기까지 이렇듯 여러 곡절이 있었던 겁니다(웃음).

불안을
한 장만 벗겨내면

김 윤 덕   세일즈맨도 하셨지요? 무엇을 팔았습니까?

후지와라   14인치 TV의 부속품을 팔았어요. 어느 날 신문에 난 작은 기사를 읽었는데, TV 부속품을 파는 수당이 다른 업종에서 주는 통상 일당의 열 배나 되지 뭡니까. 그날로 당장 대리점을 찾아갔습니다. 내게 주어진 일은 14인치 TV에 부착하는 확대경을 파는 일이었습니다. 그 렌즈를 부착하면 14인치 TV가 20인치 화면으로 확대돼 보인다고 했지요. 한 장을 팔 때마다 수당을 주는 시스템인데, 한 장만 팔아도 다른 업종의 하루 일당과 맞먹는 수당을 주었습니다. 가슴이 두근두근 뛸 정도로 흥분이 되더군요. 그래서 "자, 팔고 오겠으니 물건을 주십시오" 했습니다. 그러자 주인이 한 장밖에 주질 않더군요. 그래서 "나는 열 장이 필요합니다" 했더니, "처음엔 무조건 한 장으로 시작한다"며 주지 않았어요. 그 이유를 거리에 나가서야 알았지요. 하루 종일 돌아다녀도 한 장 팔기가 힘들더군요. 또 남의 집 문 '앞'이 아니라 '안'으로 돌진해 들어가야 팔 수 있는 물건이었어요. 아시겠지만, 대문을 뚫고 집 안으로 들어가야 하는 세일즈는 정말 힘들지요. 그 아르바이트는 1주일 만에 끝났습니다. 1주일 동안 단 두 장을 팔았습니다(웃음).

김윤덕   **3년간 20여 종의 아르바이트를 하셨다고 들었습니다.**

후지와라   스무 가지 아르바이트를 하면서 별의별 일들이 많았지만 그래도 가장 큰 배움을 얻은 일은 구두닦이입니다. 나중에 사진 작업을 하게 되면서 그 생각은 더욱 간절해졌지요. 카메라는 위에서 들고 찍기도 하고 아래에 내려놓고 찍기도 하잖아요? 시선의 차이에 따라서 세상이 전혀 다르게 보이지요. 세상 풍경은 미세한 높이 차이로도 아주 다르게 보여요. 아이들이 바라보는 세상과 어른들이 바라보는 세상은 분명히 다릅니다. 지금도 생각이 납니다. 구두닦이를 했을 때는 가장 낮은 위치에서 세상을 바라봤지요. 직업으로서도 아주 비천한 일이었습니다. 앉은 자세에서 노동하는 업종이 그리 많지 않으니까요. 그러니까 젊은 시절, 세상의 가장 낮은 관점에서 세상을 올려다봤습니다. 아주 귀중한 경험이었어요. 도쿄 시부야 거리를 걷다 보면 땅바닥에 주저앉은 사람들을 많이 봅니다. 그들을 보면, 나는 이들이 어떤 관점에서 세상을 바라보는지 알 것 같습니다. 특히 글을 쓴다든지, 예술을 하면서 무언가를 표현하는 이들에게는 그런 경험의 폭이 넓으면 넓을수록 좋다고 생각합니다. 그런데 아래에서 올려다보는 시선을 모르는 사람들이 의외로 많습니다. 의도한 바는 아니지만, 운이 좋게도 나는 그런 경험을 어린 나이에 하게 된 겁니다.

김윤덕 '운이 좋게도'라고 하셨지만 밑바닥 생활을 해야만 했던 순간에는 서럽고 우울하고 화가 났을 듯합니다. 게다가 위험하지 않나요?

후지와라 내 책 중에 《칸나와》라고 있습니다. 칸나와는 아버지의 여관이 망한 뒤 모지항을 떠나 우리가 정착한 벳푸의 작은 마을 이름입니다. 그 책의 표제로 쓴 문장이, "아무것도 이루지 못한 불안과 바닥이 없는 자유"이지요. 고등학교를 졸업하고 대학에 가지 못한, 아무 데도 소속되지 않은 사람의 아무것도 없는 상태의 불안, 그래서 느낄 수 있는 바닥이 없는 자유. 누구나 인생에서 한 번쯤은 그런 순간을 맛보았을 겁니다. 아니 그럴 필요가 있다고 생각합니다. 물론 엄청난 불안에 사로잡히지요. 두렵습니다. 하지만 불안을 한 장만 벗겨내고 보면 커다란 자유가 있습니다. 어쩌면 당시가 내 인생에서 가장 자유로운 시절이었는지도 모릅니다. 3년! 의외로 긴 시간이라 정말 다행이라고 생각합니다. 지금 돌아보니 '야, 정말 재미있었다'는 생각이 들 만큼 참으로 많은 세상 경험을 할 수 있었습니다.

김윤덕   보통 그 시절의 젊은이들은 책을 통한 간접 경험에 시간을 쏟아붓습니다. 그런데 당신은 그 시절 책장이 아니라 거리, 팍팍한 현실 세계 속에 두 다리를 담그고 있었군요.

후지와라   책에서 배우는 것과 거리에서 배우는 것, 현실에서 배우는 것은 서로 비교할 대상이 못 됩니다. 예를 들어 소설 속 등장인물이 아무리 훌륭하게 묘사되었다 하더라도 그 사람을 직접 만나게 된다면 느낌이 굉장히 다를 겁니다. 소설에서 매우 생생히 묘사된 사람이라도 직접 대면해 말을 걸어본다면 책을 읽을 때와는 전혀 다른 느낌을 얻게 될 거예요. 책을 읽고, 글을 통해 세상을 체험하는 것은, 조금 과장하자면, 신의 관점에서 세상을 내려다보는 것과 같아요. 덕분에 사물을 대단히 객관화해서 바라보게 되지요. 하지만 세상에 뛰어들어서 삶을 바라보는 것은 완전히 다릅니다. 벌레의 시선으로 세상을 바라본다고 할까요? 이렇게 책을 통해서 바라보는 세상과 현실과 부대끼면서 보는 세상은 신과 벌레의 차이만큼이나 엄청나게 다릅니다. 비교도 안 되지요.

김윤덕   젊은이들에게 책보다는 현실 세상에 더 많이 부딪쳐보고 경험하라고 조언하고 싶은 건가요?

후지와라   둘 다 필요합니다. 위에서 바라보는 시점과 아래에서 올려다보는 시점 양쪽이 다 필요하지요. 그런 의미에서 독서 또한 많이 할수록 좋습니다. 예를 들어 작가라면 양쪽의 경험을 모두 갖추는 게 좋습니다. 엄청난 양의 독서만을 통해서 일가를 이룬 작가의 작품은 어딘가 공허한 느낌이 들지 않던가요?《레 미제라블》,《파리의 노트르담》을 쓴 빅토르 위고는 자신의 치열한 경험, 극적이라고 할 수 있는 파란만장한 인생을 통해서 위대한 작품을 쓸 수 있었습니다. 많은 독서와 더불어 풍부한 현실 체험으로 훌륭한 작품을 빚어내지요. "문학청년"이라는 말이 있지요? '문청文淸'이라는 뉘앙스에서 우리는 순결을 느끼지만 동시에 빈약함, 결핍을 느낍니다. 지금 당장 내 앞에 커다란 문제를 안고 있는 소녀가 나타났다고 합시다. 문학만 파고든 사람은 이 소녀가 안고 있는 문제를 해결해줄 수 없습니다. 오히려 현실에서 다양한 경험을 하고 시행착오를 겪었던 사람이 소녀를 구할 수 있지요.

김윤덕 그렇게 밑바닥 인생을 온몸으로 겪은 뒤 도쿄예술대학에 들어갑니다. 일본 명문 중 하나라던데, 고교시절 학교 성적이 형편없다고 하지 않았나요?

후지와라 사실 나는 대학에 갈 생각이 전혀 없었어요. 이 답변을 위해 한 가지 고백할 일이 있군요. 아르바이트를 하던 끝 무렵에 나는 폭력조직 같은 곳에 고용됐습니다. 조직이 관할하는 지역의 가게들을 돌아다니며 보호료, 일종의 관리비를 받아내는 일이었죠. 한마디로 약한 사람을 괴롭히는 일이었습니다. 그 전에도 여러 가지 아르바이트를 했지만, 그 일들이 내 인생을 망가뜨리진 않았습니다. 하지만 폭력조직의 똘마니 짓은 오래할 게 못되더군요. 입에 풀칠하는 것도 중요하지만 이러다간 내 인생이 끝장나겠다는 위기감이 들었어요. 아버지가 젊은 시절 야쿠자였다는 얘기를 했었지요? 아버지의 무용담 때문에 야쿠자 세계에 대한 동경이 없지는 않았지만, 내가 들어갔던 폭력조직은 아버지 세대 때와는 전혀 다른 개념의 부도덕한 집단이었습니다. 조직에서 탈출하긴 했는데 '그럼 뭘 하지?' 하는 고민이 생기더군요. 그때 어떤 기억이 떠올랐습니다. 고등학교 시절 내가 그림을 그렸던 일이었죠.

김윤덕 **그림을 잘 그렸나 봅니다.**

후지와라 모지항의 여관이 망해 벳푸에서 가까운 칸나와로 이사 갔을 때가 한겨울이었어요. 우연히 동네 연못가에 피어난 수선화를 보았지요. 애처롭고도 아름다워 그 자리에서 그림을 그렸어요. 낯선 곳이라 친구라고는 없으니 외로웠고, 고독해서 그랬는지 그 꽃이 무척 아름답게 보이더군요. 난생 처음 그림을 그리고 싶다는 강렬한 욕망에 사로잡혔지요. 꽃은 가만히 서 있지만, 마치 내게 말을 걸어주는 것 같았습니다. 이 고마운 꽃을 정말 예쁘게 그려보고 싶었던 것이,

그림의 세계에 빠져든 계기가 됐지요. 그 후로 까맣게 잊고 있던 그림에 대한 열망이 폭력조직을 떠났을 때 다시 솟구쳤습니다. 그날부터 그림 공부를 시작했어요. 화가가 되겠다는 생각은 없었습니다. 그냥 그림을 그려 대학에 가야겠다는 생각을 했을 뿐이죠. 문제는 미대에 가려면 그림 실기뿐 아니라 국어, 영어, 사회 시험도 함께 봐야한다는 것이었어요. 입시의 첫 관문이 필기시험, 두 번째 관문이 연필 데생, 마지막 관문이 석고 데생이었지요. 영어 점수는 낙제에 가까웠을 텐데, 아마도 그 당시의 입시가 그림 실기를 중요시했던 것같습니다(웃음).

공중에 매달린 것
같은 날들

강철 신야라고 해서 바다를 떠돌던 시절이 마냥 자유롭고 즐거웠을리 없다. 집안 전체가 파산한 고등학교 시절에는 절망감이 매우 깊었던 것 같다. 헤밍웨이라는 작가를 처음 만난 것도 그때라고 했다. 고향 모지항의 여관이 파산한 뒤 이주한 벳푸의 헌책방에서 우연히 발견한 책, 《해는 또다시 떠오른다》.

김 윤 덕 순전히 제목 때문에 고르셨다면서요?

후지와라 헤밍웨이가 어떤 사람인지 전혀 몰랐습니다. 무일푼에 가까웠던 데다 낯선 도시, 낯선 사람들에게 둘러싸인 채 불안과 고독, 허전함으로 가득 차 있던 당시였기에 그저 제목이 희망적으로 들려서 책장을 펼쳤지요. 내용은 제목과 달리 그리 희망적이지는 않았지만요(웃음). 파리에 도착한 젊은이가 몸 붙일 데를 찾지 못하고 방황하는 얘기였지요. 신뢰했던 장소를 잃고 낯선 곳에서 정주할 수 없는, 마치 공중에 매달린 것 같은 날들을 힘겹게 버텨내는데, 마치 내 이야기 같았어요. 책장을 덮었을 때 내 안의 고독감이 어느 정도 치유된 것 같은 느낌을 받았으니까요.

아메리카 대륙을 여행할 때 그는 캠핑카로 헤밍웨이가 살던 마을까지 찾아간다. 신야는 《아메리카기행》에 이렇게 적었다.

"종교라는 과거의 생활 규범을 떨쳐낸 헤밍웨이는 새로운 규범을 찾기 시작한다. 그가 찾아낸 규범은 신체적 열광이었다. 헤밍웨이 소설의 주제라고도 할 수 있는 전쟁, 수렵, 투우, 낚시 등이 그것이다. 피와 삶과 죽음 같은 실존적 장면에 집요하리만큼 집착하면서 입회를 거듭하게 된다."

헤밍웨이와 함께 사부 신야가 좋아했던 작가는 빅토르 위고였다. "책에서 배우는 것은 별로 없다"고 말하지만, 삶이 곧 문학이었던 위고만은 예외였던 것 같다. "작가라면 빅토르 위고처럼"이라고 말했을 정도로. 소설가이자 수많은 정치 시를 발표한 현실 참여 시인이었고, 상원의원으로 정치 활동도 했던 위고는 루이 나폴레옹과 대립해 20여 년간 망명과 추방 생활을 거듭하며 아내와 자식을 잃는 파란만장한 생애를 살았다.《레 미제라블》같은 위대한 고전은 현실에 철저히 발붙이고 살았던 위고였기에 쓸 수 있었던 걸작이리라.

그러고 보면 신야와 위고는 비슷한 면이 많다. 둘 다 지독한 현실주의자이며 정치적 발언을 서슴치 않는다. 거칠고 강인한 삶을 살아냈으며 시련을 '찬양'한다. "램프를 만들어낸 것은 어둠이었고, 나침반을 만들어낸 것은 안개였으며, 탐험을 하게 만든 것은 배고픔이었다"는 말은 위고가 남긴 명언이다.

위고와 신야의 공통점이 하나 더 있다. 둘 다 신에게 시큰둥했다는 점이다. 위고가 남긴 유언장에 이런 말이 적혀 있다.

"진리와 광명, 정의, 양심, 그것이 바로 신이다. 가난한 사람들 앞으로 4만 프랑의 돈을 남긴다. 극빈자들의 관을 만드는 데 쓰이길 바란다. 내 육신의 눈은 감길 것이나 영혼의 눈은 언제까지나 열려 있을 것이다. 교회의 기도를 거부한다. 바라는 것은 영혼으로부터 나오는 단 한 사람의 기도다."

"죄를 적게 짓는 것이 선善"이라던 위고나 "죽음 뒤엔 아무것도 없다"고 믿었던 신야 모두 성인처럼 살기를 원치 않았다. 죽음 이후의 삶보다는, 참혹할지언정 지금 이 순간 두 발 딛고 있는 현실을 믿었고, 가열차게 사랑했다. 그들에겐 영생을 바라는 기원보다, 현재의 부조리하고 불의한 삶을 변화시키기 위해 글을 쓰고 사람들을 모으고 발언하는 것이 훨씬 가치 있는 일이었기 때문이다.

이름 없는 사람들에게
배우다

신야가 방황하는 비행 청소년들에게 각별한 관심을 기울이는 것도 사회적 발언의 하나다. 사부 신야가 내민 두툼한 사진집 속에는 거리에서 만나 귀 기울였던 10대들의 모습이 가득 담겨 있었다.

김 윤 덕 **일본 NHK가 드라마로도 제작했다는 당신의 책 《시부야》에는 비행 청소년들의 모습이 많이 등장하더군요.**

후지와라 문청들은 내 책에 등장하는 인물들과 실제로 만나면 대화조차 불가능할 겁니다. 시부야라는 도쿄 중심가에 주저앉아 담배를 피우는 불량한 소녀들에게 당신이라면 어떻게 말을 걸겠습니까.

김 윤 덕 **글쎄요. 요즘 10대들이 워낙 살벌하고 무서워서 가급적이면 대화**

자체를 피하고 싶을 것 같은데요(웃음).

후지와라   맞습니다. 대개는 아이들과 자칫 시비가 일어날까봐 말 걸기가 두려울 겁니다. 그런데 나는 그들 나이대에 밑바닥 생활을 겪어본 덕분에 자연스럽게 대화를 나눌 수 있습니다.

김 윤 덕   **세대 차이라는 게 있지 않습니까?**

후지와라   나는 세대 차이가 있는 것이 좋다고 생각해요. 같은 눈높이, 같은 시선이란 절대 있을 수 없지요. 너와 나의 입장이라는 게 전혀 다르니까요. 어떤 문제에 대해 '너와 나의 생각이 같다'는 관점에서 접근한다면 거짓말을 하게 됩니다. 흔히 같은 눈높이에서 얘기하자는 말을 많이 하는데, 세상에는 상하, 위아래가 분명히 존재합니다. 민주주의가 이상한 방향으로 흘러온 탓에 '모두 똑같이 합시다'라는 주장으로 변질되었지만 그것은 민주주의의 본질이 아닙니다. 오히려 상하관계를 만들면 소통은 훨씬 수월해지지요.

김 윤 덕   **시부야의 소녀들과 무슨 이야기를 나누었나요? 그들의 마음을 어떻게 열었습니까?**

후지와라   솔직히 말하면 전혀 의미 없는 얘기, 쓸데없는 잡담이 대부분이에요(웃음). 이를테면 "지금 네가 사용하는 향수가 뭐야?"라고 묻습니다. 그럼 향수에 관한 이야기가 시작되겠지요. 그 얘기를 하다보면 '6개월 주기로 향수의 유행이 바뀐다'는 사실을 알게 됩니다. 그들이 묻지 않는 한 내 이야기는 하지 않습니다. 소녀들에 관한 이야기만 하지요. 그렇게 대화를 나눠보면 아이들 마음속에 자신의 이야기를 해보고 싶다는 강한 욕망이 숨어 있다는 사실을 알 수 있어요. 처음엔 향수 이야기로 시작했지만, 점점 가족 이야기로 나아갑니다. 그래서 일단 처음에는 쓸데없는 이야기로 시작합니다. 그들도 쌓여 있는 이야기들이 있기 때문에 어느 순간이 되면 자연스럽게 털어놓기 시작하니까요. 기다리는 거죠. 물론 개중에는 끝까지 말을 하지 않는 아이들이 있습니다. 상처가 깊은 아이들은 좀처럼 마음을 열지 않죠. 예를 들어 부모한테 성적性的 학대를 당했다든가 하는 아이들 말입니다. 한국은 어떤지 모르겠지만 일본에는 초등학교 때부터 아버지에게 성적 학대를 받는 경우가 의외로 많습니다. 그런 소녀들을 몇 명 만나봤는데, 이런 경우 마음을 열기가 정말 어렵지요. 씻을 수 없는 트라우마가 생겼기 때문입니다.

김윤덕   성장기 자녀들과 소통하기 어렵다는 부모들이 많은데, 그들도 당신과 같은 방식으로 대화를 시도하면 성공할 수 있을까요?

후지와라   글쎄요. 아닐 겁니다. 내가 그 소녀들과 소통할 수 있었던 이유는, 가족과 전혀 상관 없는 제3자였기 때문이에요. 정신과 의사는 그래서 필요합니다. 의사가 환자의 가족이거나 친척이라면 애초에 상담이 불가능해요. 시부야의 소녀들에게 나는 부모보다 훨씬 편한 존재였을 겁니다. '이 아저씨에게 내 이야기를 하고 싶다'는 분위기를 만들어주었다고 생각해요. 말하고 싶은, 표현하고 싶은 욕망을 자극했다고 할까요. 나에게는 가까운 친구들에게도 얘기하지 못하는 사연들을 많이 털어놓았습니다. 그런 과정을 거쳐《시부야》라는 책이 출간된 것입니다.

김윤덕 **소녀들의 문제를 어떻게 해결해주셨습니까?**

후지와라 인간은 다른 누군가를 대신해서 살아줄 수 없습니다. 스스로 걷기를 기다리는 수밖에 없지요. 그러나 걸을 수 있도록 뒤에서 밀어줄 수는 있습니다. 잘 걷기 위해서 '이렇게 하는 편이 좋다'라고 말해줄 수 있지요. 결국 질퍽거리면서도 살아가야 하는 것은 그 사람 자신이기 때문이에요. 부모도 자식을 언젠가는 품에서 떼어놓아야 하지 않습니까? 우리 모두는 나름의 슬픔과 고통을 안고 있습니다. 시부야의 아이들만이 아니라 나도, 여러분도 모두 시련과 아픔을 겪으며 살지요. 그런데 고통과 슬픔을 지우기는 불가능합니다. 인간의 고통이란 '해소할 수 없기 때문에' 고통인 거지요. 그러나 가볍게 할 수는 있습니다. 자기 이야기를 하는 것 자체로 가능해요. 고통의 무게를 가볍게 해서 걸어갈 수 있도록 도와주는 거지요. 거기까지는 내가 할 수 있는 몫이에요.

김 윤 덕   그러고 보니 누군가의 이야기를 들어주는 것만으로도 큰 보시를 하는 거라는 생각이 듭니다.

후지와라   현대사회는 세상을 향해서 일방적으로 자기 주장을 하는 사람들이 너무나 많습니다. 끈기 있고 능숙하게 상대의 말을 잘 들어주는 사람들이 부족하지요. 특히 젊은이들의 대화를 엿듣다보면 자기 얘기만 하는 사람들이 정말 많더군요. 남의 이야기를 귀 기울여 들어야 한다는 생각이 거의 없어 보입니다. 노인들도 마찬가지예요. 나이를 먹으면 균형 감각이 사라지는지, 타인의 이야기에 귀를 기울이지 않는 사람들이 참으로 많습니다. 물론 남의 이야기를 열심히 듣기란 매우 힘든 일이지요. 인내와 집중이 필요하니까요. 그러나 경청을 통해 배우는 것이 정말 많습니다. 내가 전혀 경험해보지 못한 이야기라면 더 그렇지요. 의식적으로라도 '듣는다'라는 행위를 젊은이들이 많이 해봤으면 좋겠습니다. 입만 발달하고 뇌가 퇴화한 사람은 결코 성공할 수 없어요. 꼴불견이자 불행한 사람이 될 뿐입니다.

김 윤 덕   당신의 멘토는 누구입니까.

후지와라　사람을 통해서 배움을 얻는 것은 사실입니다. 그런데 나는 어떤 위인이 아니라 여행 중에 만나는 이름 없는 사람들을 통해서 많이 배웁니다. 백 명의 인간에겐 백 가지 인생이 있습니다. 버락 오바마의 인생이든, 저기 걸어가는 이름 없는 아저씨의 인생이든, 무게는 다르지 않지요. 겉으로는 정말 평범해 보이는 사람이 참으로 황당무계한 인생을 산 경우도 많으니까요. 재미있는 것은, 파란 많은 인생을 산 사람일수록 나이를 먹으면서 굉장히 조용해진다는 사실입니다. 태풍이 지나간 뒤의 고요라고 할까요.

　책이 아니라 거리에서, 여행하다 만난 지극히 평범한 사람들에게서 삶의 진리를 깨우쳤다는 신야는 다른 지식인들처럼 책의 어느 구절을 인용하거나 대문호의 말을 빌려 쓰는 일이 거의 없었다. 책을 많이 읽지만 책 속에 담긴 진리조차 자신이 부딪쳐 습득하지 않을 경우엔 함부로 주장하지 않는다.

　인터뷰 중 신야가 극찬한 거의 유일한 책은 빅터 프랭클의 《죽음의 수용소에서》뿐이었다.

후지와라　몸이 얼어붙는 듯한 감동을 받았지요. 책의 감동은 리얼리티에 있다는 걸 가르쳐준 책입니다. 그 책을 통해 문장을 머리가 아니라 육체로 쓰는 사람이 있음을 처음 깨달았지요. 전혀 다른 세상에 눈을 뜬 겁니다.

신야가 언급한 프랭클의 책에 대해, 나는 몇 달 뒤 또 다른 인터뷰이에게서 듣게 된다. 여덟 살에 시력을 완전히 잃었지만 연세대 교육학과에 진학, 동대학원을 거쳐 미국 피바디 대학원에서 박사학위를 받고 현재 조선대 특수교육과 교수로 재직하고 있는 김영일 교수로부터다. 대학에는 자원봉사자들의 도움을 받으며 들어갔지만, 모든 공부를 혼자 알아서 해야 하는 상황에 놓이면서 학문 연구가 불가능하게 느껴졌을 때, 그래서 모두 포기하고 싶었을 때 자신을 일으켜 세운 책이 프랭클 박사의 책이라고 했다.

　　《죽음의 수용소에서》는 홀로코스트 생존자인 정신과 의사 프랭클이 제2차 세계대전 당시 유대인으로서 아우슈비츠 수용소에 수감됐을 때 생과 사를 오가며 겪은 극한의 기록이다. 작업실행이냐, 가스실행이냐는 삶과 죽음의 갈림길 뿐인 강제수용소, 지옥보다 끔찍한 그곳에서 프랭클은 자신을 포함한 수감자들을 관찰하기 시작한다. 그리고 이전에는 몰랐던 매우 중요한 사실을 발견한다. 극한의 상황에서도 가치 있는 목표를 가진 자가 살아남을 확률이 높다는 것이다. 시련 속에서조차 어떤 의미를 찾아내고, 왜 살아야 하는지를 아는 사람이 수용소의 혹독한 상황을 이겨내더라는 것이다.

　　프랭클은 단언한다. "삶을 의미 있고 목적 있는 것으로 만드는 것, 이것이 바로 빼앗기지 않는 영혼의 자유이다. 창조와 즐거움만이 의미 있는 것이 아니다. 그곳에 삶의 의미가 있다면 그것은 시련이 주는 의미일 것이다. 시련과 죽음 없이 인간의 삶은 완성될 수 없다. 사람이 자기 운명과 그에 따르는 시련을 받아들이는 과정, 자기 십자가를 짊어지고 나가는 과정은 그 사람으로 하여금 자기 삶에 보다 깊은 의미를 부여할 수 있는 폭넓은 기회를 제공한다. 그 삶이 용감하고 품위 있고 헌신적인 것이 될 수 있다."

인생의 가장 어려웠던 시기에 이 책을 읽은 신야는 그래서 밑바닥 중에 밑바닥 직업인 구두닦이를 하면서도 진지하고 즐거웠는지 모른다. 신야는 "20여 종의 아르바이트를 하면서 포복절도한 일이 부지기수로 일어났다"며 아이처럼 웃었다. 시련과 고난은 결코 반갑지 않은 불청객이지만 고통 없이 삶의 참 행복 또한 맛볼 수 없는 것이 우리네 인생사일까. 작은 바람에도 휘어지는, 쉽고 편한 길로만 가려는 사람들에게 사부 신야는 하고 싶은 말이 많았다.

나를 잃지 않고
사는 법

김 윤 덕   **현실에 절망하는 청년들이 많습니다.**

후지와라   신자유주의란 기본적으로 약육강식 시스템이죠. 강한 자는 이기고 약한 자는 집니다. 그런 의미에서 일본과 한국은 같은 상황에 처해 있다고 생각해요. 원래 일본은 능력제일주의 사회가 아니었습니다. 한 회사에 취직하면 평생 기업을 위해 헌신하고 은퇴하는 걸 영예롭게 생각했지요. 하지만 다국적 자본과 시스템이 들어오면서 그런 전통이 파괴됐습니다. 종신고용, 연공서열이 남아 있는 가족주의적 회사 조직은 붕괴됐지요. 그러면서 "격차사회格差社會"라는 말이 생겼죠.

김윤덕 **신자유주의가 일본 사회의 전통적인 고용 시스템을 변화시켜 경제 양극화를 가져온 거군요.**

후지와라 현재 일본에는 파견 직원과 계약 직원이 아주 많습니다. 일회용 시스템, 쓰고 버리는 시스템이 구축되었다는 뜻이지요. 어떤 의미에서는 현대판 노예제도라고 할 수 있어요. 고이즈미 시절에 외국 자본 기업에 적극적으로 문호를 개방했습니다. 이로 인해 파견직, 계약직 같은 고용제도가 만들어졌지요. 외자기업이 강하게 요구했을 겁니다. 젊은 노동력을 쓰고 버릴 수만 있다면 즉시 생산성이 올라갈 테니까요. 한국도 비슷한 상황이라고 한다면, 제2차 세계대전이 끝난 이후로 젊은이들이 가장 학대받는 때가 바로 지금이 아닌가 생각됩니다.

김윤덕 **어떻게 해결할 수 있을까요?**

후지와라　시스템은 좀처럼 바뀌지 않습니다. 그 문제는 이렇게 하면 해결된다는 정답은 이 시대에 존재하지 않아요. 사람들은 이런 시스템에 공포를 느낀 나머지 혼자 방 안에 틀어박히고 맙니다. 폐쇄적이 되지요. 그것이 지금 일본 젊은이들의 풍조인 것 같습니다. 시스템을 바꾸는 가장 효율적인 방법은 정치를 이용하는 것입니다. 정치를 이용하려면 시위를 벌이고 숫자의 힘을 활용해 밀어붙여야 합니다. 여기저기 산발적으로 일어나는 데모나 시위를 조직화할 필요도 있지요. 정치적으로 자기주장을 분출할 뿐 아니라 여러 매스미디어에 적극적으로 의사표시를 해야겠지요. 일본에는 현재 원자력 문제가 있습니다. 이 문제로 인해 아주 오랜만에 대규모 시위가 시작됐지요. 국민들이 계속 의사표시를 하고 있습니다. 자기만의 아주 작은 세계에 안주하면서 잠들어 있는 동안 세상에는 여러 가지 일들이 일어난 겁니다. 정신 차리고 나니 어이없는 일들이 벌어진 거지요. 조직화된 힘으로 정치에 영향을 줄 수 있다면 세상이 조금은 바뀔 거라고 생각해요. 물론 일본이든 한국이든 하루아침에 무언가가 해결되고 바뀌는 일은 일어나지 않습니다.

김윤덕　변화는 더디 이뤄진다는 뜻인가요?

후지와라　그렇습니다. 아까 모지항에서 벳푸로 이사를 했다고 했었죠? 그때가 고3이었습니다. 모지항에서 다닌 고등학교는 좋은 학교였어요. 하지만 벳푸의 고등학교는 3류였습니다. 나는 교사들이 학생들 머리를 툭툭 때리는 것을 벳푸에서 처음 봤습니다. 그건 지도 수준의 체벌이 아니라, 선생이 학생을 바보 취급하는 행동이었습니다. 수업 진행 방식도 형편없었지요. 그러나 공포에 짓눌린 학생들은 당연한 듯이 현실을 받아들이고 있었습니다. 선생님이 와서 머리를 탁 때려도 아무렇지도 않은 표정을 짓고 있었으니까요. 어느 날은 나를 때리려 하는 선생님의 손을 붙잡고 때리지 못하게 하기도 했지요. 이런 일을 숱하게 보면서 점점 분노를 느꼈습니다. 그래서 나는 친구들을 설득했습니다. "원래 학교라는 곳은 이래서는 안 된다"고 얘기한 뒤 학교에 대한 불만, 학교와 선생님께 바라는 것을 전부 적게 했지요. 그런 다음 학생들을 동원해 수업을 거부하고 운동장 한가운데 모이게 했습니다. 어떤 의미에서 보면 '학생운동'이라고 할 수 있지요. 수업 거부 사태가 아마 한 달 정도 지속되었던 것 같습니다.

김윤덕   **뜻하는 바를 이루었습니까.**

후지와라   결국 학교에서는 개선할 수 있는 것들은 하겠다고 약속했습니다. 하지만 우리는 모든 사안이 다 받아들여지지 않으면 수업 거부를 철회하지 않겠다고 맞섰습니다. 그런데 한 달이 지나면서 학생들이 하나둘 대열을 빠져나갔습니다. 부모들이 개입하기 시작한 겁니다. 끝까지 남은 사람은 나와 내 친구 둘뿐이었지요. 학교에 요구한 10개 조항 중 절반 정도는 개선되었지만 근본적으로 바뀌지는 않았습니다. 친구와 둘이서 학교를 계속 다닐지 그만둘지를 고민했어요. 결국 6개월만 더 다니면 졸업이니 학교에 남기로 했지만, 선생님은 주동자인 나의 담임이라는 이유로 책임을 지고 시골의 작은 고등학교로 전근을 가셨습니다. 결국 내가 주도한 '혁명'이란, 소득은 거의 없이 우리 담임선생님에게만 피해를 입힌 셈이 되었지요. 내게는 굉장히 쓰디쓴 추억이었습니다. 그 선생님께 아주 긴 편지를 썼던 기억이 나요. 선생님이 답장을 보내주셨지요. '내가 전근을 하게된 일은 전혀 문제 되지 않는다, 네가 한 행위는 아주 잘한 일'이라고 적혀 있었습니다. 그 편지를 받고 나는 구원을 받은 느낌이었지요. 돌아보면, 당시에 그런 운동을 한 이유는 그것이 우리의 현실적인 문제였기 때문입니다. 대학에 갔을 때는 달랐어요. 학생운동의 주동자들은 마르크스 레닌주의를 입에 달고 살았는데, 그것이 바로 내 이야기라고 여겨지지 않았습니다. 말하자면 논리만 존재하는 느낌이었다고 할까요? 하지만 지금 젊은이들이 처한 고용 문제나 등록금 문제는 이론적인 문제가 아니라 정말 내 앞에 닥쳐오는 문제들입니다. 여기저기서 일어나는 열기를 조직된 힘으로 만들어나갈 수 있는가 여부가 세상을 바꿀 수 있는 관건이 될 것입니다.

김 윤 덕 **체념하고 포기하기보다는 항의하고 투쟁하는 데서 희망을 찾을 수 있다는 뜻인가요?**

후지와라 '희망을 가지라'는 말은 자체로 사람들을 매우 우울하게 만듭니다. 지금은 아주 힘든 시대이니까요. 세계적으로 격차사회는 심각하게 늘어나고 있습니다. 리비아나 이집트 같은 아랍 국가들의 민주화 물결도 격차사회를 상징적으로 보여주는 좋은 예이지요. 아랍의 경우 선민정치에 의한 격차사회라고 생각합니다. 왕족이 모든 권력을 쥐고 있고 그 외의 사람들은 아무것도 할 수 없는 사회! 지금 미국에서 벌어지고 있는 일도 자본주의 사회 안에서 격차사회의 모순이 드러나는 것입니다. 한국에서 일어나는 저항도 미국식 격차사회에서 기인하는 것이라고 생각합니다. 이게 인터넷을 통해 전세계적으로 연계되면서 거대한 움직임으로 번져가고 있어요. 앞으로 어떻게 될지 정확히 전망할 수는 없지만 하나의 물결이 될 수도 있습니다. 따라서 나는 사람들이 어떤 희망, 목표를 가지고 활동해주기를 바랍니다.

김윤덕 어느 책에선가, 당신은 거칠고 힘든 3D 일은 하지 않으려는 젊은 이들이 역겹다고 했습니다.

후지와라 한국도 그런지 모르겠지만, 더럽고 힘든 일들은 동남아나 중동, 아프리카 등 제3세계에서 온 사람들이 맡아야 한다는 사고방식이 일본 사람들 사이에 팽배해 있습니다. 앞서도 말했지만 우리 또래에게 학창 시절의 아르바이트라고 하면 3D 업종이 전부였지요.

나의 몸은 토관을 파묻느라 하루에도 몇 번씩 그로기groggy 상태가 되었습니다. 물론 육체적으로는 힘들었지만 살아가는 데 많은 도움이 되었지요. 우리에게는 세계와 사회를 아래에서 올려다보는 겸손함이 필요합니다. 겸손함을 얻는 데는 육체를 혹사하는 아르바이트가 적격이지요. 내 손은 언제까지나 깨끗해야 하고, 그래서 3D 업종은 외국인 노동자가 맡아도 상관없다는 발상은 역겨움을 넘어서는, 무의식적인 차별입니다.

김윤덕   **어떻게 하면 자신을 잃지 않고 당당하게 살아갈 수 있을까요?**

후지와라   인도 갠지스 강에는 많은 시체들이 떠다닙니다. 내가 인간의 몸이 성스럽다고 생각한 건 그곳에서 물에 가라앉았다가 떠오른 수장水葬 시신을 보았을 때입니다. 수장을 하면 일단 가라앉는데, 바닥 끝까지 내려간 시신은 다시 물 위로 떠오르지만 바닥에 이르지 못한 시신은 떠오르지 않고 그대로 흘러갑니다. 그렇게 떠오른 시신의 얼굴이나 몸은 불순물이 모두 씻겨 나간 것처럼 아름답습니다. 반쯤 눈을 감은 채 미소를 머금어 마치 불상처럼 보이는 시신도 있지요. 인간의 삶도 마찬가지 아닐까요? 더 이상 살아갈 수 없을 만큼, 바다 중의 바다까지 떨어져서 더는 떨어질 수 없는 곳에 다다르면 오히려 평온해지죠. 무서울 것이 없습니다. 지금의 격차사회에서는 하루하루 근근이 밥을 먹고 있는 사람들이 많습니다. 일본의 인기 있는 코미디언이자 베스트셀러 작가가 있습니다. 그는 중학교 때 잘 곳이 없어서 공원 여기저기를 배회하면서 눈을 붙였다고 합니다. 그러한 경험이 그 사람을 코미디언으로 성장시키는 데 가장 큰 역할을 했을 거라고 생각합니다. 눈물의 쓴맛을 아는 자만이 웃음을 빚어낼 수도 있을 테니까요. 이상하게도 인간은 바닥까지 떨어지고 나면 정말 강해지는 것 같습니다. 중요한 것은 나락으로 떨어지는 일조차 두려워하지 않는 것입니다. 젊은 시절 나는 굶어 죽지만 않으면 된다는 배짱을 가지고 있었지요. 앞서 말했지만 스무 가지 아르바이트 중에 종종 나쁜 일도 있었습니다. 나이트클럽 삐끼 일로 유치장에 수감되기도 했었지요. 도로 한복판에서 형사를 보고 "손님, 예쁜 애 있습니다" 했다가 도로교통법 위반으로 잡혀갔습니다(웃음). 젊음이란 아직 아무것도 되지 못한 불안과 바닥이 없는 자유를 동시에 가질 수 있는 때입니다. 되도록 아직 아무것도 되지 못했다는 불안에 사로잡히지 말고 무한한 자유를 누리고 많은 경험을 했으면 좋겠어요. 그러다 보면 바닥에도 이르게 되겠지요. 때로는 구두닦이를 하면서 세상을 올려다보고, 때로는 유치장에서 콩밥을 먹으면서 말이에요.

김윤덕 **청춘은 무엇입니까.**

후지와라 나는 일종의 집행유예 기간이라고 생각합니다. 청춘이 아름답다, 멋지다고 하는 것은 바닥 없는 자유를 누리면서 집행유예를 받을 수 있기 때문입니다. 그렇지만 그 시간은 계속되지 않습니다. 일생을 여든까지라고 한다면 우리에겐 겨우 몇 년간의 집행유예 기간이 주어질 뿐이지요. 그 기간엔 종종 밑바닥에 이르기도 하지요. 그때의 삶은 '아메바'처럼 살아갔으면 합니다. 아메바는 뇌가 없지요? 장래 일을 생각하지 않습니다. 요즘 젊은이들의 가장 큰 결점은 10년 후, 20년 후의 일을 미리 생각한다는 것입니다. 그러니 걱정거리가 늘어날 수밖에 없지요. 그러나 인간은 10년 후, 20년 후의 오늘을 사는 게 아닙니다. 오늘은 오늘의 삶을 살 수밖에 없어요. 아메바는 순간밖에는 살지 않습니다. 따라서 집행유예 기간에는 지금 이걸 하면 나중에 어찌될까라는 생각은 하지 마세요. 주어진 매 순간을 열심히 사십시오. 신변 안전에 집착한 나머지 요즘 젊은이들은 여행을 갈 때 보험에 든다고 하던데, 나는 생각지도 못한 일입니다. 위험을 담보로 보험회사로부터 여러분의 젊음을 농락당하지 마십시오.

7장

사랑, 처음부터 있었고
가장 나중까지 남는 것

폭염 작렬했던 지난 여름, 작가 김영희는 한 폭의 서늘한 정물화 같았다. 전시 기간 내내 검정 옷차림으로 전시장 한복판에 놓인 책걸상에 앉아 있었다. 점심은 샌드위치로 때웠다. "아이를 잘 만드는 여자"라는 애칭처럼 그가 빚은 인형들을 보기 위해 멀리 제주에서 날아오는 관람객도 있었으니 한시도 자리를 비울 수 없다고 했다.

　　김영희의 나이 일흔이었다. 이마와 입가, 목 언저리에 세월의 자국이 움푹움푹 파였지만, 그렇다고 그를 '할머니'란 호칭으로 부를 수는 없었다. 예술가 특유의 포스가 흘러넘치기도 했지만, 시종일관 흐트러지지 않는 단아한 자태 때문이었다. 그 연배 여인들이 흔히 보여주는 넉살과 호기, 숨 넘어가는 웃음소리 대신 기품 어린 미소와 절제된 말씨가 빛났다. 자신이 '못난이'였다고 고백했듯 결코 예쁜 얼굴이 아닌데도, 웬일인지 칠순의 김영희는 아름다워 보였다. 예술에 대한 치열한 열정 덕분이겠지만, 또 다른 비결이 있었다. 바로 블랙 드레스였다.

김영희가 입은 검정 옷들은 '연인'이 직접 만들어준 것이다. 부산에 사는 동갑내기 패션 디자이너인 그가 그야말로 한 땀 한 땀 바느질해 오로지 김영희를 위해 지은 '작품'이라고 했다. 그러고 보니 아이 셋 딸린 몸으로 열네 살 연하의 독일 남자와 결혼해 세간에 화제를 뿌렸던 그가 고희古稀에 새로운 사랑을 시작했다는 인터뷰 기사를 본 적이 있다. 독일인 남편과 헤어진 지 14년 만에 다시 찾은 사랑이라고 했다. 그 나이에 사랑할 기력이 있을까, 의아해하는 기자에게 김영희는 말했다. "내일 죽을지 모르는 인생, 하루하루가 선물이라고 생각하고 삽니다." 이 당당한 선언에 나를 비롯해 부러움의 탄성을 지른 여자들이 부지기수였다. 노년에도 뜨거운 사랑을 나눌 수 있고, 여성성의 매력을 발산할 수 있음을 김영희는 보여주고 있었다. 멋졌다.

나이는 숫자에 불과하다는, 이 상투적인 명제는 진실이다. 물론 누구에게나 해당되는 말은 아니다. 나이를 숫자에 불과하게 만들어 버리는 것은 결국 사랑이었다. 사랑하는 사람만이 늙지 않는다.

도쿄 인터뷰 때 사부 신야에게 "사랑이란 무엇인가?" 하고 물은 적이 있다. 신야가 답했다. "처음부터 있었고 가장 나중까지 남는 것." 그는 "사랑이 곧 생명력"이라고 했다.

그런 신야에게 좀 바보스런 질문을 했다. 부암동 손만두집에서였을 것이다. "이미 결혼한 사람도 사랑할 수 있나요?" 신야가 빙 그레 웃었다. "너무 이성적으로, 머리로 살려고 하지 말아요. 때때로 우리의 불행은 너무 많이 생각하는 데서 옵니다. 단순하게 사세요. 몸이 느끼는 대로, 야성을 지나치게 억누르지 말고, 자연스럽게 살아 가면 돼요."

쓰나미 폐허 속
두 남녀

김 윤 덕   사랑한다는 것은 생명력이 넘치는 것과 같다고 했습니다.

후지와라   부모의 자식에 대한 사랑, 남자들끼리의 우정에도 생명력은 있지요. 하지만 남녀의 사랑은 생명력의 연쇄 작용을 일으키고, 그래 서 모든 사랑의 근간이 됩니다. 물론 애정은 증오를 반드시 수반합니 다. 인간의 피가 진하면 진할수록 애정은 깊어지고 증오도 동반됩니 다. 그러나 증오마저도 생명력을 만들어내는 데 큰 역할을 합니다.

김 윤 덕   2011년 〈조선일보〉와의 인터뷰에서 제가 사랑이 무엇이냐고 물었 습니다. 그 질문에 "처음부터 있었고, 가장 나중까지 남는 것"이라고 답하

셨지요. 당신이 경험한 사랑 이야기 한 토막을 들려주시면 어떨까요?

후지와라   나는 서도(서예)를 하지만 붓으로 '사랑 애愛'자를 쓴 적이 거의 없습니다. 사랑이란 것은 말 혹은 어휘로 표현할 수 없기 때문입니다. 대중가요에는 사랑이라는 말이 셀 수도 없이 등장하지요. 그러나 사랑은 어떠한 생각, 행위로 표현해야지, 사랑이라는 단어, 말 자체로 표현할 수 있는 것은 아닙니다. 그런데 일본 대지진이 일어난 그해에 딱 한 번 사랑 애자를 쓴 적이 있습니다.

김윤덕   **언제였습니까?**

후지와라   2011년 3월 11일, 나는 지진이 일어난 지역을 돌아다니고 있었습니다. '게센누마'라는 곳을 배회하고 있었지요. 그런데 멀리서 젊은 남녀 커플이 걸어오고 있는 모습이 보였습니다. 자세히 살펴보니 여자는 얼굴에 무척 진한 화장을 했고 매우 화려한 옷을 입고 있더군요. 그곳은 이미 쓰나미로 집과 마을이 모두 사라졌고, 단 한 명의 사람도 보이지 않으며, 사람의 생활 자체가 사라진 곳이었습니다. 그런 황량한 곳에 젊은 남녀가, 그것도 화사한 차림으로 나타난 것입니다. 굉장히 기묘한 풍경이었습니다.

김윤덕   **자원봉사자들이었을까요?**

후지와라   아니요. 그들은 데이트를 하고 있었습니다. 연인이었죠. '왜 이런 곳에서 데이트를 하지?' 하는 궁금증이 들더군요. 그사이 우리의 거리가 점점 가까워졌습니다. 그런데 흥미로운 모습을 발견했습니다. 여자 눈의 마스카라가 비뚤게 그려져 있더군요. 붙인 속눈썹도 덜렁덜렁 떨어지려고 했습니다. 내가 물었습니다. "너희들은 이곳에 뭐하러 왔니?" 그러자 여자의 집을 찾으러 왔다고 하더군요. 두 사람은 그 지역에 살던 주민이었습니다. 쓰나미로 집들이 떠내려가자 따로따로 피난처를 구해 살고 있다가 그날 처음 약속을 하고 데이트를 나온 거였어요. 지진이 일어난 지 1주일쯤 지났는데, 지진 후 처음 만나는 날이라 열심히 화장을 했지만 얼굴을 비춰볼 거울도 물에 떠내려가고 없어서 화장이 그리 된 거였지요.

김 윤 덕   **대재앙 중에서도 여인들은 아름답게 보이고 싶나 봅니다.**

후지와라   사랑하는 사이이니까요(웃음). 그들이 철골로 흔적만 남아 있는 세븐일레븐 편의점을 가리키더군요. 지진이 일어나기 전에 두 사람은 언제나 그곳에 갔다고 합니다. "여기가 세븐일레븐이니까 저기쯤이 우리 집이겠구나" 하고 여자가 말했지요. 두 사람은 모든 것을 잃었기 때문에 목소리도 작고 힘도 없었습니다. 라디오에서는 계속해서 "희망을 갖자, 희망을 갖자"는 말이 흘러나왔지만 피해 지역의 현실을 두 눈으로 바라보면 누구라도 절망할 수밖에 없을 겁니다.

"희망을 갖자"라는 말을 듣는 것조차 우울했으니까요. 그 정도로 절망적인 세계였습니다. 그 세계에서 서로를 사랑하는 젊은 남녀를 만난 겁니다.

김윤덕 **한 편의 단편영화를 보는 듯합니다.**

후지와라 이야기를 듣고 나는 "고맙다"고 말한 뒤 헤어졌습니다. 그리고 돌아서서 그들의 점점 작아지는 뒷모습을 멍하니 바라보았지요. 두 사람이 거의 보이지 않을 때쯤 나는 문득 어떤 충동에 사로잡혀 그들을 다시 불렀습니다. 붓으로 글을 쓰고 싶었기 때문입니다. 모든 것이 파괴되고 무너진 절망, 암흑 속에서도 마지막까지 남는 것은 결국 두 사람의 사랑이었습니다. 그곳에 두 남녀가 있다는 것만으로 사랑이 태어난 거죠. 아무리 강력한 자연이라고 하더라도 이 연약한 두 사람의 사랑은 무너뜨리지 못했습니다. 이제 겨우 스무 살 정도로 보이는 청춘들이었지만, 나는 처음으로 사랑의 강인함을 느꼈습니다. 그래서 처음 '사랑'이라는 글자를 붓으로 쓰게 되었고요. 이 세상에 종말이 온다 하더라도, 어떤 재앙으로도 인간의 사랑은 훼손할 수 없을 거라는 생각이 들었습니다. 그 두 사람 사이에는 사랑이 있었으므로 절망 가운데에서도 살아갈 수 있었던 겁니다.

용케도 인간으로 태어난
우리들의 특권

김 윤 덕 음식과 여자를 좋아하지 않으면 여행을 하기 어렵다고 하셨지요.

후지와라 세상에는 단 한 명의 여성과 바람 한번 피우지 않고 평생을 같이하는 정말 좋은 남편들이 존재합니다. 그러나 그런 사람은 표현 활동, 즉 예술은 하지 못합니다. 은행원과 같은 직업에 종사하면서 평생을 모범 가장, 바른생활 사나이로 살아가겠지요. 그런 삶도 아름 답습니다. 내가 지금 하는 얘기에는 분명히 모순이 있습니다. 그렇지 만 인간은 모순 속에서 살아가지요. 많은 모순을 안고 살수록 훨씬 삶은 풍요로워집니다.

김 윤 덕 대신 정신적 고통을 겪지 않을까요? 사회가 정해놓은 강력한 규범 과 도덕의 울타리가 있으니까.

후지와라 물론입니다. 그러니 선택해야겠죠(웃음). 분명한 것은, 긴 여 행은 이성을 좋아하지 않으면 불가능하다는 사실입니다. 옛날에 마 르코 폴로라는 사람이 있었지요? 그 사람은 정말 오랫동안 여행을 했습니다. 그래서 《동방견문록》을 쓰게 되었고요. 나는 그 얘기를 처 음 접했을 때 이 사람은 정말 여자를 좋아했을 거라고 확신했습니다.

김윤덕　그 확신은 사실이었나요?

후지와라　일본에 마르코 폴로의 일생을 연구하는 학자가 있었습니다. 그 사람이 말하기를, 마르코 폴로는 실은 베네치아에서 창부와 싸움을 벌여 재판정에 나가게 되자 마지못해 국외로 도망쳤다는 것입니다. 그러니까 《동방견문록》은 여자 문제로 도망을 가서 쓴 책이지요. 역설적이게도 마르코 폴로가 그런 호색한이었기 때문에 오랫동안 여행을 할 수 있었고, 좋은 글을 쓸 수 있었다고 생각합니다. 생명력이 왕성한 사람이라고 할 수 있지요. 이 세상에는 여자와 남자밖에 없으니 당연한 일이기도 하고요(웃음).

김윤덕　한국에는 남자와 여자 말고 '제3의 성性'이 있습니다. '아줌마'라고 (웃음).

후지와라　아줌마도 여성이죠. 나는 항상 화공의 세계에서 사람의 세계를 보려고 노력합니다. 그런 관점에서 보면 남녀 문제는 정말 작은 문제에 불과합니다. 당시에는 엄청나게 고통스럽고 곧 죽을 것 같고 모두 잃은 것 같지만, 다음 세계에서 인간의 삶을 돌이켜보면 장난처럼 보일 거라는 생각이 들어요. 그렇게 보면 여러 모순을 안고 괴로워도 해보며 살아가는 쪽이 훨씬 더 즐겁고 풍요로운 삶이 아닐까요?

김 윤 덕   당신에겐 여행도 사랑의 한 방식이라는 생각이 듭니다.

후지와라   여행이란 새로운 사람과의 만남을 통해 풍요로워지기 때문
이죠. 여행에 얽힌 추억, 행복감은 여행할 때 만났던 사람들 덕분에
비롯되는 것입니다. 그 대상이 꼭 이성일 필요는 없습니다. 상대가
누구든 일생에서 많은 연애를 했으면 좋겠습니다. 그것이 용케도 인
간으로 태어난 우리들의 특권이기도 하고요(웃음).

김 윤 덕   여행을 잘 하려면 낯선 세계와의 벽을 없애야 하고, 그러기 위해
선 그 지역에 어떻게든 두 발을 담가야 한다, 사건에 휘말려들어야 한다고
하셨지요? 연애도 '휘말린다'는 표현이 딱 어울린다는 생각이 드는데, 홀로
떠나는 여행이 두려운 사람들이 있는 것처럼, 사랑에 빠지는 게 무서운 사
람들도 의외로 많습니다.

후지와라   연애에 빠지지 못한다니 참으로 이해가 안 되네요. 연애란
일단 한번 해보는 게 중요합니다. 짝사랑이든 무엇이든 간에요. 자
기 규제에서 완전히 벗어나볼 필요가 있지요. 상처받기를 두려워하
지 마세요. 잘 안된다면 《동양기행》을 읽어보라고 권하고 싶어요(웃
음). 용기를 얻을 수 있을 겁니다. 연애는 누구나 할 수 있어요. 그런
데 연애가 가장 절묘한 시험대에 오르게 되는 것은 헤어질 때죠. 정
말로 멋지게 헤어질 수 있는 사람과 그러지 못하는 사람으로 나뉘는

데, 그때 사람의 진정한 인간성이 드러납니다.

김윤덕　멋지게 헤어지기는 불가능하지 않을까요? 양쪽 다 선수가 아닌 이상요(웃음). 청춘들에게 실연이란 분명 견디기 힘든 고통입니다. 그런 젊은 이를 만나면 어떻게 위로하십니까?

후지와라　미안하지만 자신의 고민은 누구도 해결해줄 수 없습니다. 사랑에 관한 고민은 기본적으로 순환 고리에 빠져 있기 때문에 해결하기가 거의 불가능해요. 삼각관계로 인한 고통은 더더욱 불가능하지요. 삼각관계가 아니고 실연으로 인한 아픔이라면 어느 정도 해결할 수는 있어요. 삼각관계라는 상황에서의 고민은 현재진행형이지만 '실연'은 과거형이기 때문이죠. 과거형의 고민은 시간이 지나면 점점 가벼워지다 사라집니다. 물론 사람에 따라 다르겠지만, 기본적으로 실연의 고통은 3개월 정도 지나면 '아, 옛날에 그런 일이 있었구나' 하고 추억하거나 점차 잊게 됩니다. 내 경험에 따르면 여성의 경우 그 기간이 훨씬 짧아요. 반대로 남자는 아무리 시간이 지나도 과거에 사로잡혀서 고민하는 경우가 많습니다. 여자는 1주일 만에 모든 아픔을 망각했는데 남자는 6개월이 넘도록 아픔을 간직하는 경우가 많지요. 세상에 이런 불공평한 일이 어디 있습니까. 일본어로는 그걸 "1인 스모"라고 표현해요. '혼자 하는 씨름'이라는 뜻입니다. 그럼에도 불구하고 어떤 남자라도 1년 정도 시간만 주어지면 실연의 고통에서 벗어날 수 있습니다. 실연은 과거 문제니까요. 아무리 큰 고통이라도 6개월 정도면 충분해요. 시간이 해결해줍니다.

김윤덕 **가끔 실연한 뒤 자살을 시도하는 사람들이 있지 않습니까?**

후지와라 너무 섣부른 결론을 내린 거죠. 6개월, 1년이란 시간이 흐르면 고통이 저절로 사라지는데…… 결국 시간이 해결해주는 문제입니다. 자살한 뒤 천국에 가서 후회할걸요. '아, 내가 왜 죽었지?' 하면서요(웃음).

받아도 보고, 퍼부어도 보고, 그러다 실패하고, 헤어져도 보는

김윤덕 **좀 엉뚱하지만, 실연은 당해볼 만한 걸까요?**

후지와라 물론입니다. 실연당한 사람만이 진정한 상실의 아픔을 알 수 있습니다. 실연을 한 번도 경험해보지 않은, 엄청나게 인기 있는 여성이 있다고 합시다. 어릴 때부터 30~40대까지 계속해서 뭇 남성들의 사랑을 받아왔죠. 그런 여성은 남들로부터 사랑을 받아야만 직성이 풀리는 습성이 생깁니다. 그런데 이런 여성들은 상대방을 이해하고 배려하는 마음이 상당히 부족해요. 진심으로 공감할 줄 모르고, 특히 상대의 아픔을 이해하지 못하죠. 사랑을 받아본 경험, 사랑을 퍼부은 경험, 그러다 실패하고 헤어진 경험, 이 모든 것이 우리 인생에서는 매우 중요합니다.

김윤덕   **결혼은 꼭 해야 합니까?**

후지와라   내 경우 결혼에 대한 욕망이 거의 없었어요. 젊었을 때는 한창 독립심이 왕성할 때이니 결혼 안 해도 된다고들 말하지요. 그런데 절정의 나이를 지나면 어딘가에 안착하고 싶어 하는 성향이 강해집니다. 특히 여성들이 그러하죠. 그런데 결혼은 어디까지나 인간이 만들어낸 제도라고 할 수 있어요. 사람에 따라서 다르지만, 나는 별로 필요한 제도라고 생각하지 않습니다. 지극히 평범한 가정을 꾸리고 행복을 찾아가는 사람들도 물론 있지요. 그들에겐 굉장히 좋은 삶의 형태에요. 따라서 결혼이라는 제도를 올바르다, 그렇지 않다라고 굳이 나눌 필요는 없습니다. 그건 각자에 따라 받아들이는 방식의 차이고 선택의 문제이니까요.

김윤덕   **결혼했고, 아내도 있지만 당신은 "늘 새로운 사랑을 하고 있다"라고 했습니다. 도쿄에서 제 귀에 대고 속삭였던 농담 기억하세요? "나에겐**

세계 곳곳에 연인이 있다"고 하셨지요?

후지와라 　아, 내가 그렇게 자주 사랑을 하는 것은 아닙니다. 매우 진지하고 심각한 사랑은 10년에 한 번 정도밖에 안 합니다(웃음).

김 윤 덕 　신야를 가장 고통에 빠지게 한 여자, 눈물을 많이 흘리게 한 여자는 누구입니까.

후지와라 　제 아내입니다.

김 윤 덕 　가장 사랑했던 여자라는 뜻인가요?

후지와라 　그렇습니다. 무엇 때문에 이 진부한 사랑 이야기를 시작했는지는 모르겠지만(웃음). 그런데 아내를 정말 사랑했던 사람은 제 아버지입니다.

김 윤 덕 　벳푸에서 삐끼, 아니 호객행위를 하셨던 아버지요?

후지와라 　네(웃음). 생전에 아버지는 식사를 마치시면 반드시 노래를 불렀어요. 언제나 똑같은 노래였죠. 일본의 3대 절경이 있는데 '마쓰시마'가 그중 하나입니다. 이번에 대지진이 일어난 지역 근처인데,

소나무가 많아 마쓰시마, 즉 소나무 섬이라 불리는 곳이었죠. 아버지가 부르시던 노래는 마쓰시마의 민요였어요. 매번 똑같은 노래를 부르시니 지루하고도 시끄러워 나중엔 아버지가 "마쓰시마～" 하고 노래를 시작하면 내가 바로 입을 틀어막았지요(웃음). 그러면 바로 딱 그만두셨어요. 그러다 문득 왜 저렇게 마쓰시마 노래만 부르시는지 의문이 들었어요. 그 노래를 부를 땐 간절한 감정이 묻어났거든요. 나중에야 알았습니다. 마쓰시마는 우리 어머니와 신혼여행을 갔던 곳이란 걸요. 15년 전 아버지보다 먼저 돌아가신 어머니가 그리워 매일 그 노래를 부르셨던 겁니다. 그 사실을 알고 나서는 더 이상 아버지의 입을 막을 수가 없었지요. 마음껏 부르게 해드렸어요(웃음).

김 윤 덕 정말 사랑스러운 분이셨네요. 당신도 아내가 먼저 세상을 떠나면 노래를 부를까요?

후지와라 글쎄요. 그때가 되어봐야 알 것 같은데요?(웃음)

8장

당신이 나에게
마음을 허락하는 순간

요즘 팔자에도 없는 '선생' 노릇을 하고 있다. 기자 생활 20년이 넘다 보니 이런저런 강의 요청이 들어온다. 나이 들었다는 얘기다. 그중 '인터뷰'에 관한 강의를 자주 한다. 1주일에 최소 한 명을 만나 인터뷰했다고 치면 20년간 천 명도 넘게 인터뷰를 해온 셈이라 밑천이 없는 것도 아니어서 겁도 없이 시작한 일이다.

얼마 전에도 지역 언론 매체 기자들을 대상으로 인터뷰 강의를 했다. 두 시간 반 동안 진행된 강의 끄트머리에 엉뚱한 질문이 날아들었다. 인터뷰 질문법과 관련해 '우문愚問에 현답賢答 있다'는 나의 지론을 역이용한 질문이었다. "인터뷰란 무엇입니까?"

순간 당황했지만, 불과 몇초 사이 답이 떠올랐다. "사랑! 그래, 사랑이요. 좀 더 구체적으로 말하자면 인생, 인간애를 배우는 학교?"

'인터뷰는 사랑'이라고 정의하는 순간 내 머릿속에 떠오른 사람이 있다. 〈경향신문〉 기자로 일할 때 자주 짝을 이뤄 취재를 나갔던 사진기자였다. 디지털화된 시대에 여전히 아날로그 필름으로 촬영해 암실에서 땀을 뻘뻘 흘리며 인화 작업을 하던 그는, 속도가 생명인 신문사 사진기자임에도 불구하고 말 그대로 '혼이 담긴' 사진을 찍으려고 노력했다.

그의 눈물을 청산도에 사는 소녀가장을 인터뷰하러 갔을 때 보았다. 부모의 이혼으로 청산도 할아버지 집에 맡겨진 보라미가 오히려 치매에 걸린 할아버지를 돌보며 살아가는 사연이었다. 머리는 선머슴애처럼 가위로 들쭉날쭉 자른 모양새였지만 두 눈이 별처럼 빛나는 소녀였다. 아이의 이야기를 한참 듣고 있는데 사진기자의 기척이 수상했다. 울고 있었다. 한쪽 눈을 카메라에 고정한 채. 그렇게 한 시간을 미동도 없이 아이 얼굴에 카메라를 대고 있던 그는, 며칠 뒤 세상 어떤 꽃보다 아름다운 소녀의 사진을 암실에서 들고 나왔다. 장님이 코끼리 더듬듯 내가 떠듬떠듬 활자로 엮어나간 기사는 읽을 필요도 없었다. 사진 한 장에 아이의 맑은 영혼이 오롯이 담겨 있었다. 피사체를 향한 사진가의 사랑, 정직의 결실이었다.

인터뷰도, 사진도 대상에 대한 무한한 애정 없이 좋은 작품이 나올 수 없다. 작가이면서 사진가이기도 한 신야는 이 사실을 누구보다 잘 알고 있을 것이다. 그의 글이며 사진이 곧 사랑, 세상에 대한 진한 연민과 응원의 결정체이기 때문이다. 사부 신야는 특히 사진에 정열을 쏟았다. 멋진 장면을 포착하는 테크닉이 아니라, '사진을 찍는다'는 행위 자체로 피사체의 마음을 움직일 수 있다고 믿었다. 그래서인지 신야의 사진은 낯설고 오묘하다. 섬뜩하고 몽환적이며 뭉클하다. 체계적인 사진 교육을 받아본 적 없이 인도를 방랑하며 스스로 독학했기 때문일까, 날것의 풍경을 그대로 건져 올린다.

있는 그대로
받아들이기

김 윤 덕　당신의 처녀작 《인도방랑》을 이야기할 때 사람들은 낯설고 독특한 사진 이야기를 많이 합니다.

후지와라　일본에서는 문장에 감동하는 사람들이 많던데 이상하네요, 하하!

김 윤 덕　사진이 뿜어내는 압도적 존재감이라고 할까요? 모호하고, 신비하고, 영적인 느낌이 있어요. 《인도방랑》엔 초점이 빗나간 사진들도 있던데, 그럼에도 불구하고 무언가 이야기를 하고 있습니다. 왜 그럴까요?

후지와라 사진을 찍을 때는 사물을 보는 방식이 두 가지 있습니다. 대상이 풍경이든 인물이든 마찬가지입니다. 내가 보고 싶은 대로 찍을 것인가, 보이는 것을 있는 그대로 찍을 것인가. 그건 정말로 큰 차이가 있어요. 예를 들어 인물을 찍는다 하더라도 나는 이런 식으로 찍고 싶다면서 피사체를 컨트롤하면서 촬영하는 사람이 있습니다. 이럴 경우 자기가 원하는 이미지를 만들기 위해 피사체에게 무언가를 강요하게 됩니다. 반대로 저 피사체, 저 인물은 무엇을 표현하려 하는가, 무엇을 생각하는가를 있는 그대로 받아들여 찍는 방법이 있습니다. 대상이 주체가 되는 거죠. 그렇게 하면 그 사람이 보입니다.

김윤덕 상대를 있는 그대로 받아들여라! 왠지 사진에만 국한되는 이야기가 아닌 듯합니다.

후지와라 사람과의 관계에서도 마찬가지죠. 자신이 원하는 이미지와 삶의 방식을 타인에게 강요하는 사람이 있는가 하면, 타인의 모습을 있는 그대로 받아들이고 열심히 이해하려는 사람이 있지요. 물론 자기 뜻대로 피사체를 컨트롤하면 원하는 사진을 쉽게 얻을 수는 있습니다만, 존재감은 생기지 않습니다. 인도에 갔을 때도 나는 '보고 싶은' 것이 아니라 '보이는' 것을 찍겠다고 다짐했어요.

보이는 것을 있는 그대로 찍겠다는 신념은 '동양기행'을 할 때에도 마찬가지였다.

　　"동양인들의 삶은 개인적인 생활과는 거리가 멀다. 그들의 삶은 길가에 버려져 있다. 집집마다 대문이 열려 있다. 개인적이어야 할 공간이 사람들 면전에 그대로 노출되어 있다. 8년 전 콜카타를 방문했을 때는 아이스크림을 먹으며 어느 가정집을 지나가다가 출산 장면을 목격한 적도 있다. 나는 그래서 동양을 사랑한다. 몇 년 전부터 나와 똑같은 혈액이 물결치는 동양의 자태를 머리끝에서 발끝까지 분명하게 바라보고 싶다는 열망에 휩싸였다. 좋아하는 부분만 선택하는 게 아니라 모든 장면을 있는 그대로의 모습으로 바라볼 것. 선악과 아름다움과 추함이 뒤섞여 있는 동양의 그 거리에 세계가 있었다. 나는 그 모든 것을 바라볼 뿐이었다."

김윤덕　　사진에 관해 쓴 당신의 글을 읽다 보니 사진이란 일종의 구도 과정으로 느껴지기도 했습니다.

후지와라　　세계인을 크게 동양인과 서양인으로 구분합니다. 서양은 곧 유럽 문명이에요. 미국 문명도 유럽 문명에서 발생한 것이지요. 유럽인의 자연관의 핵심은 자연을 인간의 의도대로 통제할 수 있다는 것입니다. 유럽에 가보면 알 수 있지만, 마을과 거리, 도시들이 모두 계획과 조정 아래 형성돼 있습니다. 계획하고 통제할 수 있다는 자연관은 어디에서 왔을까요. 유럽 특유의 기후 조건을 보자면 그곳엔 자연

재해가 없었습니다. 이탈리아 폼페이에서 대지진이 있긴 했지만 아주 드물고 특수한 경우였지요. 그래서 그들은 자연을 통제할 수 있다는 생각을 하게 됐고요. 동양의 대표적인 나라인 인도를 볼까요? 인도는 대재앙이 끊이지 않는 나라입니다. 강이 범람하고, 수많은 사람이 태풍과 홍수와 가뭄으로 죽어갑니다. 반면 강이 범람한 탓에 집은 떠내려가지만 덕분에 비옥한 토지가 만들어져 새로운 작물이 자랄 수 있습니다. 창조와 파괴가 동시에 공존하지요. 그래서 인도에는 창조의 신 '비슈누'와 파괴의 신 '시바'가 있습니다. 창조와 파괴가 한 몸으로 세계를 구성하고 있지요. 따라서 인도인들은 자연이 인간보다 상위에 있다고 생각합니다. 그들의 자연관이죠. 유럽과 달리 인도에서는 자연이 인간을 지배하고 있습니다.

김윤덕　**동서양의 자연관과 당신의 사진 철학에는 어떤 관계가 있습니까.**

후지와라　이런 자연관의 차이는 사진의 세계에서도 극명하게 드러납니다. 서양의 관점과 동양의 관점이 확연히 다르지요. 모든 것을 구축한 뒤 찍는 컨스트럭티브constructive 사진이 일본의 사진 역사에는 존재하지 않습니다. 유진 스미스William Eugene Smith라는 세계적인 사진작가가 있습니다. 나처럼 인도, 아프리카, 아프가니스탄 같은 곳을 찾아다니면서 사진을 찍었지요. 그는 난민을 만나면 한 폭의 그림 같은 형태로 사진을 찍습니다. 예를 들자면 여기 사람이 서 있고,

저기에 소가 있고, 뒤에는 푸른 초원이 펼쳐지는 하나의 대구도를 짜고 사진을 찍는다는 뜻입니다. 넓은 의미에서는 '구축된 사진'이라고 할 수 있지요. 달리 말하면 보는 쪽이 보이는 쪽을 지배하고 있는 것입니다. 사진가가 자아를 가지고 사진을 찍는, 서양의 관점이지요. 사진을 찍는 쪽이 주체가 되느냐, 피사체가 주체가 되느냐, 이것은 매우 커다란 차이를 가져오지요. 아까도 말했지만 인간관계에서도 마찬가지입니다. '저 사람은 이런 사람일 것이다'라고 미리 결정해놓고 보는 사람이 있습니다. 반대로 상대편을 열심히 이해하자 하는 자세로 상대의 이야기를 듣는 사람이 있습니다. 일상에서 이 두 가지 시선의 차이는 분명히 존재합니다. 나는 그런 의미에서 굉장히 동양적인 관점을 가지고 있습니다. 어디까지나 사진을 찍히는 쪽이 주主이고 사진을 찍는 나는 종從이라고 믿고 있으니까요. 피사체가 이야기하는 무언가에 귀 기울이면서 작업하려고 합니다. 사진을 찍을 때 가장 좋은 순간은 내가 텅 비었을 때입니다. 그러면 신기하게도 건너편에 있는 대상이 내 안으로 들어옵니다. 텅 빈다는 것은, 자아를 지운다는 뜻입니다. 자아를 지우는 노력이 조금 더 진전되면 사진을 찍는 자신이 '보는 쪽'에서 '보이는 쪽'으로 바뀝니다. 피사체가 오히려 나를 바라보는 것이지요. 따라서 그런 감각의 단계에 이르면 모든 존재가 눈을 가지고 나를 바라봅니다. 예를 들어 저 꽃이 있다면 꽃의 눈이 나를 바라보는 것이지요. 그때 '아!' 하는 느낌으로 사진을 찍습니다. 내가 셔터를 누르는 궁극의 일순, 한순간은 대상이 나를 바라볼 때 찾아옵니다.

셔터는 염불과
비슷한 데가 있다

김윤덕　피사체가 나를 바라본다? 언뜻 이해가 되지 않는군요.

후지와라　나는 본래 매우 열려 있는 사람입니다. 마음이, 오감이 세상을 향해 열려 있다는 뜻이죠. 내가 누군가의 주목을 받고 있다는 느낌을 받아본 적 없나요? 그래서 돌아보면 진짜로 누군가 나를 쳐다보고 있지요. 그게 사람이든, 풍경이든, 물건이든, 동물이든 마찬가지입니다. 그럴 때 대상을 사진으로 찍는다면 정말로 좋은 풍경을 담을 수 있지요. 나는 굉장히 동양적으로 사고하는 사람입니다. 특히 자연과의 관계에서 말이죠. 예를 들어 저 꽃을 찍으려고 합니다. 먼저 저 꽃이 나를 바라보기 때문에 그것을 찍으려고 하는 거죠. 당연히 꽃의 위에서 아래까지 세밀하게 관찰하면서 찍으려고 하겠지요? 그런데 나의 내면 어딘가에서 '보지 않고 찍는다', '전부를 보지 말고 찍자', '한 점만 보고 나머지는 모르는 채 찍고 싶다'는 욕망이 생깁니다. 그런 과정을 거치면 사진이 더 풍요로워집니다. '권법'이라는 게 있지요? 한국에 태권도가 있듯이, 중국에는 취권이 있습니다. 취권은 술에 취해서 하는 무술이지만 그럼에도 만반의 준비를 하고 싸우려는 상대방을 아주 쉽게 이깁니다. 상대방의 한순간을 보고 수를 읽기 때문에 가능합니다. 내가 온몸의 힘을 다 빼고 있으면 상대편의 한순간이 보입니다. '전부 보지 않고 한 점만 바라보고 사진을 찍는다'는 자세는 취권의 비법과 비슷한 것 같아요. 그건 인간관계에서도 마찬가지입니다.

김윤덕 **한 점만 보아라? 점점 어려워지는군요.**

후지와라 그럼 사랑을 예로 들어볼까요? 남녀가 사랑을 합니다. 머리 끝에서 발끝까지 백 퍼센트 서로의 몸을, 일거수일투족을 바라본다고 하면 어떨까요. 숨이 막힐 겁니다. 어딘가, 내가 보지 않는 부분, 내가 모르는 부분이 있어야 하고 그걸 받아들여야 합니다. 그거야말로 남녀가 오랫동안 사이좋게 지낼 수 있는 방법이기도 하지요. 취권과 굉장히 비슷하지요? 보고도 보지 못한 척한다는 말이 있지 않습니까. 그건 일종의 자상함입니다. 나의 어머니가 내가 읽고 있던 에로잡지를 보고도 못 본 척하시고 지나간 것과 마찬가지지요(웃음). 거기서 엄마가 날 야단치기 시작하면 서로 반목하게 됩니다. 그런 의미에서 사진은 인생과 닮은 점이 많습니다. 인생 자체라고 말해도 좋을 겁니다. 나는 사진을 보면 그 사람이 어떤 식으로 세상을 대하는지 알 수 있어요. 특히 인물사진을 찍다 보면 잘 드러나지요. 어떤 사진가는 자신이 찍고 싶은 사진을 얻기 위해 모델로 하여금 여러 포즈를 취하게 합니다. 반면 대상을 잘 관찰하면서 안에 무엇이 숨어 있는가를 열린 마음으로 바라보면서 그걸 끌어내려 하는 사람이 있지요. 그런 의미에서 사진이라는 행위는 생활 속의 인생관, 그것의 집적이라고 할 수 있습니다. 예를 들어서 전철에 마주앉은 사람이 있다고 칩시다. 서로가 상대를 의식하고 있을 때 내가 무심코 손을 올리는 순간 맞은편 사람도 똑같은 손을 올리는 경우가 있습니다.

김윤덕　**거의 동시에 같은 노래를 흥얼거리기도 하지요.**

후지와라　네, 맞아요. 인간의 마음은 굳이 말과 행동으로 표를 내지 않아도 상대편에게 드러납니다. 카메라와 일대일로 마주할 때에도 마찬가지입니다. 한쪽이 안정되지 않고 불안을 느끼면 상대편도 불안합니다. 내가 안정되면 상대도 안정되지요. '마음을 허락한다'는 표현을 하는데, 이 사진가에게 정말로 내 마음을 허락할 수 있다는 확신이 들면 피사체는 마음을 활짝 엽니다.

김윤덕　**보고 싶은 대로 찍는 게 아니라, 보이는 대로 찍는다! 그러기 위해서는 서로의 마음을 열어야 하고요. 그렇다면 사진을 찍을 때 가장 어려운 점은 무엇입니까.**

후지와라 마음을 너무 지나치게 여는 거요(웃음). 거기서는 '관계'가 시작되기 때문입니다. 마음을 열게 하되 그걸 어떻게 제어할 것인가, 이 역시 사진가의 매우 중요하고도 미묘한 역량이지요. 프로의 기술이 필요한 대목입니다. 피사체의 마음을 최대한 열게 하면서도 자신의 마음을 통제하는 것! 얼마나 어렵겠습니까. 특히 남자가 여자를 촬영할 때 어렵지요. 마음을 최대한 열게 하되, 싫다 좋다의 감정으로 넘어가지 않는 것은 사실 모순입니다. 결국 최대한 마음을 열게 하면서 그 순간을 멈추고, 개인 대 개인의 세계로 넘어가지 않는 것, 그것이 표현입니다.

김 윤 덕 **불가능한 일로 여겨지는데요? 하하!**

후지와라 찍히는 쪽 입장에서 보면 사진가에게 개인적인 감정이 솟아나서 마음을 열게 됩니다. 따라서 남자가 여자를 찍을 때에는 그 현장에 엄청난 스릴이 존재하지요. 열여덟, 열아홉 살 나이의 친구들은 대부분 자신의 20년 인생에 그렇게까지 마음을 열어본 적이 없다고 말합니다. 의외로 선생님이나 친구 앞에서도 자기 마음을 열어본 적이 없는 사람이 아주 많지요. 그것이 지금의 사회이기도 하고요. 그런데 사진은 다릅니다. 서로 응시하면서도 거기에는 손해를 보느냐, 이익을 얻느냐라는 이해관계가 발생하지 않으니까요. 모두 그렇진 않지만, 어떤 여자는 촬영하는 도중에 진정한 자기가 드러났다는 사실에 무척 감격해합니다. 그 감격은 눈에 나타나지요. 흔히 눈을 마음의 창이라고 하지 않나요? 눈을 바라보면 사람의 마음이 그대로 드러난다는 걸 알 수 있습니다. 눈이 촉촉하게 젖어 있기도 하지요. 그 순간 셔터를 누르면 정말 아름다운 얼굴이 담깁니다. 바로 그때 여자는 지금까지 몰랐던 자기 자신을 깨닫는 경우가 많습니다. 사진 가와 피사체 사이에 개인적인 관계가 형성되지 않는다 하더라도요 (웃음). 그런 의미에서 사진이란 단지 셔터를 누르는 행위 이상의 대 단히 인간적인 행위입니다.

신야가 "셔터는 염불과 비슷한 데가 있다"고 말한 것은 《천 년소녀》라는 사진집을 내고 나서였다. 1999년 여름, 고향인 모지항 을 여행하면서 촬영한 사진들인데, 이 작업 때 만난 소녀 세 명과 교 감하면서 신야는 '사진의 힘'을 느꼈다.

후지와라   부모 말도 안 듣고 학교도 가지 않아서 어른들을 걱정시키 던 아이들이었죠. 그런데 나와 며칠간 촬영한 후 아이들이 변하기 시작했습니다. 학교에도 잘 다니고, 전보다 훨씬 솔직해지고 밝아졌 고요. 소녀들 마음에 변화를 일으키려고 촬영했던 것은 아니에요. 이 상하게도 이 아이들의 시선이 무척 마음에 들었어요. 그들의 눈은 하고 싶은 '말'들로 가득했지요. 마치 나에게 무엇인가를 말하는 것 처럼. 그때는 정말 무수히 셔터를 눌러댔습니다. 셔터는 염불과 비슷한 데가 있어요. 촬영자가 '기도'하면서, 또는 '소망'하면서 셔터를 누르면 바람이 이루어지지요. 눈앞의 대상이 변화를 일으키는 겁니다. 그 순간이 촬영해야 하는 시점입니다. 소녀들이 그런 표정을 보여주기 시작했을 때 비로소 내 입에서 "됐어!"라고 사인이 나왔죠. 아이들은 바로 그 순간 변화했는지도 모릅니다.

김 윤 덕 당신은 인도로 첫 여행을 떠날 때 카메라를 처음 손에 쥐었다고 했습니다. 교육받지 않고 좋은 사진을 찍을 수 있습니까?

후지와라 당시에는 남들과 다른 경험을 하다 보면, 진정한 나만의 글과 사진을 얻을 수 있지 않을까 생각했어요. 지금도 여행할 때 두 대이상의 카메라를 준비하지 않습니다. 단 한 대의 카메라와 하나의 렌즈로도 충분하지요. 어떤 장면에도 대응할 수 있는 눈과 기술만 있으면 됩니다. 카메라를 목이나 어깨에 걸치는 짓도 하지 않습니다. 대신 왼손에 쥐고 손등으로 자연스럽게 렌즈를 가리죠. 사람들이 내 카메라를 의식하면 안 되니까. 내 왼손에 들린 카메라는 공기처럼 존재가 부각되지 않습니다.

서울에 온 신야의 왼손에는 우리가 흔히 '똑딱이'라고 말하는 자동카메라가 들려 있었다. 저녁식사를 하러 서소문으로 나섰을 때 그는 손안에 쏙 들어가는 카메라를 능숙하게 작동하며 거리의 풍경을 '순간 포착' 했다. 진짜 카메라는 숙소에 있느냐고 물었더니 신야가 빙그레 웃었다. "아니요. 이걸로도 충분한걸요." 신야가 어느 책에 쓴 글이 기억난다.

"카메라 한 대를 삼베에 둘둘 말아 가방에 던져 넣으면 그것은 세면도구와 다를 게 없었다. 렌즈는 99퍼센트 육안에 가까운 광각렌즈만 사용했다. 망원렌즈를 통해 거리의 풍광을 관찰하는 것은 비겁하다고 생각했기 때문이다."

김윤덕   **왼쪽 눈으로 사진을 찍는다고 하셨지요?**

후지와라   우리 신체의 왼쪽은 오른쪽 뇌, 오른쪽은 왼쪽 뇌의 지배를 받습니다. 그래서 좌우는 서로 다른 세계관을 가지고 있지요. 나는 죽을 때에도 사람에 따라 몸의 오른쪽 혹은 왼쪽이 먼저 죽을 거라고 생각해요. 내 경우 왼쪽이 약합니다. 여러분들도 왼쪽, 오른쪽 중에 어느 쪽이 좀 더 강하다는 느낌을 가지고 있을 겁니다. 양쪽의 생명력이 다른 거지요. 그래서 나는 생명력이 약한 왼쪽 눈으로 사진을 찍습니다. 극단적으로 얘기하자면 죽음에 좀 더 가까운 쪽으로 사진을 찍는다는 뜻입니다. 죽음에 가깝다는 말은 생에 가깝다는 뜻이에요. 모순된 이야기이지만, 죽음을 의식하기 때문에 삶을 알게 되는 겁니다. 왼쪽 눈으로 사진을 찍으면 더욱더 냉철하게 사물을 바라볼 수 있다고 믿지요.

중앙대 사진학과의 한정식 교수는 《사진, 예술로 가는 길》 이란 책에서 "후지와라 신야의 눈은 격정적으로 인간 그 자체를 고찰하는 것"이라고 썼다. 신야는 "사진이 기술이 아니라 안목의 문제요, 감각의 문제라는 것"을 극명하게 알려주었다고도 했다.

사진도 붓글씨도
사랑의 방편

"어둠 속에서 찍어야 더 존재감 있는 사진이 나온다"는 이 괴짜 사진가는 요즘 새로운 '사랑'에 빠져 있다. 서예와 사진의 접목이다. 서울에 왔을 때 내게 선물한 서예 작품집엔 2011년 대지진 이후 쓰나미 현장에서 만난 연인에게 써준 '사랑 애愛'자를 비롯해 시부야 한복판에서 군중들에 둘러싸인 채 거대한 붓으로 퍼포먼스를 하는 장면, 인도 갠지스 강과 중국에서 서예 작업을 하는 사진이 실려 있다. 붓글씨의 무엇이 사부 신야를 사로잡은 걸까.

김윤덕   **요즘은 서예 퍼포먼스를 자주 하시더라고요.**

후지와라   쓰나미가 모두 휩쓸어간 뒤에 더 활발히 하고 있습니다. 그

때는 '바다가 사람을 처먹다'는 주제로 글씨를 썼지요. 거대한 붓을
양동이에 든 먹물에 찍어 철퍼덕철퍼덕 글씨를 써나갑니다. 사람을
먹는 바다를 묘사하고 싶었어요. 일부러 순백색 의상을 입었지요. 먹
물이 튀기도록. 큰 글자를 쓸 때는 모양을 볼 수 없기 때문에 몸의
감각으로 균형을 유지하며 쓰고 난 뒤에 멀리서 다시 바라봅니다.
이런 노상에서의 퍼포먼스가 좋습니다. 뭘 쓸 것인가를 미리 생각하
지 않고 영감이 떠오르는 순간, 뛰어들어서 쓰기 시작합니다. 현장에
서 떠오르는 메시지를 즉석에서 대중에게 전하고 반응을 들을 수 있
으니까요.

김 윤 덕　　**중국 상하이에서 열린 엑스포에 가서도 예정에 없던 퍼포먼스를 하**
셨지요?

후지와라　　마지막 날이었을 거예요. 이 화려한 박람회조차 하룻밤의
꿈과 같다는 뜻으로 글씨를 썼지요. 공안에 잡혀갈 일이죠. 하하! 세
계 최첨단 기술을 자랑하는 자리에서 감히 중국 정부에 대항해 이런
글을 쓰다니요. 여전히 인권 탄압을 하는 나라에서 이런 만국박람회
가 열린다니 우스웠습니다. 몇 년 전에 인도에 갔을 때에도 서예 퍼
포먼스를 했습니다. 거의 40년 만에 간 셈이지요. 인도에서 내가 느
낀 것들, 다시 찾은 인도에서 떠오르는 문자들을 붓글씨로 써보고
싶었습니다. 인도도 그사이 많이 변했더군요. 첨단 IT 기술이 발전

했고 젊은이들의 신앙심은 상당히 희미해져 있었지요. 그래도 인도라는 거대한 땅을 찬미하고 싶었습니다. '무상無常'이란 글자도 썼습니다. 갠지스 강가에서요. 인도 방랑하던 시절 사진을 가장 많이 찍었던 곳입니다.

서울을 다녀간 한 달 뒤 신야는 〈서행무상書行無常〉이란 서예전을 열었다. 일본의 시코쿠 지방을 여행하면서 쓴 붓글씨 작품들과 사진들을 2~6미터 크기로 출력해 전람회장에 걸었다. 전시는 기간 내내 성황을 이뤘다. 신야는 "붓으로 쓴 서예에는 일반 글씨와 달리 실물의 강력한 힘이 넘친다, '살아가는 에너지'를 얻을 수 있다"고 말했다. 전시 수익금은 전액 쓰나미와 방사선 누출 재해 지역에 전달했다. 같은 제목의 작품집도 출간했다.

김 윤 덕　　하필 서예에 심취하게 된 동기가 있습니까?

후지와라　　말, 언어에서 인간을, 나와 타인을 해방시키고 싶은 열망이 늘 있었어요. 여기 꽃이 있습니다. 이걸 "꽃"이라는 말로 내뱉으면 꽃이라는 단어 한 글자만 머리에 떠오르는데, 붓글씨로 쓰면 단어가 내포한 의미와 이미지, 감정들까지 생겨납니다. 서예는 목소리와 대단히 비슷해요. 여자가 꽃을 보고 "꽃"이라고 발음하는 경우와 나처럼 나이 든 사람이 "꽃" 하고 내뱉는 건 뉘앙스가 전혀 다르지요. 서예도 그렇습니다. 꽃이라는 말을 어떻게 발음했는가라는 문제와 매우 비슷하죠. 붓으로 쓰면 사물의 의미를 훨씬 풍부하게 피부로 체감할 수 있다는 뜻입니다.

인터뷰는 소통이며 치유다. 생전 처음 보는 사람의 마음 문을 여는 것이 인터뷰어에게 부여된 최대 사명인데, 그러기 위해서는 만나기 전에 대상을 치열하게 연구하고 파고들어야 한다. 긴장과 어색했던 분위기가 조금씩 누그러지고 둘의 대화와 교감이 무르익기 시작할 때쯤이면 일종의 카타르시스가 찾아온다. 전혀 뜻밖의 고백과 짜릿한 '명답'을 끌어냈을 땐 머리끝과 어깻죽지에 전율이 일어난다. 교회 부흥회로 치면 "성령이 임하신 순간"이다. 열 번에 한두 번쯤 이런 인터뷰를 하는 날이 있다. 이럴 땐 인터뷰를 당한 사람이나 인터뷰를 한 사람 모두 형용할 수 없는 치유의 벅찬 희열을 경험한다.

신야가 "피사체가 나에게 말을 거는 순간"이라고 표현한 대목이 바로 이와 같은 걸까. 결국 사진도 인터뷰도 서예 퍼포먼스도 세상과의 허심탄회한 소통, 자기표현, 아니 사랑의 방편이라면, 상대 혹은 피사체를 있는 그대로 보고 진심을 다해 이해해야만 이른바 '득도'의 경지에 오를 수 있는 것이다.

9장

타인을 위해
눈물 흘릴 수 있는 사람

내게도 나이 마흔은 찾아왔다. 서른이 밤도둑처럼 담장을 넘어 급습했다면, 마흔은 준비된 시간, 예정된 걸음으로 뚜벅뚜벅 현관문을 통해 걸어 들어왔다. 나보다 열 살 위 선배가 해준, "무슨 수를 써서라도 마흔을 인생의 전환점으로 삼아야 한다, 안 그러면 후회한다"는 충고를 가슴에 새겨둔 차였다. 어느 유명한 인상학자는 "당신의 삶은 마흔 이후에 본격적으로 펼쳐질 것"이라는 예언(?)을 했었다.

예언이 맞아떨어졌는지 몰라도, 실제로 나이 마흔에 나는 한국 땅을 떠났다. 1년이란 유예 기간, 그 시간은 커다란 도전이었고 수확의 기회였다. 중견 기자에게 주어지는 열두 달의 안식년. 나는 스웨덴을 택했다. 사부 신야라면 절대 선택하지 않았을 테지만, 나는 북구의 춥고 어두운 나라가 좋았다. 낮 3시면 어두워지기 시작하는 스톡홀름의 음울한 2월이 좋았고, 길을 걷다 눈에 파묻혀 죽을 것 같은 신비스런 공포감이 좋았다. 크고 떡 벌어진 스웨덴 남자들의 등빨과 친절함이 좋았고, 야생마처럼 팔다리의 왕성한 근육을 자랑하며 자전거를 타고 달리는 강인한 여자들이 좋았다.

스웨덴에서 고작 1년 살았다고 내 삶이 외적으로 변화하진 않았다. 스웨덴 행 이전과 이후에도 나는 여전히 글밥을 먹고사는 기자로, 시간에 쫓겨 글을 쓰고 마감하는 생활을 반복하고 있다. 변화는 나의 내면에서 시작됐다. 스웨덴 행 이전에 나의 정체성은 마이너리티 자체였다. '컴플렉스가 나의 힘'이라고 해도 좋을 만큼 24시간 주눅 든 상태로, 열등감에서 비롯되는 오기의 에너지로 연명해왔다.

스웨덴에서 돌아온 후에도 나는 여전히 조직과 사회에서 마이너리티에 속했지만, 멘탈만은 아니었다. 삶의 기준, 행복의 기준이 바뀌었기 때문이다. 자존감이 높아진 것일까. 내가 누군가에게 실낱 같은 도움이 될지도 모르겠다는 오지랖도 생겼다. 언제고 나는 누군가의 이야기를 듣고 마는 쪽이었는데, 마흔 이후로는 내 의견을 더해줄 수 있는 능력이 생겼다. 직장과 가정 밖에서 일어나는 일들을 그저 관찰자로서 바라보기만 했는데, 마흔 이후로는 불의한 사회현상에 분노가 일고 그것을 바로잡고 싶다는 욕구가 불뚝불뚝 솟아나니 말이다. 〈상속자들〉이라는 인기 드라마에서 주인공 김탄이 말했듯이 "나도 이제 생각이란 걸 하게 된" 것이다. 나이 마흔이 넘어서, 후훗!

사부 신야도 사람이 "늙음을 의식하게 되는 40대는 미혹의 계절이자, 자신의 위치를 옮길 수 있는 마지막 기회"라고 했다. 실제로 신야 인생의 전환점도 나이 마흔에 찾아왔다. 모터홈(캠핑카)을 타고 1년 가까이 아메리카 대륙을 횡단한 뒤였다.《아메리카기행》을 출간한 뒤 신야의 글쓰기는 확연히 달라진다. 현실에 들이대던 날카로운 비수를 거두어들인 대신, 인생에 대한 관조적 입장이 두드러지기 시작한다. 무슨 일이 있었던 걸까?

나이 마흔에 찾아온
인생의 전환점

김 윤 덕 미국을 여행하고 돌아온 뒤 독설가였던 신야의 글이 매우 부드러워졌다고들 합니다.

후지와라 아무래도 나이와 관련이 있는 것 같아요. 40대에 미국을 보고 돌아온 뒤 나는 타인을 생각하게 되었습니다. 그전까지는 내가 세상의 중심에 있었는데, 이제 바뀐 겁니다. 다른 사람들이 살아가는 모습이 눈에 들어오기 시작한 거지요. 말하자면 소승불교에서 대승불교로 옮겨간 셈입니다(웃음). 미국 여행은 삶의 진실이란 정치나 경제 같은 거창한 이슈, 미국과 중국 대륙 같은 거대한 땅이 아니라, 우리가 발붙이고 사는 소소한 일상에서 발견된다는 것을 일깨워주었습니다.

김윤덕 인도 여행처럼 걷거나 대중교통을 이용하지 않고 모터홈을 타고 여행하셨더군요.

후지와라 그 또한 여행의 한 방법이라고 생각했어요. 지도와 나침반에 의지해 목적지까지 최대한 빨리 도착하는 오리엔티어링 경기처럼 한 줄짜리 주소만 보고 매일매일 주차장을 찾아다녔습니다. 미국을 여행할 기회가 있다면 1주일이라도 좋으니 모터홈을 타고 여행해보세요. 나는 7개월 동안 모터홈을 타고 미국을 여행하는 동안 일본인을 한 명도 본 적이 없습니다. 대부분의 사람들이 획일적인 여행 습관에서 벗어나지 못한 거죠. 색다른 방식의 여행으로 그 나라 특유의 공기를 마시는 동시에 내 안의 또 다른 나를 발견하게 되었습니다.

김윤덕 《아메리카기행》은 다른 여행기들과 달리 지독한 외로움이 느껴지더군요. 볼 것 많은 그 신대륙에서 말이지요.

후지와라 만일 내가 누군가에게 말을 걸지 않았다면 미국이란 땅에서는 한 달, 아니 1년, 또는 평생토록 타인과 대화하지 않고 살았을지도 모릅니다(웃음). 미국에서 인간은 야생동물처럼 외로워 보였어요. 자녀들은 10대 후반이면 부모의 경제 원조를 받을 수 없게 됩니다. 대신 부모와의 동거를 거부할 권리를 갖지요. 그곳 사람들은 감정을 밖으로 표출하지 않더군요. 물이 없는 풀장처럼 과묵하고 무표정한 얼굴에 정신과 전문의 한두 명쯤은 알고 지내는 것이 상식인 듯했습니다. TV는 만인을 상대하는 싸구려 정신과 의사처럼 보이더군요. 나는 끝도 없이 이어지는 티베트의 광대한 고지를 길바닥에 튕기는 돌멩이와 함께 며칠씩 헤맨 적이 있습니다. 인도의 사막에서 몇 달을 살기도 했고, 중근동과 아프리카의 메마른 반사막을 수십 일간 여행한 적도 있지요. 하지만 이들 광활한 토지에서 고립감을 느낀 기억은 거의 없습니다. 광활한 토지에 들어설수록 오히려 고독과는 멀어졌지요. 내가 이곳에 있다는 사실만으로 어떤 거대하고 의지가 되는 존재들에게 둘러싸였다는 안도감을 느꼈고 때로는 기쁨에 휩싸이곤 했습니다. 거기에서는 자연이 나와 함께 공생하고 있다는 확신을 얻었으니까요.

김윤덕　**똑같이 광대한 대륙이었지만 미국에서는 전혀 다른 감정을 경험했군요.**

후지와라　여행 도중 머릿속이 공백에 빠지는 일이 자주 있었어요. 동양을 여행할 때는 상상도 못했던 일이죠. 캘리포니아의 새파란 하늘 아래서 콜라를 마셨을 때와 비슷한 감각이었지요. 거품은 식도를 지나는 찰나에만 약간의 자극을 남기고 순식간에 소멸합니다. 문제는 획일성이었어요. 미국의 의식주를 지배하고 있는 과잉된 인공 조작, 어디를 가도 피할 수 없는 맥도널드와 데니즈 같은 외식산업, 슈퍼마켓에 진열된 대량생산 품목들. 미국 사람들의 사고와 육체는 대량소비가 목표인 아메리카 기능주의의 산물이었죠. 그들의 등에 달라붙은 고독과 불안이야말로 그 대가였습니다. 판타지와 모방이 판치는 거대한 땅, 컴퓨터 가상현실 같은 대도시를 헤매면서, 지상에서 가장 더러운 도시 캘커타의 소음과 사람들의 목소리, 돼지 타는 냄새를 미치도록 그리워했습니다.

김윤덕 《동양기행》에 소개된 중국 상하이에 대한 당신의 느낌도 미국만큼이나 호의적이지 않았습니다. "지금껏 내가 걸어온 동양의 거리에서 유일하게 인간의 정감과 흥취를 억누르는 거리"라고 쓰셨더군요.

후지와라 모래를 씹는 것 같은 살벌한 도시였지요. 무색무취로 표백해버린 회색의 미세한 티끌이라고 할까. 색맹의 눈으로 바라보는 세상이 이런 색깔이 아닐까, 하고 생각했을 만큼. 나처럼 제멋대로 여행하는 사람에게 '프로그램'대로 따라가는 관광이란 고행과 다름없는데, 상하이에선 마치 죄수라도 된 기분이 들었죠. 감시인이라고 할 수 있는 통역과 안내인이 두 사람씩이나 따라다녔으니까요. 지금은 그렇지 않겠지만, 상하이 사람들 또한 무표정했습니다. 이유는 그들이 사람의 눈동자를 바라보는 것이 아니라 상대방의 손에 무엇이 들려 있는지부터 의식하기 때문이라고 생각해요. 인도인들은 달랐어요. 그들의 눈은 언제나 내 눈을 응시하고 있었죠.

평점이 낮은 중국과 미국을 놓고 보자면 그래도 신야는 미국에서의 여행을 조금은 더 즐겁게 추억하는 듯했다. 밥때를 놓쳐 종일 굶다시피 한 신야가 텍사스 고속도로 변의 도넛 가게를 발견하고 들어갔다가 벌어진 해프닝은 두고두고 기억에 남았다. 진열대 안에 도넛이 열 개가량 있어 주인에게 달라고 하자 나이 지긋한 노인은 "도넛을 팔 수 없다"며 손을 저었다. 잔뜩 실망한 채 가게를 나온 신야는 인종차별이라는 생각이 들어 다시 가게로 쳐들어간다. 그리고 외친다. "차별하는 놈은 차별받는 놈보다 못하다는 걸 명심해!" 그러자 크게 당황한 주인이 사정을 설명한다. "어제 만든 도넛이라 돈을 받고 팔 수는 없었다"는 것이다. 경박한 자신의 행동에 채찍을 가하며 신야는 정중히 사과한다. 주인이 종이봉투 가득 채워준 도넛을 가슴에 안고 차가운 밤거리로 나서는 신야의 뻘쭘한 모습을 상상하니 웃음이 났다.

김윤덕   미국에 다녀온 뒤에는 여행을 떠나지 않았습니까?

후지와라   아일랜드에 다녀왔지요. '전서양가도'라는 제목을 지어두고 미국 여행 후편을 계획하고 있었는데 그때의 여행을 글로 옮기지 못하고 있습니다. 여행을 바라보는 의식이 조금 변했기 때문이지요. 이제는 로드 노블road novel을 써보고 싶습니다. 헤밍웨이나 스타인벡의 작품처럼. 농경민족인 일본인이 이 분야에 도전하기란 쉽지 않은 일이지만 개척해보고 싶어요. 아이리시 해협의 사나운 바다가 나에게 에너지를 쏟아부었지요(웃음).

떠나지 않고
여행하는 법

실제로 《아메리카기행》 이후 신야가 펴낸 여행기는 찾아볼 수 없었다. 신야의 관심이 낯선 세계의 낯선 사람들이 아니라 자신을 둘러싼 평범한 사람들의 일상으로 옮겨갔기 때문이다. 이 무렵 신야는 "일상 속 여행"이라는 표현을 즐겨 쓰기 시작한다.

후지와라   여행을 하면 낯선 일에 관대해지고 담대해집니다. 계획한 대로 흘러가지 않는다 해서 크게 초조해하지도 않지요. 그런데 이것이 꼭 먼 곳으로의 공간 이동을 할 때만 얻어지는 여유는 아닙니다. 다니던 길을 다르게 해보고, 늘 하던 행동을 바꿔보는 일로도 일상 속에서 여행을 할 수 있지요. 기존의 습관, 습성만을 고집한다면 설령 새로운 땅으로 떠난다 해도 여행은 그저 피곤한 일이 될 뿐입니다.

김 윤 덕　　그 일상 속 여행을 하면서 얻은 이야기들을 묶은 것이 에세이집 《돌아보면 언제나 네가 있었다》이군요.

후지와라　　그렇습니다. 이 책에는 얼핏 보면 안 보이는, 그래서 자세히 들여다봐야 보이는 사람들이 나옵니다. 오랜 여행 끝에 내겐 작은 것을 바라보거나 미묘한 소리를 들으려는 습관이 생겼어요. 또 그런 일을 젊었을 때보다 나이 든 지금에야 훨씬 잘하게 된 것 같습니다. 물론, 많은 실패와 시행착오가 있었지요. 또, 예전에는 항상 '특별한' 사람들에게 관심이 있었어요. 하지만 요즘에는 일상을 살아가는 보통 사람들이 정말 흥미롭습니다. 그들에게 관심을 기울이면, 지극히 평범한 삶에도 극적인 드라마가 있다는 사실을 알 수 있지요. 그런 의미에서 이제는 사람 속을 여행한다고 할 수 있습니다.

김 윤 덕　　사람 속을 여행하는 즐거움은 어떤 것입니까?

후지와라　　내가 경험하지 못한 전혀 다른 세상의 얘기를 들으면서 놀라고 무너집니다. 지기 위해, 무너지기 위해 여행을 한다고 했지요?

내가 생각한 대로 이야기가 흘러가지 않고 나를 한 번, 두 번 놀라게 하는 이야기들이 쏟아져 나올 때 '우와' 하고 감탄합니다. 관점이 바뀌고, 마음 또한 풍요로워지지요. '우와' 하는 순간 여행에서 느끼는 패배를 다시 경험합니다. 새로운 세계를 알게 됐다는 뜻이지요. 그 순간 나 자신이 조금씩 바뀌어간다는 점에서 여행과 다른 사람의 이야기를 듣는 일에는 일맥상통하는 면이 있습니다.

김윤덕   어디론가 떠나지 않고도, 새로운 사람을 만나 이야기를 듣고 교감하는 것으로도 여행자처럼 매일매일 새롭게, 낯설게, 다르게 살 수 있다는 뜻이군요.

후지와라   사람들과의 만남은 자칫 무미건조한 일상으로 흐를 수 있는 삶에 숨을 불어넣습니다. 다만, 작은 것을 눈여겨보세요. 작은 소리에 귀 기울여보세요. 사람들의 작은 몸짓을 관찰하고 의미를 부여해보세요. 떠나지 않았지만 우리는 다른 것을 발견하고, 다른 곳을 상상하게 됩니다.

김윤덕   백 명과 다르게 사는 삶의 비결이군요.

후지와라   내가 쓴 책 중에는 간혹 사전에 없는 말이 나옵니다. 일상에서, 혹은 여행을 하다 어떤 광경을 보았을 때, 사전에 나오는 단어로 표현할 수 없는 경우가 있지요. 아프리카 사막을 여행할 때였어요. 보름달이 떠 있고, 주변은 파란 빛이 감돌고 있었어요. 그때 파란 옷을 입은 사람들이 나란히 앉아서 달을 바라보고 있었습니다. 그들이 월광욕을 하고 있구나 생각했지요. 일광욕이라는 말은 있지만, '월광욕'이라는 말은 사전에 없는 말이죠. 이렇듯 살아가다 보면, 여행을 하다 보면, 기존의 단어로 표현할 수 없는 풍경들을 만납니다. 여기에 여행의 필요성, 새로운 사람들을 만나 그들의 이야기를 들어야 할 필요성이 있습니다. 학습만으로 배울 수 없는 것들이죠. 언젠가 '후지와라 사전'을 만들어야 할지도 모르겠습니다(웃음). 여러분도 여러분들만의 언어를 만들어내시기 바랍니다.

사부 신야는 〈아사히 신문〉이나 〈요미우리 신문〉에 칼럼을 기고하는 저널리스트이지만, 나는 신야가 전업 기자가 되었다면 크게 성공했으리라 확신한다. 주체할 수 없는 호기심, 글쓰기에 대한 욕심, 맨땅에 헤딩이라도 하겠다는 취재 의지, 날카로운 통찰력, 정의감 등 신야를 설명하기 위해 동원해야 하는 수사들은 놀랍게도 우리가 '이상적인 기자상'으로 꼽는 모습과 거의 일치했다.

"사람 속을 여행한다", 이는 그야말로 기자라는 직업에 대한 신야적 묘사다. 현직 기자인 나 또한 책보다는 수많은 사람들을 만나 얻어들은 이야기를 통해 배운 것이 훨씬 많았다. 인생에 대한 빛나는 통찰, 새로운 지식, 재기발랄한 아이디어, 기상천외한 발상이 취재원의 입에서 흘러나올 때 온몸에 전율이 흘렀다. 전혀 새로운 세계, 살아 있는 '뉴스news'였다.

이 괴짜 사부에게는 또 어린아이 같은 상상력, 창의력이 흘러넘쳤다.

김윤덕 **어쩌면 그렇게 어린아이처럼 기발한 생각들이 넘치십니까? 나이 칠순에 말입니다.**

후지와라 창의력은 호기심에서 나옵니다. 우리가 살아가는 데 꼭 필요한 덕목을 꼽으라면 제일 먼저 '호기심'이라고 답하겠어요. 나는 막 일흔을 넘겼지만 여전히 호기심이 왕성합니다. 내가 당신보다 두 배쯤 오래 살았을 텐데도요(웃음). 호기심을 억제하지 못해 구경거리가 있으면 그냥 지나치지 못하지요. 어제 서울에서 지하철을 탔는데, 당신 같은 젊은 남녀가 서로 강렬하게 마주보고 있는 상황을 보았어요. 일본에서도 종종 볼 수 있는 풍경이죠. 서로 싸우고 있는 겁니다. 그럴 때 두 사람은 주변에 아무것도 보이지가 않지요. 문제는 나예요. 우연히 그런 장면을 보게 되면, 나하고는 아무 상관없는 일인데도 상황이 어떻게 전개되는지 끝까지 지켜봅니다. 남자가 잘못했나 여자가 잘못했나 끝까지 지켜보면, 이 싸움이 왜 일어났는지 어렴풋이 알게 되지요. 대체로 그런 상황을 마주치면 많은 사람들은 모른 척하고 지나갑니다. 조금 민망하니까요. 그런데 나는 아니에요. 심

각한 표정으로 마주 선 두 사람이 어떤 연극에서보다 리얼한 연기를
하고 있고, 그걸 돈도 안 내고 즐길 수 있는데, 이토록 재미있는 구경
거리를 왜 그냥 지나칩니까. 그런 의미에서 저는 호기심이 지나치게
많은 사람인지도 모릅니다(웃음).

슬픔 또한
풍요로움

"그 옛날, 내가 어렸을 때는 주위에 편의점이 없었다. 패스트푸드점
도 없고, 자동판매기라는 것도 없었다. 과자 가게에 가면 주인 아주
머니가 친절하게 말을 건네며 눈깔사탕 하나는 덤으로 넣어주었고,
부모님 심부름으로 무 하나를 사러 가면 알지도 못하고 본 적도 없
는 아저씨가 무를 건네주면서 '꼬마야, 무 많이 먹고 얼른 커라' 하며
격려해주었다. 이제 마을에는 사람들의 그런 목소리가 들리지 않는
다. 일본 어디를 가도 쇼핑몰과 편의점과 패스트푸드점과 자동판매
기가 자리를 잡고 있다. 물건을 사고팔 때 인간관계를 만들지 않아
도 된다."

그리고 보니 《돌아보면 언제나 네가 있었다》는 나이 마흔
이라는 전환점을 경험한 이후 가장 신야다운 방식으로 발언한 문명

비판이다. 편의점 여직원과의 일화를 담은 '고로케 샌드위치와 오르골' 편이 대표적이다. 무색, 무미, 무취한 문화의 상징인 편의점에서 신야는 일종의 '레지스탕스'를 펼친다. 거창한 게 아니고, 단지 카운터 직원에게 '말을 거는 것'이다. "어디 몸이 안 좋아요?" "야근하면 졸리지 않아요?" "혹시 이 냉동볶음밥 먹어본 적 있어요?"

5년 전인가, 오사카에 출장을 갔다가 어느 밥집을 찾아들어갔다. 테이블에 앉은 지 한참이 지났는데도 종업원이 주문을 받으러 오지 않았다. 이상하다 싶어 두리번거리는데, 일본 사람들은 일제히 자동판매기 같은 기계 앞으로 가서 돈을 넣고 있었다. 알고 보니, 원하는 음식을 고른 뒤 돈을 기계에 넣으면 식권이 한 장 떨어지고, 그것을 주방에 넘겨주어야 비로소 밥을 먹을 수 있는 시스템이었다. 편의점이든, 식당에서든 말 한마디 없이, 그러니까 '번거로운' 인간관계를 맺지 않고도 살 수 있는 사회가 일본이었다. 신야의 표현대로 "계산대에 서 있는 종업원은 복화술을 배운 인형처럼 매뉴얼대로 답변을 하고, 손님 또한 눈앞에 생물이 존재하지 않는 것처럼 말 없이 물건을 받아들고, 바람처럼 그 자리를 떠나고" 있었다.

대지진 전후의 일본 사회의 대격변을 예고라도 한 듯이 신야는 에세이를 통해 시종일관 '타인의 슬픔'에 관하여 이야기한다. '슬픔과 고통에 의해서만 인간은 구원받고 위로받는다'라는 신야의 선언은 일본뿐 아니라 한국 독자들의 가슴에도 파고들어 묵직한 여운을 안겼다.

김윤덕　《돌아보면 언제나 네가 있었다》는 대지진이 일어나기 전에 출간된 책이지요?

후지와라　그렇습니다. 사람과 사람 사이의 따뜻한 인정이 급속도로 메말라가는 무연사회에서 우리가 잃어버린 것을 찾아보자는 소망으로 썼지요. 읽어보면 아시겠지만, 재미있거나 즐거운 이야기는 아닙니다. 결코 유명하다고 할 수 없는 한 사람, 한 사람의 작은 생활들을 묘사했지요. 위대하거나 흥미진진하진 않지만 마지막에 뭔가 남습니다. 마음을 울리는 한 가지가 있지요. 언뜻 보면 사사로운 개인사이지만 그 속에 담긴 작은 기적, 따뜻한 드라마를 보여주고 싶었습니다.

김윤덕　책에 소개된 이야기들은 〈메트로 미니츠〉라는 지하철 무가지에 연재했던 열네 편의 글입니다. 많은 사람들이 등장하더군요. 편의점 직원부터 무명의 수국 사진가, 바닷가 떠돌이 개와 갈매기에게 사랑을 쏟아붓는 도메 할머니와 아내를 살인한 누명을 쓴 구라모토 씨에 이르기까지요. 그런데 왜 지하철 무가지에 연재하셨나요? 후지와라 신야의 명성이라면 아사히나 요미우리처럼 유력 일간지에 연재할 수 있었을 텐데요.

후지와라　무가지는 통근하는 사람들이 지하철 입구에서 무심코 집어 드는 신문입니다. 내 이름을 모르는 사람들이 대부분이지요. 유명 신문이나 잡지는 달라요. 표지에 후지와라 신야라는 이름이 적혀 있으면 돈을 주고라도 반드시 보는 사람들이 있습니다. 고정 독자라고 할까요. 그러나 지하철 무가지는 다릅니다. 계층도, 지적 수준도 무가지를 집어 드는 불특정 대중과 일간지 독자는 전혀 다르지요. 원고 의뢰가 왔을 때 나를 전혀 모르는 사람들이 내 글을 읽고 어떤 생각을 할지 굉장히 궁금해졌습니다. 피드백이 빠른 매체라는 점도 구미가 당겼지요.

김윤덕　　**매사에 전략적 사고를 하시는군요(웃음).**

후지와라　　그런가요. 지하철을 타는 짧은 시간에 사람들이 내 글을 읽고 어떤 생각을 할지 정말 흥미롭게 느껴졌습니다. 무대가 있다고 칩시다. 유명한 가수가 무대에 올라가면 아직 노래를 시작하지 않았는데도 사람들이 모여듭니다. 노래를 부르기 시작하면 열광하고 춤을 추기도 하지요. 노래 실력이 어설퍼도 상관없습니다. 그러나 무명 가수의 경우는 전혀 다르지요. 노래를 들을 생각이 없는 거리의 행인들을 향해 노래를 불러 자기를 바라보게 해야 합니다. 얼마나 대단한 승부입니까. 그런 남 모르는 승부를 해보고 싶었습니다. 내가 부르는 노래를 우연히 듣고 사람들이 자기도 모르게 깜짝 놀라 돌아보는 순간이란 정말 황홀할 테니까요. 그런데 실제로 그런 사람들이 많이 생겨났습니다. 아무 생각 없이 무가지를 집어 들어 읽기 시작했는데 내 글을 읽다가 내릴 곳을 지나쳤다는 엽서를 많이 받습니다. 선생님 글을 읽으면서 출근했는데 아침 내내 일이 손에 안 잡혔다고 편지를 보내온 사람들도 많지요.

김 윤 덕　　그들이 감동한 이유가 뭐라고 생각하십니까.

후지와라　　사람 사이의 관계에 대하여 이야기했기 때문이라고 생각해요. 타인에 대한 사사로운 관심, 따뜻한 말 한마디가 사람과 사람 사이를, 이 사회를, 이 우주를 얼마나 살맛나게 하는지 알게 되었다고 할까요? 나는 지금의 도쿄에서, 쇼와昭和(1926~1989)시대부터 일본을 살아온 사람들에게 뭔가 정체를 알 수 없는 '갈증'이 있다고 생각해요. 일본 젊은이들은 새 물건, 정보들은 이제 그만 됐다고 생각하는 단계에 와 있습니다. 게다가 대지진이라는 씻을 수 없는 재앙이 있었죠. 대지진과 방사능 문제로 일본 사람들은 커다란 가치관의 변화를 겪고 있습니다. 어쨌든 전혀 모르는 사람에게 말을 걸어 마음속까지 파고들 수 있었다는 의미에서, 무가지가 아니면 이런 글이 나올 수 없었다고 생각해요. 여기 실린 글들은 나의 팬들이 아니라 얼굴을 전혀 알 수 없는 사람들을 대상으로 한 글이어서 더 의미가 있다고 생각합니다.

김 윤 덕　　이 책은 '인간의 냉동화'로 함축되는 문명 비판인 동시에 상처받은 영혼들의 치유서로 읽힙니다. 하루하루를 살아가는 일이 버거운 사람들을 응원하는 듯하고요.

후지와라　나는 그저 극한의 경쟁사회, 메마른 무연사회에서도 아직 사라지지 않은 '인간의 마음'을 찾아보고 싶었어요. 앞서 말했지만, 얼핏 보면 안 보이는, 그래서 자세히 들여다봐야 보이는 보통 사람들의 일상, 그들의 만남과 헤어짐, 삶과 죽음에 진실이 있었습니다.

김윤덕　**슬픔 또한 풍요로움이라고 하셨지요?**

후지와라　슬픔을 공유함으로써 진정한 인간관계가 생겨나니까요. 기쁨보다 슬픔으로 맺어지는 관계가 훨씬 더 강렬합니다. 슬퍼한다는 행위에는 자기 마음을 온전히 바치는, 타인에 대한 한없는 배려가 깃들어 있기 때문이지요. 슬픔이란 인간에게 없어서는 안 될, 꺼지지 않는 성화聖火여야 합니다.

김윤덕　**결국 그것은, 사람을 향한 사랑이 아닐까요?**

후지와라　물론입니다. 세상이 어떻게 변하더라도 서로를 사랑하고 이해하려는 시도를 멈추지 않는다면 인류는 구원받을 수 있습니다.

대지진은 일본에
축복이 될 것입니다

시기에 차이가 있을 뿐, 모두의 인생에는 크고 작은 위기가 닥친다. 사람의 능력으로는 이겨낼 수 없는 불가항력적인 위기에 맞닥뜨릴 때 우리는 절망한다. 이른바 긍정의 힘도 회생의 여지가 눈곱만큼이라도 보일 때 위력을 발휘하는 법이다. 적빈赤貧의 상황에서 희망을 갖기 힘들고, 천재지변의 대재앙 앞에서 재기의 의지를 불태우기란 말처럼 쉬운 일이 아니다.

신야가 간단한 위인이 아니라고 생각한 이유는, 대재앙으로 기록될 2011년 3월 일본 대지진의 와중에 희망의 언어를 쏘아 올렸기 때문이다. 도쿄에서의 첫 인터뷰 때 신야가 외친 일성一聲은 지금도 가슴을 뛰게 한다.

"대지진은 일본에 축복이 될 것입니다."

신야의 말을 그대로 써도 될까, 나는 잠시 망설였다. 수만 명의 목숨과 삶의 터전을 참혹하게 휩쓸고 간 대지진이 축복이 될 것이라니! 신야는 말했다. 일본열도를 공포에 떨게 한 쓰나미, 방사능보다 더 무섭고 참담한 것은 비인간화, 타인을 위해 울지 않는 차가운 가슴, 사람들의 얼어붙은 심장이라고. 그는 이미 대지진 이전의 일본 사회를 가리켜 "제2의 패전"이라고 표현한 적이 있다. 비정규직 2백만 명, 은둔형 외톨이 80만 명, 등교 거부 아동이 20만 명에 달할 만큼 일본 사회는 병들어 곪아터지고 있었던 것이다. 이는 멀지 않은 미래에 맞닥뜨릴 한국 사회의 자화상이기도 했다.

김윤덕 **1995년 고베 대지진이 일어났을 때에도 현장에 있었지요?**

후지와라 고베 지진 때는 고베라는 도시가 남아 있었어요. 건물이 무너지고 고가도로가 쓰러지긴 했어도 고베라는 도시, 그 안의 마을들은 형체를 알아볼 수 있었지요. 그런데 3·11 대지진은 모든 지형지물을 사라지게 했습니다. 어딜 가도 쓰나미로 엉망이 된 풍경뿐이었죠. 마을의 형체가 사라져버렸어요. 한 마을에서 백 킬로미터 이동을 해도 그 전의 마을과 풍경이 똑같았습니다. 원래 있던 곳으로 되돌아간 느낌이 들었죠. 어느 곳이나 쓰레기더미밖에 남아 있지 않았어요. 사람에게 이름이 매우 소중하듯이 토지, 땅에 있어서도 이름은 하나의 정체성입니다. 그런 정체성이 이번 재해로 완전히 사라진 것입니다. 얼마나 잔혹합니까. 구사일생으로 살아나 자기 집이 있는 마을로 돌아가도 마을이 어디 있는지, 내 집이 어디에 있었는지조차 알아볼 수 없게 된 겁니다.

김윤덕 **쓰나미가 휩쓸고 간 지역에 도착했을 때 처음 어떤 생각을 하셨습니까? 방사능 피해 현장은 일반인이 접근하기에는 매우 위험했을 텐데요.**

후지와라　쓰나미 피해 현장에 도착했을 때 나는 언어를 망각했습니다. 나의 주된 일이 생각하기, 글쓰기인데 도대체 뭘 생각하고 어떻게 표현해야 하는지 모르겠더군요. 그냥 멍하게 바라볼 수밖에 없었습니다. 그건 현지 주민들도 마찬가지였습니다. 그냥 가만히 바라볼 뿐 대체 여기에서 무슨 일이 일어났던가, 마치 꿈같고 SF영화 같은 현실을 도저히 이해할 수 없더군요. 심지어 인간의 감정이라는 것도 상실돼버린 듯했으니까요.

김윤덕　재해 현장에서는 사진 작업을 했던 건가요? 아니면 고베에서처럼 자원봉사를 하셨습니까?

후지와라　처음엔 걷기만 했습니다. 미야코라는 마을이었죠. 걷다 보니 반쯤 무너진 집이 보였어요. 집 앞에 나이 든 아주머니가 멍한 표정으로 앉아 있더군요. 잠깐 사진을 찍겠다고 양해를 구한 뒤 집 안으로 들어갔습니다. 뒤죽박죽 엉킨 쓰레기더미 위에 눈에 들어온 것이 있었어요. 물에 젖은 아이의 그림이었습니다. "미야코의 할머니에게"라고 쓴 글자 옆에 할머니 그림이 그려져 있더군요. 그 그림은 이곳에 삶이, 생활이 있었다는 증거였습니다. 그제야 내 마음 속에 분노와 슬픔이 밀려들었습니다. 슬픔보다는 분노의 감정이 훨씬 강했지요. 이 작고 평범한 일상을 한입에 삼켜버린 거대한 힘에 분노가 치솟았습니다.

김윤덕 대지진이 일본 국민들 정신에 미친 영향이 매우 클 것 같습니다.

후지와라 고베 대지진 때는 어느 한 지역에서 큰 지진이 발생했다는 사실이 있었을 뿐입니다. 그런데 이번에는 내 몸의 일부가 상한 것처럼 아프고 고통스럽습니다. 피해 지역의 주민이 아니라도 우리 모두는 상처를 받았습니다. 몇 년 전 인도네시아 해안가를 덮친 쓰나미와도 다릅니다. 인도네시아의 쓰나미는 10미터에 불과했지만 일본의 쓰나미는 51미터를 기록했지요. 피해지역 산꼭대기의 소나무들이 죽어갈 만큼 쓰나미가 산을 넘은 겁니다. 그야말로 SF의 세계와 다를 게 없었지요. 그로 인해 국토가 파괴되고, 육친을 잃고, 집과 일터를 잃었습니다. 주민들은 3개월 이상 피난처에 모여 천장만 바라보고 있었지요. 그러는 사이 원자력 발전소에서 폭발이 일어나 방사능이 유출됐습니다. 두 개의 재해가 동시에 진행되기 시작한 거지요. 쓰나미가 천재天災라면 방사능 유출은 인재人災입니다. 천재는 포기하고 체념할 수 있지만 인재는 분노를 일으킵니다. 체념이라는 문화에 익숙한 일본인이라도 원자력이라고 하는 인재로 인해 살던 집과 경작지를 버리고 떠나야 하는 그 마음은 황폐해질대로 황폐해집니다. 포기가 안 되니 원한이 생기지요. 나는 방독 마스크를 쓰고 천재가 일어난 지역과 인재가 일어난 지역을 몇 번이고 방문했습니다. 쓰나미로 모든 것을 잃은 사람들은 나의 질문에 열심히 이야기를 해줍니다. 하지만 방사능이 유출된 지역에 들어가면 사람들이 입을 열지 않습니다. 분노가 있기 때문이지요. 세계에서 몰려든 기자들이 열띤 취재 경쟁을 펼치지만 정부로부터 이주 명령을 받은 주민들은 마음을 닫은 지 오래입니다. 아마도 각국의 기자들은 상상만으로 기사를 썼을 겁니다. 저널리스트로 오랫동안 활동해온 나 역시 이번에는 사람들의 마음을 열고 들어가기가 정말 어렵다는 것을 실감했으니까요. 쓰나미는 조금씩 복구되고 있지만 방사능 문제는 후퇴할 수밖에 없습니다. 이런 상황 속에서 '일본인이 어떻게 살아가야 할 것인가' 하는 문제는 쓰나미 이상으로 우리에게 던져진 숙제입니다.

김 윤 덕　　3·11 동일본 대지진으로 인한 피해 복구는 매우 비관적으로 보시는군요.

후지와라　　왜 이렇게까지 일본이 재해를 당해야 하는지 저는 도대체 알 수가 없습니다. 정말 불가사의한 일이지요. 숙명이라고밖에는 말할 수 없을 만큼 일본은 세계적으로, 역사적으로 유례가 없는 재앙을 경험하고 있습니다. 일본은 어느 선진국 못지않게 문화와 과학기술이 발달했지만, 중국이나 한반도를 거쳐, 대서양과 태평양을 지나 들어온 경우가 대부분입니다. 모방과 흉내의 결과물이지요. 그런데 천재지변만은 일본의 오리지널리티라고 해도 과언이 아닐 만큼 무수히 많은 재앙을 겪었어요. 그 와중에 태평양전쟁이 일어났지요. 미군의 도쿄 대공습이 펼쳐졌고 원자폭탄으로 수십만 명이 사망했습니다. 내가 태어난 곳도 피해를 입었을 만큼 엄청났지요. 일본은 그렇게 불바다에서 다시 일어난 나라입니다. 나보다 다섯 살 위인 누나 세대만 해도 신발이 없어 맨발로 살았어요. 먹을거리가 없어 거지처럼 연명하는 국민들이 대다수였지요. 아이러니하게도 일본이 극도의 경쟁사회가 된 까닭은 극빈에서 출발했기 때문입니다. 그것이야말로 대재앙의 진원지였는지도 모릅니다.

김 윤 덕 패전으로 인해 일본이 극단의 경쟁사회로 나아갔다는 뜻인가요?

후지와라 그렇지요. 상처와 죽음, 가난과 굶주림에 대한 반동으로 모든 것을 얻으려는 갈망이 용솟음쳤어요. 일본인이 근면한 민족이라는 사실은 분명합니다. 하지만 단지 부지런했기 때문이라고 설명하기에는 지나치게 빨리 성장했습니다. 전쟁 후 불과 반세기 동안 미국에 버금가는 선진국이 되었으니 말이지요. 50년 동안 '0'에서 출발해 '100' 가까이 올라간 겁니다. 이런 과정에는 반드시 무리가 따릅니다. 무리하면서 경쟁해온 거죠. 당연히 여러 가지 살인적인 스트레스가 잇따르고 자살, 왕따, 가족 해체 같은 사회문제를 초래합니다. 이런 사회는 사람과 사람이 공존하는 게 아니라 오로지 서로 물고 뜯는 경쟁으로 치닫게 됩니다.

김 윤 덕 히키코모리에 이어 고독사가 일본 사회의 커다란 문제가 되고 있다는 뉴스를 들은 적이 있습니다.

후지와라 바로 얼마 전, 그러니까 쓰나미가 있기 직전에 일본에 "무연사회無緣社會"라는 말이 유행했습니다. NHK에서 고독사를 주제로 특집방송을 내보냈을 정도이지요. 혼자서 살다가 죽는 사람들이 점점 많아지고 있었던 겁니다. 급속한 성장이 사람과 사람을 잇는 끈을 끊어놓았지요. 그런 점에서 이번 대지진이 일본에 상처만 주었다고는 할 수 없습니다. 도움이 된 측면도 분명히 있습니다.

김윤덕 수만 명의 인명과 삶의 터전을 앗아간 대지진이 일본에 어떤 기여를 했다는 뜻입니까?

후지와라 대지진은 일본인들의 가슴에 거대한 슬픔을 자아냈습니다. 슬픔, 동정심이란 타인을 생각하고 배려하는 마음에서 태어나지요. 유례없는 재앙을 겪으면서 일본인들이 타인의 슬픔을 공유하고, 타인을 위해 울기 시작한 겁니다. 경쟁과 성장을 향해 달려가는 와중에 잃어버렸던 미덕을 다시 끌어낸 것입니다. 인간이라면 누구나 갖고 있는, 나 아닌 누군가와 따뜻한 관계를 맺고 싶다는 욕망이 대지진으로 인해 솟구치기 시작했습니다. 방 안에 틀어박혀 있던 젊은 이들이 구호 활동을 위해 집 밖으로 쏟아져 나오고, 기부에 익숙하지 않은 일본인들이 앞다투어 모금 활동에 참가하고 있습니다. 좀처럼 사회운동에 나서지 않는 일본 여성들이 자녀와 가정을 지키겠다고 다짐을 합니다. 결혼, 가족에 대한 관심이 어느 때보다 높구요. 이야말로 축복이 아닌가요. 나는 일본 대지진의 교훈이 전 세계에도 전달돼야 한다고 생각합니다. 고도성장으로 인한 인간성 상실과 비정한 세태, 치열한 경쟁으로 인한 갖가지 사회문제는 일본에 국한된 폐해가 아니니까요. 특히 한국 교육현장에서 벌어지는 경쟁의 강도는 일본을 능가한다고 들었습니다. 한국이 일본과 동일하지는 않겠지만, 어느 정도 비슷한 길을 걷지 않을까요? 일본을 반면교사로 삼기를 바랄 뿐입니다. 그래야 우리의 희생이 헛되지 않을 테니까요.

신도 도깨비도
없었다

쓰나미가 휩쓸고 간 일본 동북부 해안의 참상을 신야는 카메라에 담았다. 〈조선일보〉 인터뷰를 위해 신야는 그 중 몇 장을 내게 보내주었다. 파일을 클릭해 열어본 순간 나는 잠시 그가 사진을 잘못 보낸 것이 아닌가 의심했다. 온통 푸른 물감이 번져 있는 듯한 사진은 마치 지중해의 어느 마을을 보는 듯한 착각을 안겨주었기 때문이다. 자세히 보니 〈월야月夜〉라는 제목이 하단에 붙어 있었다. 함께 사진을 보고 있던 동료 기자가 '아' 하고 낮은 탄식을 쏟아냈다. 그것은 푸른 바다가 아니었다. 쓰나미에 떠밀려온 집과 자동차, 담장과 쓰레기더미들이 이지러져 뒤엉킨 거대한 덩어리였다. 그 처참한 현장 위로 푸른 달빛이 교교히 쏟아져내리고 있었던 것이다. 도쿄 인터뷰에서 신야는 참담한 표정으로 말했다.

후지와라 말로 표현하기엔 너무 비참하지만, 쓰나미란 그냥 물에 빠져서 죽는 게 아닙니다. 쓰나미가 밀고 오는 갖가지 물건들, 산더미 같은 물체들 사이에 끼여 몸이 찢기거나 목이 잘려서 죽습니다. 80퍼센트가 그렇지요. 아이들의 시체를 보았습니다. 왜 죄 없는 아이들까지 처참하게 죽어야 하는지 분개했습니다. 강인하고 우락부락하게 생긴 사내들도 길바닥에 앉아 주룩주룩 눈물을 흘렸습니다. 그곳엔 신도 도깨비도 없었습니다.

후지와라 신야 인터뷰가 실린 신문 지면에 대문짝만하게 게재된 이 사진은 대지진을 일본의 자업자득이라고 비아냥거리던 한국인들의 마음조차 뒤흔들 만큼 반향을 일으켰다. 일본 대지진을 보도한 그 어떤 사진들보다도 대재앙의 처절한 슬픔을 담아내고 있었기 때문이다. 사부 신야를 서울에서 다시 만났을 때 그가 쓰나미 재해 현장에서 찍은 사진 〈월야〉에 대해서 물었다. 어떻게 찍었는지, 있는 그대로의 날풍경인지, 기술적으로 어떤 장치를 가미해 촬영한 것인지 궁금했다.

후지와라　쓰나미가 덮친 어느 마을을 지나다가 우연히 촬영하게 됐습니다. 처음엔 그저 달빛이 아름다워서 나도 모르게 카메라를 집어들었지요. 순간 그 달빛이 증오스럽게 느껴졌습니다. 태초부터 있었던 만월滿月은 인간사에 온전한 아름다움으로 인식돼 있는 존재입니다. 그러나 그 달이 비추고 있는 현실은 슬픔과 눈물로 가득했지요. 은은하게 비추는 달빛은 쓰나미로 만신창이가 된 마을의 포커페이스 같다는 생각도 들더군요. 미치도록 슬픈데 전혀 내색하지 않는, 그런 달이 가증스러웠습니다. 조금이라도 슬픔의 감정을 내비칠 수는 없는 건가, 원망스러웠지요. 그런데 말입니다. 시간이 조금씩 흐르자 푸른 달빛에 비친 처참한 마을의 풍경이 일순 아름다워 보이더군요. 그 달빛이 이 처참한 현실을 위로하고 감싸고 있는 것처럼 보였지요. 이 사진은 내게도 대단히 큰 의미를 지닙니다. 사진을 찍는 과정에서 분노의 감정이 자비의 감정으로 변화해간 경험은 처음이었으니까요. 어쩌면 나의 어떤 바람이 달빛을 향한 감정을 바꿔간 것인지도 모릅니다. 나 또한 그 달빛에서 구원을 찾고 싶었나 봅니다.

230

죽지 마,
살아라

문득 대지진이 발생했을 때 긴자의 한 화랑에서 열리고 있었다는 신야의 사진전이 궁금해졌다. 시간에 쫓겨 도쿄에서 묻지 못한 말을 서울에서 물었다. 〈죽지 마, 살아라〉가 전시의 제목이라고 했다. 마치 대재앙을 예견한 듯했다.

김 윤 덕   전시는 대지진이 일어나기 전에 시작된 것으로 알고 있습니다. '죽지 마, 살아라'라는 타이틀은 절망하는 사람들, 자살도 불사하는 이들을 향해 외친 절규인가요?

후지와라   단순히 생각하면 '자살하지 말고 살아보자'는 말로도 들립니다. 그런데 꼭 그런 뜻만은 아니었어요. 여러분은 지금 모두 살고 있지요? 숨을 쉬고 있습니다. 그러나 과연 여러분은 '살고' 있나요? 그 전시에는 일본의 시코쿠에서 찍은 사진들을 걸었습니다. 사진전을 본 사람 중에 오사카에서 온 사람이 있었는데 나중에 편지를 보내왔더군요. 후지와라 씨의 사진에 자기가 좋아하는 풀이 찍혀 있었다며 반가워하더군요. 번식력이 강해 굉장히 흔해 빠진 풀인데 내가 늘 지나다니는 강가에 피어 있었지요. 그 이름 모를 작은 풀이 참 예쁘다고 생각했습니다. 나는 남들이 무시하고 지나치는 곳만을 들여다보는 경향이 있습니다. 크고 화려한 구경거리보다 작고 보잘것없는 대상에 카메라를 들이대죠. 시코쿠 사진에는 그런 풍경들이 많았던 것 같습니다. 세상에는 기쁨과 행복을 주는 풍경들이 인간들을 180도 휘감고 있습니다. 그러나 대부분은 20도, 혹은 30도 안팎의 시야에서만 세상을 바라보지요. 조금만 다른 각도로 봐도 세상은, 인생은 전혀 다르게 보일 수 있습니다. '죽지 마, 살아라'는 말은 살아 있으면서 살아 있음을 실감하지 못하는 사람들을 향해 던진 메시지입니다. 살아 있으면서 죽은 것처럼 사는 사람들 말입니다. 물론 자살하지 말고 살라는 의미로도 읽을 수 있습니다만 그것에 한정되는 말은 아닙니다.

김윤덕 **그저 숨을 쉬고 있다고 해서 살아 있는 것만은 아니라는 뜻이군요.**

후지와라 그렇지요. 나는 성선설을 지지하는 쪽입니다. 살아 있음 자체가 아름다움이라고 생각하지요. 그 의미가 '죽지 마, 살아라'는 타이틀 속에 담겨 있어요. 전시에 걸린 사진들을 모아 책을 펴냈는데, 사진집을 펼치면 평범한 풍경들이 연달아 펼쳐집니다. 사람이 살아가는 세계는 평범합니다. 그런데 눈을 뜨고 아주 작은 것까지 찬찬히 들여다본다면 평범함 속에 보물들이 잔뜩 묻혀 있음을 알 수 있습니다. 삶의 진짜 생명력은 바로 거기에서 나온다는 진실을 사진을 통해 전하고 싶었습니다.

김 윤 덕　대지진이 일어난 뒤 사진 전시 기간을 오히려 연장하셨지요?

후지와라　그 전시회는 2011년 3월 4일에 시작되었는데, 3월 11일에 대지진이 일어났습니다. 지진이 일어나자 일본 사회는 자숙하고 반성하는 분위기가 되었습니다. 나 역시 전시회를 중단해야 하지 않나 고민했습니다. 국가가 재난을 당한 상황에서 작가가 전시를 계속한다는 게 사치로 느껴질 수 있으니까요. 하지만 이 또한 올바른 길이 아니라는 생각이 들더군요. 오히려 나의 메시지를 전달해야 한다는 생각이 들었습니다. 그래서 전시 기간을 두 배로 연장했습니다. 위기가 닥치면 사람들은 어쩔 수 없이 위축됩니다. 그런데 이런 때야말로 적극적인 자세로 나아가야 합니다. 여행할 때에도 마찬가지입니다. 위험한 상황이라고 해서 물러난다면 거기서 끝이지요. 어려운 상황을 이겨내고 말겠다는 의지가 필요합니다. 모든 위기의 순간에는.

김 윤 덕　그 전시에서 처음으로 돈을 받고 사진을 팔았다고 들었습니다.

후지와라　나는 원래 전시에서 사진을 팔지 않습니다. 〈죽지 마, 살아라〉가 처음으로 작품을 판매한 전시였지요. 판매 수익 전부를 지진 피해 복구를 위해 써야겠다고 생각했습니다. 실제로 지진이 일어난 뒤 전시회를 찾는 사람들이 부쩍 늘었습니다. 특히 젊은 관람객들이 많았습니다. 쓰나미가 덮친 뒤에 내 작품을 보는 관점이 달라진 겁니다. 대지진으로 인해 광대한 지역이 사라졌습니다. 우리의 일상이 송두리째 쓸려가버린 사건을 겪으면서 아무것도 아니었던 삶의 풍경들이 그리워지기 시작한 거죠. 관람객들은 아주 사소한 풍경들을 빨려 들어갈 듯이 바라보고 있었습니다. 평범해서, 언제나 주변에 있었던 그 풍경들이야말로 우리 삶에 얼마나 소중한 것들인가, 하는 메시지가 전달된 것입니다. 일본 젊은이들은 최첨단 기술과 정보보다 의지를 삼을 만한, 인간의 향기가 나는 무엇인가를 찾아 나서기 시작했습니다. 이런 점에서 아이러니하게도 대지진의 참사야말로 우리의 비극이자 축복이었습니다.

언젠가 서울 광장시장을 밀착 취재한 다큐멘터리를 본 적이 있다. 마약김밥, 고추장 순대, 둘이 먹다 하나가 죽어도 모를 만큼 맛있다는 칼국수까지 등장해 시장기를 자극하는 바람에 군침을 삼키며 TV를 봤다. 먹자골목의 주전부리 음식들만큼이나 감동을 준 것은 시장 여인들이었다. 대부분 50~60대로, 청춘이 백발이 되도록 시장에서 일하면서 푼돈을 목돈으로 만들어 자식들 대학에 보낸 억척 여인들이었다.

월요일이었던 이튿날 나는 점심에 부원들을 꼬드겨 종로 5가까지 지하철을 타고 광장시장으로 갔다. 과연 김이 무럭무럭 나는 칼국수와 기름에 지글지글 부쳐지고 있는 빈대떡 가게 앞에 사람들이 장사진을 이루고 있었다. 겨우 한 자리 차지하고 앉아 TV에 나왔던 아주머니가 만들고 있는 칼국수와 김치만두를 주문했다. 솔직히 음식 맛은 기대보다는 만족스럽지 못했다. 가격 대비 만족도가 낮았다. 카메라발에 속았다며 투덜대는 부원들에게 조금 미안한 마음이 들었지만, 덕분에 또 한 가지 깨달음을 얻었다. 이 시장 골목이 붐비는 이유는 음식이 아니라 사람 사이 오가는 인심 때문이라는 것을. "시장에 오면 사람들과 이야기를 나눌 수 있어서 좋다"는 중년 남자의 말이나 "우리 엄마, 우리 할머니가 김밥을 말아주고 칼국수를 말아주는 느낌이라 정겹고 푸근하다"는 20대 여성들의 말처럼 시장에서만 느낄 수 있는 활기, 사람 냄새, 찰진 인심을 찾아 외로운 사람들이 몰려들었다.

농익은 삶의 지혜도 넘쳐났다. "고생도 낙이지, 고생 안하면 무슨 재미로 사냐"며 호통 치는 빈대떡집 할머니에게서 청춘들은 용기를 얻었고, "모나고 별난 사람도 다 품고 가는 게 인생"이라는 넉살에 중년들은 위로받았다. 시장의 한 아주머니가 흥얼거리던 노랫가락이 잊히지 않는다. "사는 게 뭐 별거 있더냐, 욕 안 먹고 살면 되는 거지, 술 한잔에 시름을 털고 너털 웃음 한번, 시곗바늘처럼 돌고 돌다 가는 길을 잃은 사람아, 미련 따위는 없는 거야, 후회도 없는 거야."

신야의 말은 옳았다. 타인에 대한 사사로운 관심, 따뜻한 말한마디, 한 줌 웃음이 세상을 살 만한 곳, 살아 있는 곳으로 바꾸고 있었다. 그걸 나는 나이 마흔 즈음에 절감했다.

10장

도시에서 꺾이지 않고
살아가는 법

중학생인 아들은 공부를 썩 잘하는 편이 아니다. 시쳇말로 '자기주
도'가 잘 안 되는 학생이다. 성격도 느긋하다. 시험 날짜가 닥쳐도 전
혀 긴장하는 법이 없다. 성미 급한 엄마 혼자서 펄펄 뛰는 형국이다.
탐욕 많은 내 배 속에서 어쩌면 저렇게 욕심이라곤 없는 아이가 태
어났는지, 혀를 찬 적이 한두 번 아니다.

　　　아들의 관심사는 오로지 하나다. 비행기! 아주 어려서는 기
차를 좋아하더니 스웨덴에서 연수하며 유럽 여행을 하고 난 뒤로는
비행기, 아니 공항에 완전히 꽂혔다. 전 세계 비행기 모형을 구하기
위해 용돈을 모으고, 인천공항에서 직항으로 연결된 도시들 이름을
줄줄이 외운다. 방에서 꼼짝을 안 하고 있어 들여다보면 방 안을 온
통 공항과 활주로로 바꾸어놓는 중이다. 벽에는 어릴 때부터 그려온

비행기 그림이 넝마전처럼 다닥다닥 붙어 있다. 해를 거듭할수록 비행기 라인이 정교해지니 구경하는 재미는 쏠쏠하지만, 아들의 취미가 학교 성적을 올리는 데 기여하지는 못하니 애가 탈 뿐이다.

아이가 "학교가 재미있다"고 말한 적이 딱 한 번 있기는 했다. 연수 시절 스톡홀름의 한 시립 초등학교에 다닐 때다. 학교 일과 중 절반이 운동장에서 뛰노는 것이었다. 그렇다고 공부를 안 한 것은 아니다. 과목별로 무슨 무슨 프로젝트들이 연일 진행됐는데, 아이는 친구들과 모둠을 만들어 과업을 즐겁게 수행했다. 그 나라엔 '엄마 숙제'가 없었다. "엄마, 이거 내가 만든 거야" 자랑하며 아이는 나무를 깎아 만든 고래 혹은 손으로 짠 털실 목걸이를 들고 현관문을 들어섰다. 우리나라처럼 수학 때문에 고통받은 적은 한 번도 없다. 수학 문제라는 것이 슈퍼마켓에서 물건 사고 거스름돈 얼마 받느냐는 식으로 일상생활과 연결된 쉽고 재미있는 문제들이었기 때문이다.

아마 그곳에서 계속 자랐다면 기계를 좋아하는 아들은 대학 대신 직업학교를 선택했을 것이다. 스웨덴에서는 모든 아이들이 기를 쓰고 대학에 가지 않는다. 기술에 관심 있는 아이들은 중학교를 졸업한 뒤 일찌감치 직업학교로 방향을 정하고, 부모들은 자식의 선택을 존중한다. 직업학교에 다니다 고등교육의 필요성을 느끼면 그때 대학에 가면 된다. 대학을 나오지 않았다고 해서 차별받는 사회도 아니다.

사부 신야의 말대로 일원화된 가치, 획일화된 삶의 방식은

악惡이라는 사실을 두 아이 키우면서 절감한다. 사회의 모든 구성원이 하나의 가치를 절체절명의 목표로 삼고 한길로 달려가기. 이 얼마나 소모적이고 비효율적인 경쟁인가. 수학은 왜 그리 어렵고, 영어는 왜 원어민처럼 잘해야 하는지, 왜 모든 아이를 성적만으로 줄 세우는지. 학벌사회, 물질만능주의의 구태는 여전히 강력하게 작동하고 있어서 우리 아이들을 불행으로 몰아가고 있다.

자식이 없는 신야와 자녀교육을 논하게 된 것은, 그가 고향 모지항에서 보낸 유년기와 여관업을 하다 파산한 아버지와 어머니 이야기를 끝맺을 즈음이었다. 가난한 시절이었지만 사람들 심성만은 황폐하지 않았던 그 시절이 지금보다 훨씬 풍요로운 시대였다고, 신야는 말했다. 정보만 넘치지 사람과 사람을 잇는 따뜻한 관계가 무너져가는 시대에 태어나 자라는 청소년들을 진심으로 걱정했다.

자연이 우리에게 준
선물은

김윤덕　어린아이들이 봐서는 안 되는 '빨간책'을 읽다가 들통 났지만 모르는 체하고 꾸중하지 않았다는 어머니 이야기가 인상적이었습니다. 요즘 젊은 엄마들이었다면 그 자리에서 회초리를 들고 난리쳤을 거라고도 하셨지요? 하지만 시대가 바뀌면서 어머니에게 요구되는 소양이 많이 바뀌기도 했습니다.

후지와라 제2차 세계대전을 전후로 하여 산업의 구조가 급변했습니다. 전쟁 이전에는 농업, 어업, 임업 같은 1차 산업, 즉 자연과 더불어 살아가는 산업이 중심이었지요. 그런 1차 산업들은 대가족 형태를 유지하게 했습니다. 하지만 전쟁 이후에는 2차, 3차 산업이 급속도로 발전합니다. 가장 먼저 공업이 발전했지요. 그때부터 집 안에 있던 수많은 아버지들이 회사에 나가게 됩니다. 옛날처럼 가족이 종일 함께 지내는 생활은 끝났다는 뜻이지요. 일본에서 쓰는 말로 아버지가 회사로 '시집'을 간 겁니다. 회사에 가면 자신이 가진 에너지, 정력의 대부분을 일에 쏟아야 합니다. 그러다 보니 집에 남아 있는 어머니와 자식은 새로운 교육 시스템을 갖춰 나가야 했지요. 전통적인 교육의 모토는 엄부자모嚴父慈母였습니다. 아버지는 엄격하고 화를 내더라도, 어머니는 자애심으로 자녀들을 감싸며 훈육하는 방식 말입니다. 부모가 서로 다른 역할을 수행하는 가운데 아이들은 존재했고 배웠습니다. 그런데 전쟁이 끝난 뒤 아버지가 회사에 나가면서 기존 역할에 커다란 변화가 찾아옵니다.

김윤덕 그러고 보니 요즘은 엄마들이 아빠들보다 훨씬 더 엄하고 무서운 역할을 하는 것 같아요. 우리 집만 해도 제 목소리가 남편보다 훨씬 크고 우럼차니까요(웃음).

후지와라 일본의 경우 1960~70년대 고도성장기에 아버지는 소나 말처럼 죽어라 일만 했지요. 새벽에 나가고 한밤중에 들어오니 자식 교육을 도맡아야 하는 어머니는 전통적인 아버지 역할까지 맡아야 했습니다. 어머니에게 엄청난 짐을 지운 거지요. 예전에 이런 일이 있었습니다. 어느 해 립교立敎 대학 졸업생들의 전시회가 있다고 해서 가본 적이 있습니다. 전시장엔 여자들 그림이 굉장히 많더군요. 색채 사용이랄지, 터치 스타일이랄지 여성스러운 작품이 많았습니다. 그래서 나는 립교 대학을 졸업한 여성 작가들의 전시라고 생각했지요. 그런데 나중에 알아보니 작가의 80퍼센트가 남자였습니다. 깜짝 놀랐지요. 나도 그림을 그리기 때문에 남자 그림과 여자 그림을 쉽게 알아볼 수 있습니다. 그림에는 사람의 정신 구조가 반영되니까요. 그 전시회가 말해주듯 남성들은 자신도 모르는 사이에 여성화되고 있었던 겁니다. 나는 '남성의 여성화'가 산업이 급속도로 발전하면서 대부분의 남자들이 기업이라는 조직에서 일하게 된 현실과 무관하지 않다고 생각합니다. 땅에 자기 발을 확고히 디디고 서서 살지 않고, 회사라는 조직, 톱니바퀴의 일부가 되어 나약하게 살게 된 탓이지요. 원초적인 남성성과는 전혀 반대되는 개념입니다. 남성성의 근원은 수렵 시대에 창과 칼을 가지고 동물을 뒤쫓는 것입니다. 그런 뜻에서 남자들이 회사로 '시집' 갔다고 표현하는 것입니다(웃음).

김 윤 덕   여성성이 21세기 최고의 경쟁력이라고 하는 시대에 남성들의 여성화가 큰 문제가 될까요? 남성 중심, 아버지 중심의 가부장제가 지탄받고 점점 해체되는데 말이죠.

후지와라   남성은 남성다워야 하고, 여성은 여성다워야 한다는 말을 하는 것이 아닙니다. 산업화 시대가 사람들을 허약하게 만든다는 얘기지요. 전통시대에 아이들 주위에는 가족과 친인척, 이웃과 대자연이 존재했습니다. 아버지, 어머니가 아이를 키웠고 할아버지, 할머니가 도왔습니다. 또 집 밖으로 나가면 이웃이라는 공동체가 있어서 나쁜 짓을 하면 가족이 아닌 타인들이 함께 야단치며 가르쳤지요. 더불어 이웃보다 더 넓은 범위의 대자연이 아이들을 교육했습니다. 엄부자모의 원리는 가정뿐 아니라 자연에도 존재합니다.

김 윤 덕   자연에도 엄부자모의 원리가 존재했다는 것은 무슨 뜻인가요?

후지와라   대자연 속에서 뛰어노는 행위를 통해 아이들은 엄부자모를 배웁니다. 예를 들어 가을이 시작된다고 합시다. 어릴 땐 가을이 되면 아이들이 산으로 놀러가곤 했지요. 산에 가보면 밤나무에 밤이 열려 있습니다. 밤은 아주 맛있습니다. 그러나 그것을 따려고 무턱대고 손을 내밀었다가는 가시에 손을 찔리고 맙니다. 게다가 밤나무 아래에는 버섯이 자랍니다. 아주 맛있고 영양가 있는 버섯도 많겠지만, 개중에는 독버섯도 있지요. 밤나무 옆에는 또 감나무가 있습니다. 이 감도 아주 달고 맛있어 보입니다. 하지만 마음 놓고 깨물었다가는 엄청나게 떫은 감이 걸릴 수도 있습니다. 자연은 이렇듯 불가사의합니다. 인간한테 베풀어주기만 하지는 않지요. 함정이라는 게 있습니다. 좀 더 들어가볼까요? 엄부와 자모의 형태처럼 자연계에는 벌을 받는 세계와 보상을 받는 세계로 구성돼 있습니다. 조물주가 왜 이런 시스템을 만들었는지는 모르겠지만, 이 두 세계로 구성돼 있는 것은 분명합니다. 지금 아이들은 방에서 컴퓨터 게임에만 매달리고 있지만 내가 어릴 때는 산과 바다로 놀러 다녔습니다. 바다도 산과 마찬가지로 맛있는 생선이 있는가 하면 독이 든 물고기가 있지요. 아이들은 자연 속에서 놀이를 통해 벌계와 보상계의 원칙, 생존 규칙을 배우고 몸으로 익히게 됩니다. 굉장히 큰 가르침이지요. 아이들이 훌륭하게 자라려면 가족뿐 아니라 주위에 이웃과 대자연이 있어야 합니다. 그래야 정상적인 판단력을 지닌 아이로 자라납니다.

김윤덕　대자연에서 생존 규칙을 습득하면서 아이들이 온전하게 성장한다는 뜻이군요. 그런데 요즘은 세상이 워낙 험악하다 보니 부모들이 자녀들을 과잉 보호하는 경향이 강한 것 같습니다. 저만 해도 아들 녀석을 캠프에 보낼 때 몇날 며칠씩 고민하거든요. 휴대폰으로 연결되지 않으면 불안하고요. 1970년대 어린 시절만 해도 날이 지도록 산과 들판에서 뛰어놀다 집에 가도 부모님들은 걱정이라곤 안하셨는데, 부모가 된 우리 세대는 왜 이렇게 걱정이 많고 움츠러들어 있는지 모르겠습니다.

후지와라   일본 부모들도 마찬가지입니다. 대자연을 향한 모험, 도전보다는 아파트라는 작지만 안락한 공간에서 문을 꼭 걸어 잠근 채 매일매일을 영위하는 삶을 선택했죠. 그런데 인간의 뇌 또한 벌계와 보상계가 균형을 이루도록 작동합니다. 맛있는 것, 즐거운 것을 추구하지만, 지나치면 억제하려는 호르몬이 분비되어 균형을 이루려 하지요. 물론 사람은 쾌감, 쾌락을 좇는 방향으로 나아가려는 성향이 더 강합니다만, 벌계 쪽의 뇌 작동을 통해 균형을 잡아야 한다는 뜻입니다. 뇌 안에서의 벌계와 보상계의 균형 감각은 결국 자연 속에서 익히고 습득해야 합니다. 그런 의미에서 본다면 인간의 뇌와 자연은 일체화되어 있지요. 어디까지나 내 생각이지만, 결국 2차 세계대전 이후에 없어진 것은 자연, 이웃, 대가족입니다. 1차 산업 시절에 인간은 땅 위에 태어나서 땅을 파먹고 살다가 땅에서 죽고 묻혔지요. 2차 산업이 발달하면서 인간은 이동하기 시작합니다. 대가족이 해체되어 뿔뿔이 흩어지면서 핵가족이 생겨나지요. 핵가족이란 이 세계에서 고립된 존재입니다. 여기엔 아버지와 어머니, 아이밖에 없으니까요. 아주 작은 영역 안에서 아이를 키울 수밖에 없습니다. 그런 와중에 아버지는 회사로 시집을 가버리니, 핵가족 안에서도 결국은 어머니와 아이만 남는 거지요. 이런 가족이 일본에는 정말 많습니다. 어머니와 아이가 둘이서 고립되어 있는 셈입니다. 이런 상황에서 어머니는 아버지 역까지 떠맡아 1인 2역을 할 수밖에 없겠지요. 이로 인해 지나친 간섭 등 여러 가지 문제가 발생하면서 아이에게 좋지 않은 영향을 미칩니다. 일본에서는 지나친 간섭으로 인해 생기는 문제가 특히 엄마와 딸 사이에 자주 발생합니다. 《시부야》에서 이 문제를 굉장히 깊게 분석했는데 10대 소녀들에게 큰 반향을 얻었지요.

혼자서 잘 노는
아이는 없다

김윤덕 한국에도 우울증을 앓는 30대 전업주부들이 급증하고 있습니다. 그런데 왜 유달리 엄마와 딸 사이에 더 심각한 갈등이 생기는 걸까요?

후지와라 엄마와 딸은 동성입니다. 엄마가 과도하게 밀착할 수 있지요. 초등학생 때부터 고등학생 때까지 입을 옷까지 정해주는 엄마도 있어요. 엄마의 과잉 보호를 받은 남자아이들이 1980년대에 사회문제가 되었다면 1990년대 들어 엄마와 딸의 문제가 부각되기 시작했습니다. 그렇다고 과보호 속에서 자란 머독 콤플렉스를 겪는 남자아이들이 사라졌다는 뜻은 아닙니다. 그 문제가 여전히 지속되는 가운데 엄마와 딸의 문제가 등장했다는 뜻이죠.

김윤덕   민주화운동 세대인 한국의 40대 여성들에게서도 비슷한 경향이 있습니다. 자신들은 여성주의, 페미니즘의 세례를 받으며 대학 생활을 했으면서도, 자기 딸들은 세상에서 가장 예쁘고 똑똑한 공주로 키우려는 욕망이 강렬하죠. 그러한 노력이 이른바 "알파걸"들을 탄생시키긴 했지만, 이 과정에서 엄마와 딸 사이에 빚어지는 갈등이 이만저만 아니라고 합니다.

후지와라   어머니 혼자 아이를 책임져야 하기 때문입니다. 예를 들어볼까요? 한 여성이 시집을 갑니다. 시댁에는 남편의 친척들이 많이 살고 있지요. 그런데 남편은 매일 회사에 매달려야 하니 주위엔 남편의 친척들만 있습니다. 자연히 그들의 시선이 그녀에게 집중됩니다. 결혼해서 아이가 태어납니다. 아이들은 부모, 친척, 이웃, 자연이라는 4중 구조에서 자라나야 하는데 상황은 그렇지 못합니다. 어머니 혼자서 아이를 가르치고 키워야 합니다. 주위 사람들은 그녀가 아이를 얼마나 잘 양육하는가를 주목합니다. 주변의 따가운 시선 속에서 그녀의 능력이 시험대에 오른 겁니다. 친척들의 평가 잣대는 우선 아이의 성적입니다. 어머니는 아이의 학교 성적을 올리기 위해 모든 정성을 기울이겠지요. 또 하나의 잣대는 아이를 세상에서 부끄럽지 않은 자녀로 만드는 것입니다. 세상이 나와 내 아이를 어떻게 보는가가 매우 중요한 사회가 되었으니까요. 따라서 어머니는 아이를 통제하기 시작합니다. 아이가 입고 싶어 하는 옷은 따로 있는데, 엄마는 세상 사람들이 칭찬할 만한 옷을 입히려고 합니다. 얌전하고 똑똑해 보이는 헤어스타일을 강요하고요. 아이는 결국 통조림 상태에서 자라게 됩니다. 처음에는 어머니의 기대에 부응하기 위해 노력합니다. 어머니가 말한 대로 살아가는 것은 자기 의사를 갖지 않는다는 의미지요. 그러다가 중학생쯤 되면 '아, 나는 지금까지 내 의지에 충실하게 살지 못했다'는 사실을 깨닫게 됩니다. 그때까지 착하고 순하기만 하던 아이들이 갑자기 거칠어지는 경우가 상당히 많은 건 이 때문이죠. 이전에는 어머니의 요구 이상으로 충성하고 순종하는 경향을 보이던 아이들이 철이 들면서 '아, 내 인생은 뭔가' 하는 회의에 빠지고, 갑자기 거칠게 돌변하는 거지요.

김 윤 덕 중2병이니, 북한군이 한국의 중2 때문에 쳐들어오지 못한다느니 하는 말이 있을 정도로 한국의 중학생들도 반항적입니다. 유복하고 멀쩡한 집 자식이 탈선하는 경우도 많고요.

후지와라 일본에서는 10년 전부터 엄마들이 정신과를 찾는 일이 급증했습니다. 엄마 입장에서는 아이 행동이 도무지 이해가 안 되는 겁니다. 최선을 다해 열심히 키웠는데 아이가 왜 이렇게 되었는지 모르겠다며 울고 한숨을 쉽니다.

김 윤 덕   무엇이, 어디부터 잘못된 걸까요?

후지와라   결국 자녀에게 애정을 표현하는 방식이 잘못된 것입니다. 첫 단추를 잘못 끼워 옷이 비뚤어지듯이 자녀에 대한 애정의 단추를 처음부터 잘못 끼운 거지요. 어머니의 애정을 우리는 무상의 사랑, 무조건적인 사랑이라고 이야기합니다. 그런데 요즘 부모들은 애초의 그런 마음을 점점 상실해가고 있습니다. 세상 사람들이 보았을 때 부끄럽지 않은 아이, 성적이 좋은 아이로만 키우려고 하지요. 그런 노력을 사랑이라고 착각하는 겁니다. 아이들은 본능적으로 애정이 무엇인지 분별하는 능력을 가지고 있습니다. 어머니의 시선, 어머니의 말, 어머니와의 대화 속에 애정이 있는지 없는지 아이들은 기막히게 압니다. 마음을 흔히 하트 모양으로 표현하는데, 누가 내게 마음을 그려보라 하면 나는 밥그릇 모양으로 그립니다. 사랑은 그릇에 밥을 채워가듯 조금씩 채워가는 것이니까요. 점점 채워져 넘치게 되면 아이도 다른 사람에게 사랑을 나눠줄 수 있습니다. 물론 사랑에는 엄마와 자녀 사이의 사랑뿐만 아니라 아버지와의 사랑, 친척들과의 사랑, 이웃과의 사랑도 존재하지요. 《돌아보면 언제나 네가 있었다》에도 나오는 이야기이지만, 물건을 사고파는 행위에서도 애정은 주고받을 수 있습니다. 불행히도 우리는 편의점에서 어떠한 대화도 없이, 어떠한 관계도 맺지 않고 물건을 거래하는 시대에 살고 있지요. 편의점처럼 우리 사회에는 애정 없는 관계들이 수없이 존재합니다. 심지어 가정에서도 그릇에 사랑이 절반밖에 채워지지 않아 결핍에 시달리는 아이들이 아주 많습니다.

김 윤 덕　**시부야에서 만난 소녀들이 대부분 애정결핍증에 걸린 아이들이었나요?**

후지와라　시부야뿐 아닙니다. 내 사진집에 나오는 이 소녀를 보세요. 일본의 나가노라는 시골 마을에 사는 여자아이입니다. 자기 방 안에서 지금 춤을 추고 있습니다. 만화영화의 주제가에 맞춰서 추는 거지요. 이 영상을 유튜브에 올렸더니 조회수가 120만에 달했습니다. 일본의 아이돌 스타라고 해도 유튜브에서 이 정도 조회수를 올릴 수는 없어요.

김 윤 덕　**평범해 보이는 소녀가 춤을 추는 것뿐인데 왜 대중들은 이 춤에 끌렸을까요?**

후지와라　이런 류의 춤을 추는 아이들은 얼마든지 있습니다. 하지만 이 아이는 다른 아이들과는 다릅니다. 아이의 춤이 어필하는 정도가 아주 강렬하다는 뜻입니다. 비틀스의 노래 중에 〈나를 봐Look at me〉라고 있습니다. 비틀스의 노래 제목일 뿐 아니라 서양 사회에 존재하는 일반적인 표현 방식이기도 합니다. 나를 제발 바라봐줘! 불안성한 가정에서 태어난 아이가 자기 욕구를 충족하기 위해 '룩 앳 미'라고 외치면서 록 음악을 합니다. 뭔가를 표현한다는 것은 주목받고 싶다는 신호이기도 하니까요. 어릴 때부터 충분한 애정을 받으며 자란 아이는 그런 욕구가 강하지 않습니다. 굳이 그러지 않아도 엄마 아빠의 시선을 받고 있기 때문이지요. 이 아이의 춤을 보고 뭔가 감춰진 비밀이 있을 것 같다는 느낌이 들었습니다. 그 비밀이 무척 궁금해졌지요.

김윤덕 **그 아이를 직접 만나신 겁니까.**

후지와라 물론입니다. 나가노로 가서 아이를 만났습니다. 팔에 칼로 그은 흔적이 잔뜩 있더군요. 리스트 컷wrist cut은 자살을 하겠다는 행위로 사람들의 관심을 끌려는 심리에서 나옵니다. 칼로 손목을 그어 정말로 죽으려는 사람은 의외로 얼마 없습니다. 이것도 결국은 '룩 앳 미'의 하나입니다. 내가 손목을 자르고 쓰러졌으니 나를 봐달라는 강렬한 외침이죠. 그 여자애의 마음, 밥그릇 속에는 사랑이 아주 조금밖에 담겨 있지 않았어요. 사람들이 바라보는 시선으로 자기의 사랑 그릇을 채워가는 중이었죠. 젊은 아이들 중에는 괴짜라고 불리는 녀석들이 많습니다. 갑자기 소리를 지르거나 이상한 행색을 하고 나타나 주목받으려는 녀석들 말입니다. 개중에는 '주목받고 싶다'는 욕망은 넘치는데 사랑이 부족해 결핍을 안고 살아가는 아이들이 많습니다. 나가노의 이 소녀도 일본의 인터넷 사회에서 괴짜 짓을 함으로써 사람들의 주목을 끌 수 있었습니다.

김윤덕 **그래서 소녀는 행복해졌을까요?**

후지와라 글쎄요. 120만 명의 사람들이 소녀의 춤을 감상했습니다. 그녀를 바라본 거죠. 소녀의 사랑 그릇에 과연 그만큼의 애정이 담겼을까요? 나는 이 아이와 많은 이야기를 나눴습니다. 그런데 걸리는 부분이 있었지요. 소녀는 자기가 유치원과 초등학교 시절에 혼자서 굉장히 잘 놀던 아이라고 했습니다. 혼자서도 잘 노는 아이? 사실 그런 아이는 존재하지 않습니다. 그 얘기를 듣고 나는 소녀의 어머니와 아버지 사이에 뭔가 문제가 있을지 모른다는 생각을 했습니다. 그래서 유치원 때부터 초등 저학년 시절에 너에게 특별한 일이 있었느냐고 물었습니다. 아이가 바로 "그걸 어떻게 아세요?" 하고 되묻더군요. 그래서 나는 "혼자서 잘 노는 아이는 없으니까"라고 말해줬습니다.

김윤덕 **어떤 사연이 있었던 걸까요?**

후지와라 당시 아이의 부모는 이혼 소송 중이었다고 하더군요. 그런 우울한 집안 분위기 속에서 아이는 '혼자서 잘 노는 것'을 칭찬받을 만한 일이라고 여기고 노력했던 겁니다. 하지만 실상 아이는 굉장히 외로웠던 거지요. 당시의 트라우마가 감수성 예민한 아이에게 큰 흔적을 남겼고, 부족한 애정을 어딘가에서 채워넣고 싶다는 욕구가 춤으로 발동했다고 생각해요. 유튜브에서는 많은 사람이 춤을 추고 있지만, 이 소녀는 사람의 시선을 끌어당기는 힘이 있었어요. 나를 봐달라는 요구의 강도가 엄청나게 강했던 거지요. 나는 아이에게 글씨를 써서 선물로 주었습니다. "애정의 밥, 곱빼기로 세 그릇"이라고요 (웃음).

김윤덕 　우리가 1차 산업 시대, 그러니까 농경사회 대가족 시절로 돌아갈 수 없다면 현대의 부모들은 어떻게 아이를 키워야 할까요?

후지와라 　자신이 처해 있는 상황을 바로 볼 수 있어야 합니다. 엄마와 딸의 관계를 기술한 《시부야》를 읽고 아이를 대하는 방식이 달라졌다는 어머니들을 여럿 만났습니다. 지금까지 우리는 '저 녀석 참 별나네' 하면서 그 아이만을 호기심 어린 눈으로, 때론 혀를 차면서 바라봤습니다. 사실은 뒤에 있는 어머니를 바라봐야 합니다. 마음의 치유, 정신병의 치유는 환자 자신이 내가 어떤 상황에 처해 있는지 객관적으로 바라보는 데서 시작됩니다. 이런 산업화 시대에 어머니와 자녀가 고립돼 있다는 것은 대단히 불행한 일이지요. 하지만 부모와 자식이 어떻게 균형을 유지하며 살아갈 것인가, 이 문제의 해법이 없지는 않다고 봅니다. 출발점은 자신을 아는 것입니다. 물론 쉽지는 않겠지요. 세계의 구조가 전부 바뀌어버렸으니까요. 하지만 희망을 갖고 섬세하게, 천천히 변화시켜보세요.

사부 신야와 대화하는 동안 크리스티네 뇌스틀링거를 떠올렸다. 올해 77세의 오스트리아 작가인 그녀는 《깡통소년》, 《오이대왕》 같은 문제작으로 권위적이고 억압적인 학교 교육과 기성세대를 맹렬히 비판해온 세계 아동문학계의 거장이다. 몇 년 전 프랑크푸르트 도서전에서 만난 그녀에게 "어떻게 해야 아이들을 잘 교육할 수 있는가"라는 질문을 던진 적이 있다. 퉁명하기 짝이 없는 이 할머니 작가는 나를 노려보며 답변했다. "나는 교육이란 이름으로 행해지는 모든 것에 반대합니다. 아이들은 어른들의 꾸중과 칭찬을 통해 깨닫지 않아요. 경험을 통해 스스로 배우고 자랍니다."

우리는 부모와 이웃, 대자연 속에서 스스로 자랄 수 있는 아이들의 능력을 앞장서 말살하고 있는지도 모른다. 교육이라는 거창한 이름으로 말이다. 세상이 원하는 무슨 무슨 인재 상에 맞춰 아이들을 남들 눈에 보기 좋은 인형처럼, 로봇처럼 만들기 위해 몸부림치는 어리석은 어른들인지도 모른다. 지금 이 순간 옆집, 윗집, 아니 우리 집에서 들려오는 고함과 비명, 자녀들에게 향하는 온갖 엄포와 욕설을 과연 '사랑하기 때문'이라고 변명할 수 있을까. 저마다 타고난 재능, 창의의 꽃을 피우지도 못하고 획일화된 교육제도 안에서 자생력을 잃어가는 아이들의 눈물은 누가 닦아줘야 할까.

거리에서 울고 있는 10대들을 직접 만나러 다니는 신야는 그래서 미덥고 존경스러웠다. 동시에 사부 신야에게 자식이 있다면 그 아이는 어떤 '물건'으로 자랐을까 몹시 궁금해졌다.

11장

죽음 뒤엔
아무것도

지난해 6월 갑상선암 수술을 받았다. 완치율 90퍼센트가 넘는 '로또 암'이라고들 했지만 말 그대로 암 환자가 되어버린 내 심정은 그렇지 않았다. 내 몸에 암세포가 자랄 환경이 조성되었다는 사실에 섬뜩했고 절망스러웠다. 수술 전날 마취 관련 수칙을 듣기 위해 암 병동 환자들이 일제히 엘리베이터를 타고 내려갈 때의 풍경이 지금도 눈에 선하다. 푸른 줄무늬 환자복을 입고 작은 엘리베이터 공간에 시루 속 콩나물처럼 들어찬 모습들이 마치 아우슈비츠 수용소 독가스실로 끌려가는 유대인들 같았다. 낯빛은 창백했고 하나같이 불안하고 우울해 보였다.

　　이튿날 수술대 위에 누웠을 땐 '내가 다시 깨어날 수 있을까', '만에 하나 수술 중 의사의 실수로 영영 돌아올 수 없는 강을 건

널 수도 있지 않을까', '이대로 내 아이늘 얼굴도 못 보고 떠나는 건 아닐까' 하는 두려움에 사로잡혔다. 베테랑 의사는 "한숨 푹 자고 나면 다 끝나 있을 것"이라며 안심시켜주었지만 온몸에 마취약이 퍼져 의식을 잃는 순간까지 걱정이 끊이질 않았다.

그러고 보니 죽음에 대한 나의 경험은 일천하기 그지없다. 아직 부모님이 살아계신 탓일까. 할머니, 할아버지가 돌아가실 땐 너무 어려서 죽음의 실체조차 느낄 수 없었다. 지금까지 죽은 자의 몸을 본 적도 없다. 고작 소설이나 영화를 통해 상상하거나 간접 체험했을 뿐이다. 그나마도 겁이 많아 영화에서 시신이 나오는 장면은 제대로 보지도 못한다. 죽음이 나와는 상관없는 세계의 일이고, 영원히 그렇게 되기를 바라는 마음에 애써 외면하는지도 모른다.

사부 신야는 정반대였다. 죽음을 두려워하지 않는 듯했다. 인도 방랑 7년 끝에 득도했는지도 모를 일이다. 신야는 여행할 때 반드시 묘지를 찾아간다. 민족의 인생관, 생사에 대한 견해가 묘지에 나타나기 때문이라고 했다.《아메리카기행》에서 그가 인도와 미국의 묘지를 비교한 대목이 재미있다.

"인도에는 묘지라는 개념이 없다. 태워버리거나 강에 던지거나 숲에 버리거나 새의 먹이가 된다. 인도 대륙 자체가 거대한 묘지라고 할 수 있다. 미국의 메모리얼 가든을 처음 방문했을 때 축제의 현장에 잘못 온 것은 아닌가, 하는 착각이 들었다. 화려하게 치장된 묘비에서 죽음의 냄새를 맡을 수 없다. 미국인은 죽음에 가치를 두지 않고 항상 생의 입장에서 죽음을 바라본다. 장식과 화장으로 살아 있을 때보다 더 품위 있어 보이게 하는 기술은 할리우드 영화의 특수 분장과 비슷한 면이 있다. 사람이 죽으면 별이 된단다. 그 전설 같은 이야기를 과학의 힘을 빌려 실현시키고야 마는 이 기묘한 나라.”

사부 신야와 나눈 나이 듦, 그리고 죽음에 관한 대화는 어떤 주제보다 진지하고 기묘했다.

‘늙었다’고 말하는 순간
늙기 시작한다

김 윤 덕   육신의 나이 일흔인데 건강은 어떠십니까.

후지와라   약간의 근시가 있을 뿐 노안老眼은 없습니다. 공부를 안 해서 그럴 겁니다. 하하!

김 윤 덕   나이가 든다는 것은 당신에게 어떤 의미인가요.

후지와라   사람들은 한 우물을 파거나 한 가지 일을 끝까지 관철할 경우 이를 높이 평가하는 경향이 있습니다. 정치를 예로 들자면, 좌익 사상을 가진 사람이 평생 전향하지 않고 자기 이념을 지키면 숭고하고 아름답게 봅니다. 사실 가장 편한 길인데도 말이지요. 반대로 혈기왕성했던 좌익 사상가가 갑자기 전향해서 우익 활동가로 바뀌었다면 어떤가요? 아마도 손가락질하는 사람들이 적지 않을 겁니다. 그만큼 전향은 굉장히 부정적인 용어입니다. 그런데 나는 '예술하는 사람'입니다. 나라는 인간은 하나가 완성되면 거기에 싫증을 느낍니다. 다음 단계로 나아가면 전혀 다른 세계를 만나니 신이 나지요. 그래서 항상 전향합니다. 하나의 일을 마치면 그걸 부수고 다음 단계로 나아갑니다. 한 가지 일을 고수하는 것보다 변화를 선택하는 쪽이 훨씬 더 많은 에너지가 필요하지요. 그 변화하는 길을 밟아가면서 나이를 먹고 있습니다. 나는 20대에서 30대까지 인도 여행을 했습니다. 오랫동안 여행하느라 거울을 볼 기회도 없었습니다. 한 달만에 우연히 거울을 보고 깜짝 놀라는 경우가 많았지요. 아, 이게 정말 나였나? 그때는 그런 일이 종종 있었습니다. 나이를 먹는 것은 행동도, 얼굴도 변화한다는 뜻입니다.

김윤덕   **나이 듦이 서글프지는 않습니까?**

후지와라   머리숱이 많은 사람들을 보면 부럽다는 생각은 합니다(웃음). 그러나 '나이 먹는 게 슬픈 일이다', 이것은 근대적인 사고방식입니다. 요즘 같은 첨단 기술 사회에서는 그런 편견이 뒤집히고 있다고 생각해요. 실제로 정보가 젊은이들 쪽에서 노인들 쪽으로 흘러가고 있습니다. 백 년 전까지만 해도 유럽이든 인도든 일본이든 한국이든 정보는 지혜와 경험이 많은 노인들 쪽에서 젊은 사람들 쪽으로 흘러갔습니다. 종교가 사회의 중심이던 시절이었으니까요. 지금은 경제가 중심인 사회이고, 정보화 사회, 기술혁신 사회라고 합니다. 핸드폰도 3개월, 6개월 정도만 지나면 모델이 바뀔 만큼 모든 사물이 빠르게 변화합니다. 그런데 이런 사회에 사람들이 피로감을 느끼기 시작했습니다. 특히 일본의 경우에는 젊은 사람들이 먼저 지쳐가는 것 같습니다. 새로운 정보, 더욱더 새로운 정보를 쫓아다니다 완전히 녹초가 된 거지요. 일본에서는 그렇게 10년 전부터 흐름이 바뀌기 시작했습니다. 사람들은 이제 자기가 살아가야 하는 인생의 패러다임을 상실했고 새로운 패러다임을 찾으려 하고 있지요. 나는 최근 10년의 흐름 속에서 경험이 풍부한 사람들의 지혜와 성찰, 가르침을 들으려 하는 사람들이 많이 늘어났다는 것을 피부로 느낍니다. 90년대와는 매우 다른 현상이지요. 그런 의미에서 나이 든 자들의 존재 이유, 존재감은 더욱 강해질 거라는 예감이 듭니다.

김윤덕　정보의 홍수 속에서 갈 길을 잃은 사람들이 인생 경험이 풍부한 노인들의 지혜와 통찰력을 갈구하게 된다는 뜻인가요?

후지외리 그렇지요. 나는 나이 듦이 마이너스든 플러스든, 젊음이 마이너스든 플러스든 서로가 서로를 보완할 수 있는 시대가 좋은 시대라고 생각합니다. 내 느낌으로는 90년대보다는 지금이 그런 사회로 나아가는 시대인 것 같습니다. 사진의 세계만 해도 그래요. 지금 카메라는 전부 디지털화됐죠? 그런데 요즘 필름 카메라에 열광하는 사람들이 증가하고 있어요. 연령을 봐도 30대 이하 젊은이들이 훨씬 많습니다. 아날로그 세계에서 위로를 얻는 거죠. 빠르고 쉬운 디지털 시대의 피로감이 반영된 것입니다. 어릴 때부터 20대 중반까지 계속 새것을 추구하고 쫓고 쫓기며 살아왔으니 충분히 지치고도 남을 겁니다. 그런 의미에서 기술의 이노베이션, 기술혁신은 거의 임계점에 와 있다는 생각도 듭니다.

김 윤 덕 복고의 부활이 하나의 트렌드로 자리 잡았지만 그래도 여전히 세상은 빨라지고 있지 않나요? 그걸 쫓아가지 못하면 도태되고 늙었다고 홀대받고요.

후지와라 내가 보기엔 기술혁신이 아닌 뭔가 다른 가치를 추구하는 젊은이들이 더 많습니다. 오히려 40~50대 샐러리맨들이 기술, 제품에 열광하고 더 많이 쫓아다니는 것 같고요. 본론으로 돌아와, 물리적인 노화는 어쩔 수 없습니다. 그러나 철학적으로 말하자면, 노화는 자각하는 순간 시작됩니다. 당신이 "아, 나는 마흔을 넘었다, 아, 나는 늙었다"라는 말을 내뱉는 순간 당신은 늙기 시작한 겁니다. 그걸 일본에서는 "어휘의 영혼"이라고 말하지요. 말에 담겨 있는 영혼.

김윤덕　한국에 "말이 씨가 된다"는 속담이 있긴 합니다만(웃음).

후지와라　비슷해요. 어휘들이 살아 움직이는 거죠. 설령 내가 늙었다는 생각이 들더라도 그걸 말로 뱉느냐, 안 뱉느냐에 따라 커다란 차이가 생긴다는 얘깁니다. 입으로 뱉어내는 순간, 말이 씨가 되어 당신을 사로잡을 테니까요.

길고양이를 만지지 않게
된 것처럼

인도 어디서나 쉽게 볼 수 있었던 죽은 자의 유골은 신야로 하여금 삶과 죽음은 공존한다고 믿게 했다. 여행 끝 무렵에는 두개골들이 활짝 웃고 있는 것처럼 보였다고 했다. 삶 속에 죽음이 있었고, 죽음 속에 삶이 있었다. 당시 인도를 여행하고 돌아온 사람들이 신비주의자 혹은 허무주의자가 되었는데 이와 달리 신야는 철저히 현실에 발을 딛고 작업하기 시작했다. 글쓰기와 사진 작업, 붓글씨 퍼포먼스를 통해 일본 사회의 냉동화, 기계화를 거침없이 비판했다.

신야의 '웃고 있는 두개골'을 다시 떠올린 이유는, 런던 올림픽 때 열린 데미언 허스트의 회고전 때문이다. '살아 있는 현대미술의 전설'이라고 불릴 만큼 해괴하고 엽기적인 오브제를 발표해온 허스트의 작품 중에 8,601개의 다이아몬드로 제작한 해골이 있었다. 제목이 〈신의 사랑을 위하여For the Love of God〉인데, 의미보다는 작품의 경매가가 1억 달러, 그러니까 당시 돈으로 940억 원이었다는 사실에 온 세계가 떠들썩했던 기억이 난다. 런던 올림픽 덕분에 다시 스포트라이트를 받게 된 다이아몬드 해골은, 그런데 전혀 아름답지 않았다. 세계 패셔니스타들 사이에 해골 조형을 최첨단 아이템으로 흥행시킨 원조라는데, 물신성과 상업성 때문인지 움푹 파인 눈두덩이까지 다이아몬드로 채워진 해골은 비인간, 가짜 삶의 전형으로 느껴져 눈살이 찌푸려졌다. 그것이 40대 천재 작가가 의도한 바였는지는 알 수 없으나 미욱한 나의 눈에는 흉물스럽기만 했다.

김윤덕 **가짜 삶, 진짜 삶이 있다고 하셨지요.**

후지와라 나처럼 사는 삶이 진짜라고 주장하는 건 결코 아닙니다. 우리가 인간성을 상실하지 않았으면 좋겠다는 생각에서 한 말이에요. '인간적으로 살아가는 것'이 진짜 삶이라는 뜻이지요.

김윤덕   좀 더 자세히 설명해주시지요.

후지와라   아까 말했지만, 어릴 때 나와 형은 동물을 굉장히 좋아했고, 아버지가 아키타견을 사주시기 진까지 거리에 떠도는 집 없는 개들을 쫓아다니며 먹이를 주고 예뻐했지요. 그렇게 우리 형제는 성장해 서로 다른 인생을 살게 됩니다. 아시는 대로 나는 여행자가 되었고, 형은 대학을 졸업한 뒤 회사에 취직해 능력을 인정받으며 승승장구했습니다. 그러다 형이 40대 중반이 되었을 때 함께 고향인 모지항에 간 적이 있어요. 여전히 우리가 살던 집 앞에는 집 없는 고양이들이 무척 많았지요. 나는 귀여워서 녀석들의 털을 쓰다듬어주었습니다. 그러나 형은 내가 하는 짓을 가만히 쳐다보고만 있었어요. 그것이 나에겐 충격이었습니다.

김윤덕   형이 고양이를 쓰다듬지 않았다고 해서 충격을 받았다고요?

후지와라   맞아요. 나는 어릴 때와 마찬가지로 고양이에게 바로 달려가서 쓰다듬었는데, 형은 양복을 입은 채로 가만히 서서 바라만 보고 있었죠. 그때 내 머리에 떠오른 생각은, '회사의 중역은 집 없는 고양이를 만지지 않는구나' 였습니다(웃음). 세상에 대한 입장, 관점이 바뀌었다고 할까요? 회사에 오랫동안 근무하다 보면 세계가 점점 좁아지는 모양입니다. 바라보고 느끼는 대상이 회사 중심으로 바뀌는 걸까요. 사람은 자신의 생활권에 따라 필요하지 않은 것은 보려고 하지 않습니다. 그래서 나는 슬펐습니다. 거대한 조직을 위해 노동하고 월급 받는 생활에 익숙해지는, 회사라는 조직의 톱니바퀴가 되어 바쁘게 살아가다 보면 어린 시절의 동심을 잃어버리게 마련이구나 싶었지요.

김윤덕 **저 같은 회사원들을 매우 불쌍히 여기시는군요. 꽉 막혀 있고, 소심하고, 융통성이 없어서(웃음).**

후지와라 그렇다기보다(웃음), 모두에겐 어린 시절이 있었습니다. 인생의 어느 길목에서 우리는 그 시절을 잘라내버리죠. 오랜만에 고향에 돌아가 어릴 적 다니던 학교에 가보면 운동장이 이렇게 작았나, 교실이 이렇게 작았나 하는 생각을 하게 됩니다. 단지 자신의 몸이 커졌기 때문에 교실과 운동장이 좁게 느껴지는 것은 아닙니다. 자기가 느끼는 세계가 그만큼 좁아졌다는 뜻이지요. 아이들을 간섭하지 않고 너 혼자 학교에 가라고 내버려두면 항상 땡땡이를 치게 마련입니다. 학교에 가다 말고 땅을 기어가는 벌레를 잡는다든지, 물웅덩이에 들어가 장난을 친다든지, 나무 위로 기어올라가 나뭇잎을 딴다든지 하면서 말입니다. 길 잃은 고양이를 만나면 녀석을 만지면서 놀다가 집에 데려다놓고 다시 학교에 가기도 합니다. 어른의 관점에서 보면 아이들은 아무 짝에도 쓸모 없는 일만 하고 있는 거지요. 아이들이 집을 떠나 학교에 닿기까지의 거리가 3킬로미터에서 30킬로미터로 늘어나는 셈이니까요. 나의 형이 회사 중역이 되면서 고양이를 만지지 않게 된 것처럼, 어른이 되면 의미가 없는 일들은 눈에 들어오지 않습니다.

김 윤 덕　　**많은 사람들이 하루하루 쳇바퀴 돌듯 살아가지요. 그런 생활에 익숙해지고, 문제가 없다고 생각하고요.**

후지와라　　그런데 마음을 조금만 열면 돈 한 푼 들이지 않고도 멋진 세상을 즐길 수 있습니다. 고양이를 만지는 데 돈이 들지 않죠? 아, 꽃이 참 예쁘구나 감탄한다고 해서 꽃이 당신에게 돈을 요구하지 않습니다. 닫아버렸던 감수성을 열기만 하면 돈을 들이지 않고도 즐거운 세상을 맛볼 수 있습니다. 그 보물을 사회화되면서 잃어가고 있지요. 점점 잃어가다가 결국은 눈 가린 경주마처럼 앞만 보고 달리게 되고요. 나는 지구만큼 놀라운 세상은 없다고 생각합니다. 2백만 종에 이르는 생명이 존재하면서 아름다운 하모니를 이루는 곳이지요. 내가 70년 동안 살면서 2백만 종의 생명 중 어느 정도를 접했을까요. 많아야 1만 종에 불과할 겁니다. 1만 종이라고 하더라도 굉장히 많은 편이겠지요. 그러나 여전히 백 종류의 생명밖에 접하지 못한 사람들도 많을 거라고 봅니다. 불행하지요.

모든 죽음은
숭고하다

김윤덕 **어떤 죽음이 멋진 죽음이라고 생각합니까.**

후지와라 살아 있는 동안에는 누구든 멋있습니다. 멋있는 모습으로 보이고 싶어 하지요. 아프리카 어느 부족이든, 근대국가의 시민이든 사람은 살아 있는 동안 모두 멋있어지기를 바랍니다. 아프리카의 부족민이 이상한 물건을 코에 꽂고 귀에 거는 모습이 기묘해 보이지만 그들에게는 멋을 추구하는 행위입니다. 우리가 멋져 보이려고 특별한 옷을 입고 액세서리로 장식하는 것과 진배없지요. 따라서 산다는 것은 자신을 멋있게 만들어가는 과정이라고 할 수 있습니다. 그 연장선에서 죽을 때조차도 멋있게 죽고 싶다는 생각을 하는 것 같아요. 죽음 또한 삶의 일부라고 여기는 거죠. 그런데 이상적인 죽음, 멋진 죽음에 대한 생각은 나이와 함께 변합니다.

김윤덕 **젊었을 땐 어떤 죽음이 멋지다고 생각하셨나요?**

후지와라 20대에 〈우리에게 내일은 없다〉라는 영화를 본 적이 있습니다. 두 남녀가 강도질을 하고 도주하다가 총을 맞아서 자동차 안에서 죽죠. 그때는 그런 죽음이 멋있다고 생각했습니다(웃음). 30대에

는 인도 여행을 마친 후였기 때문에 생각이 달라졌죠. 나의 책《메멘
토 모리》속에 나오는 죽음, 그러니까 승려들이 길고 지난한 수행 여
행을 마친 뒤 맨 마지막 성지에 가서 좌선 한 채 자기 힘으로 죽음을
맞이하는 것. 그것이 〈우리에게 내일은 없다〉 주인공들의 죽음보다
멋있겠다고 생각했습니다.

김윤덕 **40대에는 미국 여행을 하셨죠? 거기서도 죽음에 대한 로망이 바
뀌었나요?**

후지와라 그랜드 캐니언과 같은 거대한 협곡과 산들이 여기저기 많
더군요. 사람이 살지 않는 대자연 속을 돌아다니면서 피곤하면 차를
세우고 자고, 해가 뜨면 다시 트래킹 하는 생활을 1년간 했습니다.
그러던 어느 날 수백 미터나 되는 절벽 위에 서게 되었습니다. 아래
에서는 굉장히 강한 바람이 불어오고 있었지요. 조심조심 주의하며
아래를 내려다보았습니다. 그러자 돌 사이에 푸른색의 뭔가 보였지
요. 처음엔 보석처럼 아주 작게 보였지만, 실제로는 훨씬 더 큰 물건
일 듯해 망원렌즈를 장착해 자세히 들여다보았습니다. 자동차였어
요. 아마도 내가 서 있는 데에서 추락한 것 같았습니다. 사고가 났는
지, 누가 자살을 했는지는 모르겠더군요. 이미 차에 녹이 슨 걸로 보
아 추락한 지 몇 년은 지난 것 같았습니다. 나는 마을로 내려가 절벽
아래 자동차가 떨어져 있다고 얘기를 해주었습니다. 경찰에도 알렸

습니다. 순간 내가 잘한 걸까, 하는 생각이 들더군요. 어쩌면 그 사동차 안에는 서로 사랑하지만 비극적인 이유로 이 세상에서 함께 모습을 감추길 소망한 남녀가 있을지도 모르니까요. 사실이라면 나는 쓸데없는 짓을 한 셈이 됩니다. 행방불명 역시 죽음의 한 형태라는 생각이 들었어요. 야생동물 중에는 종종 행방불명이라는 죽음의 방식을 선택하는 동물이 있습니다. 까마귀 시체를 본 적이 있습니까? 늑대도 자기 시체를 절대 보여주지 않지요. 코끼리도 죽을 때가 되면 스스로 죽을 장소를 찾아간다고 합니다. 그러니까 야생동물들은 죽을 때 행방불명이 되는 겁니다. 40대에 나는 그런 행방불명을 통한 죽음이 인도 승려들의 죽음보다 멋있다고 생각했습니다.

김윤덕 **남은 가족이나 사랑하는 사람들에게는 너무 가혹한 상처가 되지 않을까요?**

후지와라 나는 죽음 후에는 아무것도 남지 않는다고 생각합니다. 종교에서는 내세, 전생이라는 개념을 만들어 죽으면 다시 태어난다고 강조합니다만 내 생각은 다릅니다. 예를 들어 어머니, 아버지가 임종을 맞이할 때 자식들은 "저도 곧 따라가겠습니다"라고 말합니다. 그건 인간이 만든 이기적인 죽음의 정의입니다. 그저 위안을 받고 싶어서 그리 말하는 것뿐입니다. 반대로 생각하면 목숨에 대한 미련이라고 할 수 있죠. 미련을 갖고 있다면 진정한 죽음을 맞이할 수 없습니다. 인도에서 시체를 태우면 그것이 수증기가 되어 하늘로 올라가고 다시 탄소가 되어 땅에 스며듭니다. 나머지는 강에 쓸려버리지요. 그 수증기가 비가 되어 새싹을 돋아나게 하는 것입니다. 이런 이야기들은 죽음 이후에는 아무것도 존재하지 않는다는 사실을 말해주지요.《메멘토 모리》에 "인간이 죽어서 낸 빛은 기껏해야 30와트"라는 말이 나옵니다. 인간의 죽음은 그런 의미에서 너무나 무상하지요. 죽으면 모든 것이 무의 상태로 돌아갑니다.

김윤덕   **죽음 뒤에 아무것도 없다고 생각하면 너무 슬프고 허탈할 것 같은 데요.**

후지와라   나는 오히려 죽으면 내세가 있다, 전생이 있다는 가르침보다는 모두 다 무로 돌아간다는 사실에 훨씬 더 안도하게 됩니다. 예를 들어 남녀의 삼각관계를 내세까지 끌고 간다고 생각하면 너무 힘들지 않습니까?(웃음) 이 세상에서 겪은 아무리 심각한 삼각관계라도 죽음에 의해 무로 돌아갈 수 있다고 가정한다면 마음이 보다 가벼워질 수 있습니다. 죽으면 모두 무로 돌아간다는 관점에서 볼 때 지금의 인간사, 애정 문제는 아주 소소한 문제에 불과해지지요. 따라서 야생동물처럼 자기 모습을 이 세상에서 지워버리는 행방불명이라는 죽음의 방식은 대단히 이상적이고 바람직할 수 있습니다. 야생동물이 죽을 때 모습을 감추는 이유는 아직도 밝혀지지 않고 있습니다. 여담인데 지바에서 살았을 때 집 앞에 고양이 한 마리가 있었습니다. 몸이 아주 약한 상태여서 정기적으로 먹이를 주었지요. 3개월을 그러고 있던 고양이가 어느 날 갑자기 사라졌습니다. 나는 죽으러 갔나 보다, 하고 생각했어요. 그러던 어느 날 우리 집 하수도가 막혔습니다. 빨래라든지 설거지를 하면 물을 흘려보내야 하는데 막혀서 빠져나가질 않는 겁니다. 어디서 막혔는지 알아보려고 하수도관의 뚜껑을 열었더니 그 안에 고양이가 죽어 있었습니다. 고양이는 왜 숨어서 죽었을까요? 야생동물들은 항상 적을 의식합니다. 따라서 적에게 발견되지 않을 곳에 숨지요. 야생동물이 죽을 때 모습을 감추는 것은 신비한 일이 아니라 약육강식의 동물 세계에서 생존하는 하나의 방식입니다. 아무튼 그후로 나는 죽어서 무로 돌아가는 것, 모두에게서 몸을 감추는 행방불명 방식의 죽음이 최고의 죽음이 아닐까 하고 생각했습니다.

김윤덕 **행방불명되어 죽기도 무척 힘들지 않나요?**(웃음)

후지와라 행방불명되기 힘들다면 또 하나의 이상적인 죽음이 있습니다. 요즘 많은 사람들이 병원에서 죽습니다. 《메멘토 모리》에도 썼습니다만, 모래바닥에 인산의 형상으로 묻혀 있는 하얀 뼈를 보고 나는 병원에서 죽고 싶지 않다고 생각했습니다. 왜냐하면 죽음은 병이 아니니까요. 내 아버지는 99세에 돌아가셨습니다. 나는 아버지를 반드시 집에서 돌아가시게 해야 한다는 생각이었어요. 그래서 감기로 쓰러진 아버지를 지바의 집에 모셔놓고 형제들이 돌아가면서 간병을 하게 했습니다. 아버지는 정말로 충분히 인생을 즐기신 분이었지요. 어느 날 의사 선생님이 진맥을 하더니 "오늘 밤, 또는 내일 아침에 임종하실 것 같다"고 일러주더군요. 그 말을 듣고는 아버지의 인생을 정말로 축복해드리고 싶었습니다. 그래서 마지막에 아버지가 웃었으면 좋겠다고 생각했지요. 카메라를 가져왔습니다. "아버지, 자, 치즈"라고 했지요. 그랬더니 아버지는 미소를 지었습니다. 죽어가면서 웃는 얼굴이란 정말 기묘합니다. 하지만 이 역시 이상적인 죽음이라고 생각합니다. 웃으면서 죽는 것은 만에 하나 있을까 말까 한 일이니까요.

김윤덕　당신 또한 할 수만 있다면 웃으면서 임종을 맞이하고 싶은 거죠?

후지와라　아닙니다. 아직 이상적인 죽음에 대해 할 이야기가 하나 더 남아 있습니다(웃음). 아버지가 돌아가신 다음에 형님이 돌아가셨어요. 59세였지요. 아직도 왕성하게 사회 활동을 할 수 있는 나이였습니다. 한데 여러 가지 스트레스가 많아서 암에 걸렸습니다. 식도에 생겨난 암이 몸 여기저기로 전이되면서 5년 동안 투병 생활을 했습니다. 마지막에는 뼈와 폐까지 전이되었고요. 폐와 뼈에 암이 전이되면 커다란 고통이 수반됩니다. 호흡곤란과 함께 격렬한 고통이 찾아

와서 보는 것만으로도 지옥을 경험합니다. 마지막 1시간 동안 고통스러워하시더니 형님은 돌아가셨습니다.

김 윤 덕 **아버님과는 매우 대조적인 임종이었군요.**

후지와라 그렇지요. 형은 자기보다 항상 남을 먼저 생각하는 사람이었어요. 그래서인지 인덕이 많은 편이었습니다. 죽은 지 10년이 지났지만, 지금도 기일이 되면 회사의 부하 직원들이 꽃을 들고 찾아옵니다. 그것만 보더라도 형님이 아랫사람들을 얼마나 자상하게 보살폈는지 알 수 있지요. 그렇게 넘치는 사랑을 지닌 형님이 왜 저렇게 고통스런 죽음을 맞이한 걸까, 생각하다 떠올린 것이 불교 용어인 "대수고代受苦"입니다. 대신 고통을 짊어진다는 뜻이지요. 자상함이 극한에 이른 경지입니다. 예를 들어 남들의 고통과 슬픈 이야기를 들으면 그의 고통과 슬픔이 자기에게도 쌓입니다. 그래서 병이 생긴 거지요. 나는 그런 식으로 형의 죽음을 납득하려 했습니다. 인도 승려의 죽음부터 행방불명 죽음, 아버지의 죽음, 형의 죽음에 이르기까지 여러 죽음을 봐왔습니다. 나이가 들고 온갖 경험을 하면서 멋진 죽음에 대한 나의 생각도 바뀌었지요. 그런데 형의 죽음을 직면하고 한순간에 깨달음을 얻었습니다. 인간의 죽음은 어떤 죽음이어도 좋다! 멋 없는 죽음이든, 멋있는 죽음이든, 고통 속의 죽음이든, 죽음은 모든 것을 수용하고 받아들입니다. 그게 죽음의 깊이 아니겠습니까. 따라서 나에게 멋진 죽음을 강요하는 것은 또 하나의 압박입니다(웃음). 어떤 죽음이든 좋다고 생각할 때 인간은 처음으로 자유로워질 수 있습니다. 오히려 이상적인 죽음을 상정한다면, 이상적이지 못한 방식으로 죽어간 사람들을 불쌍하게 만드는 꼴이 되니까요. 인간은 살아 있을 때 여러 종류의 차별을 당합니다. 그러나 죽음을 두고도 차별하는 것은 문제가 있다고 생각합니다. 스티브 잡스의 죽음이든 이름 없는 시골 촌부의 죽음이든 똑같이 숭고하고 멋지다는 뜻입니다. 물론 지금은 내가 선승인 양 죽음에 대해 대단한 깨달음을 얻은 사람처럼 말하고 있지만, 당장 여기서 죽음을 맞이하게 된다면 "죽기 싫어, 죽기 싫어!" 하고 발버둥칠지도 모르지요(웃음). 그건 여러분이 너그럽게 이해하셔야 합니다. 나도 사람이니까요. 하하!

우리가 늘
죽음을 기억하고 산다면

형이 고통스럽게 세상을 떠난 뒤 신야는 요동치는 마음을 끌어안고 시코쿠 여행길에 나섰다. 1천2백 킬로미터에 달하는 시코쿠 순례길은 인생의 깨달음을 얻으려는 사람들의 발길이 끊이지 않는다고 한다. 내세가 따로 없이 '무無'로 돌아가는 죽음이 좋다고 신야는 웃으며 말했지만, 형의 죽음으로 그 또한 삶과 죽음에 대한 번뇌 한가운데 놓여 있었던 것 같다. 특정 종교의 신자는 아니지만, 신야는 기도와 염원을 하는 사람이었다. 문득 종교에 관한 신야의 생각이 궁금해졌다.

김 윤 덕 **종교에 대한 당신의 생각을 듣고 싶습니다. 책을 보니 여행을 다니면서 그 나라 종교에 거리를 두고 냉정하게 바라보려고 노력하는 대목이 나오더군요.**

후지와라 서양 종교는 신이 제일 높은 곳에, 인간은 그 밑에 있는 피라미드 구조입니다. 그리스도의 사진을 보면 신이 인간의 얼굴을 하고 있기도 합니다. 동양은 다릅니다. 동양에서는 동물이 인간보다 상위에 있는 경우도 있습니다. 일본의 경우라면 여우 같은 동물을 섬기는 무속적인 풍습이 있지요. 사진과 관련해서도 얘기했듯이 서양에서는 인간이 자연을 지배하고 통제한다는 관점을 지니고 있습니다. 동양에서는 인간이 자연의 지배를 받지요. 옛날에는 봄에 벼를 심고 나서 사람들이 신의 기분을 살폈습니다. '비를 내려주세요' 라고 기도하고, '햇님, 나와주세요' 하고 절을 했지요. 그만큼 자연에 의존하며 살았습니다. 자연은 비와 햇살을 내려주고 나중에 열매를 맺게 해줍니다. 거기엔 자연이 뭔가를 키워내는 구조가 있습니다. 나는 그것을 '자연도덕률'이라고 말합니다. 이건 아주 면밀한 과학입니다. 결코 신비로운 게 아니지요. 벼를 심고 물을 채웁니다. 물 아래에는 흙이 있고 질소와 산소, 칼륨 등이 있어서 식물을 키우는 영양소가 됩니다. 미네랄 미생물도 있지요. 비가 내리고, 태양은 자애를 베풉니다. 그런 구조 속에서 열매는 맺어지지요. 대자연이 벌계와 보상계로 구성된다고 얘기했지요? 그것 또한 자연도덕률 속에서 일어나는 일입니다. 그런 것들이 이미 자연계 속에 갖춰져 있다니 신기하지 않나요? 따라서 과학과 신비는 굉장히 비슷하고, 우리와 가까이 있습니다. 이미 자연에는 법칙이 있습니다. 인간은 이러한 율종, 즉 규율을 따르면 됩니다. 율에 복종함으로써 생산이 성립되는것이 농경민족의 생산 방식이었습니다. 결국은 자연의 규율과 규칙을 따름으로써 생산을 하고, 자연의 규칙을 따름으로써 인간 스스로 마음을 제어할 수 있게 됩니다.

김 윤 덕　**자연도덕률이 곧 종교라는 뜻인가요?**

후지와라　물질 생산과 마음의 제어, 이 양자의 통합에 종교가 존재합니다. 동양적 관점에서의 종교입니다. 대표적으로 힌두교를 들 수 있습니다. 갠지스 강에서의 목욕, 승려들이 머리를 기르고 보리수나무 아래에서 하는 좌선, 강에 들어가 흙을 온몸에 바르는 행위 들이 곧 실사實寫로, 현실을 비추고 거기에 현실이 비치는 행위가 되지요. 인도에서 종교는 실사입니다. 자연의 규율을 의미하지요. 이 규율을 몸에 투영함으로써 마음을 제어한다는 뜻입니다. 아이들을 둘러싼 가족, 이웃, 공동체, 대자연의 구조도 마찬가지입니다. 산에 가서 뛰어노는 행위를 통해서 자연의 벌계와 보상계의 시스템을 인식하고 이를 내 몸에 비춤으로써 뇌가 인지합니다. 이 모든 것을 포함해 우리는 '신비'라고 말하지만, 그 안에는 이렇듯 놀라운 과학적 사실, 논리들이 존재합니다. 따라서 어떤 의미에서 힌두는 지극히 과학적인 종교입니다. 기독교 이상으로 과학적이지요. 나는 인도를 그냥 여행하지 않았습니다. 힌두교 방면의 공부를 했고, 그걸 가지고 일본에 와서 여러 가지 표현 활동을 하고 있습니다. 물론 나의 표현 활동이 힌두교식이다, 불교식이다라고 규정하는 데는 동의하지 않습니다. 어떤 형식에 얽매이고 싶지는 않으니까요. 단지 신비란 자연 자체를 의미한다고 보고, 과학을 포함한 인간 문명의 상위 개념으로 신비를 받아들이지요. 결국 신비는 자연을 의미합니다. 자연은 현실 원칙에 의해 움직이고요. 오히려 자연의 반대 개념인 도시 사회는 쾌감 원칙을 축으로 해서 움직입니다.

김윤덕　　**쾌감 원칙이요?**

후지와라　　가령 자연 속에는 산이 있습니다. 여기엔 많은 열매가 맺혀 있지요. 밤, 대추 등 온갖 열매가 있고 아이들은 그 속에서 놀면서 벌계와 보상계의 개념을 인지합니다. 그런데 도시 사회에는 편의점이 있지요? 그곳엔 여러 가지 상품이 있습니다. 돈에 의한 보상계만 존재한다는 뜻입니다. 벌계를 익힐 수 없는 상황이지요. 쾌감 원칙에 따라서만 세워졌기 때문입니다. 도시의 편의점을 자연계의 산에 비유할 때, 결국 벌계의 요소들은 편의점에서 제거되어 있는 셈이지요. 나는 편의점 자체가 도시의 상징이라고 생각합니다. 보상계에서만 자란 현대인들은 마음을 통제하고 조절할 수 없는 인간으로 자랍니다. 실제로 일본 어린아이들의 뇌 호르몬 분비 균형이 무너졌다는 것은 의학계에서도 증명된 바 있습니다. 반면 자동차들이 많이 다니지요? 멋대로 놔두면 사고가 나니까 규칙을 만들어 인위적으로 제어합니다. 벌계 형식을 차용한 거죠.

김윤덕 **그럼 기독교처럼 서구에서 발생한 종교가 '벌계'와 연관이 있는건가요?**

후지와라　그렇죠. 실상 요컨대 보상계, 즉 쾌감 원칙만으로 세계를 만들 수는 없습니다. 따라서 자연 속에서 이뤄졌던 욕망의 통제가 오늘날엔 불가능하지요. 그래서 등장한 것이 서양의 종교입니다. 벌계의 필요성에 의해서 종교의 가르침이 등장하는 것이지요. 다시 말하면, 동양의 신은 자연과 동일시되어 보상계와 벌계가 공존하면서 양자를 균형 있게 운용해나가는 과학적 존재입니다. 그러나 서양의 신은 벌하는 신이에요. 현대사회에서 부족한 시스템을 종교가 보완하는 셈이죠. 따라서 저는 서양의 종교란 노시 사회의 산물이라고 생각합니다. 불교는 기원전에 탄생했지만, 불교가 발생하기 이전에는 종교가 그리 필요하지 않았습니다. 신화는 분명히 존재했지만. 하나의 가르침으로서 종교는 필요치 않았지요. 즉 불교가 탄생한 시점에서 도시화가 시작되지 않았나 싶습니다. 어쨌거나 종교가 없어도 되는 시대가 가장 행복한 시대가 아닐까 생각합니다.

영국 런던의 내셔널 갤러리에서 가장 인기 있는 그림 중 하나가 한스 홀바인의 〈대사들〉이다. 화면 속에는 두 남자가 있다. 왼쪽 남자는 화려한 의복을 갖춰 입은 댕트빌 대사이고, 오른쪽은 셀브 주교다. 세속적 명예와 영광을 상징하는 인물인데, 둘 사이에는 여러 사물이 놓여 있다. 해시계, 천구의, 지구의, 수학책, 삼각자, 컴퍼스 등 인간이 발명해낸 항해술, 지리학과 관련된 성취라고 할 수 있다.

그런데 이들 아래쪽에 비스듬히 누운 타원 형상이 보인다. 자세히 보니 옆으로 길게 잡아당겨놓은 듯한 '해골'이다. 정신분석학자 라캉의 해석으로 더욱 유명해진 이 그림은 우리 삶 도처에 스며들어 있는 죽음을 일깨우는 작품이다. 애써 의식하며 들여다보아야 보이는 죽음! 당장 눈앞에 펼쳐지는 현실과 세속의 욕망을 좇느라 관심 밖으로 밀려난 죽음! "메멘토 모리"라는 유명한 말처럼, 우리가 늘 죽음을 기억하고 산다면 신야의 말처럼 종교가 없어도 되는 시대는 진작에 도래했을지도 모른다.

'후지와라 신야'라는 오리지널리티

어쩌다 무라카미 하루키에 대한 얘기가 왜 나왔는지, 기억이 잘 나지 않는다. 아마도 그 무렵 하루키의 여행서《먼 북소리》를 읽고 있었기 때문이었을 것이다. 하루키의 문체와 감성, 세상을 향한 시선은 신야의《인도방랑》을 읽는 느낌과는 전혀 달랐다. 하루키의 소설들이 그러하듯 지극히 사적이고 몽환적이며 그래서 오묘하지만, 나같이 성미 급한 독자들은 약간 짜증도 나는 글이라고 해야 할까. 왜 사람들이 하루키에게 열광하는지 늘 의문이었던 나는, 하루키와 함께 일본 청년들의 멘토로 추앙받는 신야에게 그냥 묻고 싶었다. 노벨문학상 후보로 해마다 오르내리는 작가 하루키를 어떻게 생각하는지, 동시대를 살아온 인물로 하루키를 어떻게 평가하는지. 나의 사부 신야는 기꺼이 응답해주었다.

김 윤 덕　무라카미 하루키의 여행서와 후지와라 신야의 여행서를 읽는 맛이 사뭇 다르더군요. 하루키의 여행서를 읽은 사람들은 하루키의 방식으로 그 지역을 여행해보고 싶어 합니다. 당신의 여행서는 그곳에 가고 싶다는 일차적인 욕구 이전에 어떤 철학서를 읽는 듯한 느낌이 들지요. 한 자 한 자 새겨야 하니 살짝 골치도 아파지고요(웃음). 왜 그렇다고 생각하십니까?

후지와라　하루키는 일본은 물론 전 세계 독자들의 사랑을 받으며 압도적으로 읽히는 작가입니다. 나와는 비교가 안 되지요.

김 윤 덕　**겸손의 말씀으로 들립니다.**

후지와라　내가 하고 싶은 말은 그와 나는 아주 많이 '다른' 사람이라는 겁니다. 하루키는 앞서도 설명했던 단카이 세대에 속하는 사람입니다. 그를 비꼬기 위해 이런 말을 하는 것은 아니니 오해하지는 마십시오. 단카이 세대에게는 고유한 의식이 있습니다. 1960~70년대 '안보 반대 운동'이라는 커다란 파고 속에서 하나의 목표를 향해서 나아갔지만 그들은 결국 커다란 좌절을 맛보게 됩니다. 1970년대로 들어서면서 단카이 세대가 주도한 학생운동은 급속히 쇠퇴하기 시작하지요. 그 과정에서 단카이 세대가 가졌던 사회의식 또한 급속히 쇠락해갑니다. 단카이 세대 중에 '이노우에 요스이'라는 가수가 있습니다. 그가 부른 것 중에 〈우산이 없다〉라는 유명한 노래가 있지요.

나는 이 노래가 학생운동이 좌절된 뒤 단카이 세대의 심정을 가장 잘 상징한다고 생각합니다. 노랫말을 한번 들어볼래요? "도시에서는 자살하는 젊은이가 늘어났다. 아침에 온 신문 한구석에 쓰여 있었다. 그렇지만 문제는 오늘 내리는 비. 가야지 너를 만나러 가야지. 비에 젖더라도. TV에서는 누군가가 심각한 얼굴을 하고 우리나라 장래 문제를 얘기한다, 그렇지만 문제는 오늘 내리는 비. 우산이 없다. 가야지, 너를 만나러 가야지, 너희 집에 가야지." TV에서는 연일 우리나라의 장래 문제를 심각하게 얘기하고 있지만, 나에게는 지금 당장 비를 피할 우산이 없는 게 더 큰 문제라고 노래하고 있지요. 결국 개인주의입니다. 문학에도 미니멀리즘이라는 게 있지 않습니까? 커다란 세계가 존재하지만 그보다는 자기를 둘러싼 작은 세계를 소중히 여기겠다는 경향입니다. 정치에 대해 논하기보다는 비를 맞지 않게 우산을 들고, 연인과 함께 커피를 마시며 즐기겠다는 내용입니다. 결국 당면한 정치 문제보다 그녀의 집으로 달려가는 것이 중요하다고 노래하는 거지요.

김윤덕 **이노우에 요스이의 노래와 하루키의 문학이 같은 선상에 있다는 뜻인가요?**

후지와라 〈우산이 없다〉라는 노래는 하루키의 사상, 그의 작품 저변에 흐르는 것과 완벽하게 일치합니다. 미니멀리즘이죠. 좋은 음악을 듣고, 한 잔의 커피와 맥주를 마시고, 아름다운 여자와 데이트를 하고, 즐거운 섹스를 하고. 그런 것들이 세상의 거시적인 문제들보다 더 중요하다는 의식이지요. 이 노래를 불렀던 이노우에 요스이는 카리스마를 지닌 일본의 스타 가수였습니다. 그는 어쩌면 학생운동이 좌절된 이후에는 이런 삶밖에는 가능한 것이 없다고 생각했을지 모릅니다. 일본뿐 아니라 학생운동은 당시 전 세계적인 흐름이었지요. 1970년대 들어 학생운동의 거대한 흐름이 좌절되고 끊어지면서 '어떻게 살아가야 할까'라는 문제가 젊은이들의 주된 테마였습니다. 하루키는 그 이후의 삶에 대한 하나의 모델을 제시한 거고요. 그 문제가 당시 세계 젊은이들의 공통적인 심경이었기 때문에 하루키의 문학이 세계적인 언어가 될 수 있었다고 생각합니다.

김윤덕　개인주의가 나쁘다고 할 수는 없지 않습니까. 게다가 단카이 세대는 일본의 사회 문화 전반에 새로운 현상, 새로운 트렌드를 만들어내며 성장했습니다. 단카이 세대들이 가부장에서 탈피해 민주적 가정 문화를 일으켰다는 평가도 있지 않던가요?

후지와라　물론입니다. 사회의 커다란 문제를 고민하기보다 자기 생활에 충실한 삶을 살아가자는 것도 하나의 삶의 방식으로 분명히 존재할 수 있지요. 그런데 세계적인 흐름 속에서 보면 학생운동이 좌절된 뒤 세계는 결코 좋은 방향으로 흘러가지 못했습니다. 나는 오히려 나쁜 방향으로 흘러갔다고 생각합니다. 정치 문제보다는 '그녀'와의 섹스 문제가 중요한 시대가 되었죠. 하루키의 소설을 보세요. 섹스신이 많이 등장합니다. 그들에게 섹스는 커피를 마시는 일과 같습니다. 점점 폐쇄적인 사회로 나아가는 시점에서 하루키가 제시하는 삶의 방식은 하나의 공식이 되었습니다. 문제는 일본 대지진 같은 거대한 사건에 직면했을 때입니다. 현재 일본은 지진 피해와 방사능 문제로 인해 한가롭게 맥주를 마시면서 시간을 보낼 수 없는 사회가 되었습니다. 미니멀리즘 속으로 숨어드는 것조차도 지금은 불가능하지요. 이러한 경향은 일본뿐 아니라 세계적인 흐름이 될 가능성이 큽니다. 이런 관점에서 본다면, 하루키는 그런 절박한 상황에서 한 발짝 물러나 글을 쓰고 있는 것입니다. 하루키의 라이프스타일은 1970년대부터 현재의 젊은 세대들에게까지 계속해서 이어지고 있습니다. 단카이 세대는 툭하면 젊은이들에게 외쳐댔습니다. 나는 젊었을 때 기동대를 향해 돌을 던졌는데 너희들은 무얼 하고 있느냐고. 그러나 지금은 그들조차 미니멀리즘 속에 살아가고 있습니다. 단카이 세대도 하루키를 읽고, 그 이후의 세대들도 하나의 라이프스타일로 하루키를 받아들이고 있습니다. 소설 작법과는 별개로 그의 작품에 대한 또 다른 해석으로 이해해줬으면 좋겠습니다. 내가 하고 싶은 말은, 나는 그 좌절과 상실의 시대에 일본이 아닌 인도에 있었다는 사실입니다.

김 윤 덕   1970년대 하루키가 일본에 있었던 것과 신야가 인도에 있었다는 것은 어떤 의미일까요?

후지와라   나는 1969년 일본을 떠났습니다. 인도로 가서 원숭이들이 이동하는 소리를 들었습니다. 내가 인도에서 돌아왔을 때는 모든 것이 끝나 있었죠. 덕분에 나는 단카이 세대의 미니멀리즘 속으로 들어갈 이유가 없었습니다. 운이 좋았던 거죠. 인도에 가지 않고 일본 학생운동의 패배를 경험했다면 나는 제2의 하루키라는 계보를 이었을지도 모릅니다. 다행히 그런 경험을 하지 않았기 때문에 지금까지 내 방식으로 살아올 수 있었다고 생각해요. 한 가지 재미있는 이야기를 할까요? 일본 사람들은 "인간은 반경 10미터의 공간에서 살아간다"라는 얘기를 자주합니다. 직경 20미터 밖에 있는 삶은 나와는 상관없다는 뜻이지요. 정치 문제에 귀를 막고, 이데올로기를 생각하지 않고 미니멀리즘 속에서 생활하는 데 그만큼 익숙해졌습니다. 하지만 2011년 3월 대지진 이후 방사능 오염의 문제가 우리 삶의 반경 10미터 안으로 들어오고 말았습니다. 하루키처럼 재즈의 선율 속에 맥주 한 잔 들이키며 세상을 망각하려고 했는데, 이미 맥주 안에 방사능 물질이 들어와 있는 겁니다. 따라서 어떻게 해도 그런 방식으로는 살아갈 수 없는 절박한 일본이 되어버린 것이죠. 일본 사람들은 현재 그렇게까지 막다른 골목에 놓여 있습니다. '정상성 바이어스'와 '인지성 바이어스'라는 게 있습니다. 방사능 오염도를 측정해보니 얼마가 나왔고, 이건 굉장히 위험한 상태라고 인지하는 것이 '인지성 바이어스'입니다. 그런 위험이 존재한다는 것을 알면서도 실은 별일 아니라고 자신을 속이고 위로하는 것이 '정상성 바이어스'이지요. 낙천성이라고 할까요? 현재 일본에는 이 두 가지 심리가 공존하고 있습니다. 방사능 오염의 결과는 10년이나 20년이 지난 뒤에야 알게 되는 것이니 '지금은 모른다, 괜찮다' 하는 식으로 현실에 눈을 감고 묵인하고 살아가는 겁니다. 뇌 속에 있는 엔돌핀이라는 물질과 비슷해요. 통증을 느끼지 못하게 하는, 감각을 마비시키는, 그래서 묵인하고 넘어가게 하는 물질. 나는 하루키의 마니아라는 독자들이 그런 정상성 바이어스를 갖고 있는 사람들이 아닌가 싶어요. 하루키의 삶은 실제로 70년대부터 정상성 바이어스에 의해 지속되고 있다는 게 나의 생각입니다.

김윤덕   후지와라 신야를 '히피'라고 합니다. 하루키도 '히피'라고 합니다. 기성의 사회 통념, 제도, 가치관을 부정하고 인간성의 회복, 자연으로의 귀의를 강조한다는 점에서 말이지요.

후지와라   또 강의가 필요한 시간이군요(웃음). 재미있는 얘기를 해드릴게요. 아시다시피 히피 문화와 마리화나는 뗄래야 뗄 수 없는 관계입니다. 마리화나를 사용하는 방식에 있어서도 '오리지널 히피'와 '단카이식 히피'는 굉장한 차이가 있지요. 마리화나나 하시시 같은 마약을 사용하는 방식이 전혀 다르다는 뜻입니다. 하시시는 중독성이 매우 강한 약물로 인도의 승려들이 즐겨하던 것입니다. 대마의 잎 또는 양귀비 잎에서 채취한 수액으로 하시시를 만들지요. 중독성이 마리화나보다 30배 이상 강합니다. 인도의 승려들은 기원전부터 하시시를 피워 왔습니다. 하시시를 한 모금 빨아들인 뒤 숨을 참고 가만히 20초 정도 있다가 천천히 내뱉습니다. 그러면 한방에 갑니다(웃음). 단카이 세대 히피들이 담배에 대마 잎을 넣어서 피우는 행위는 그에 비하면 패션이고 장난이지요. 인도를 여행할 때 그 나라 승려들이 하시시를 피우는 것을 본 적이 있습니다. 일종의 종교 의식으로, 빙 둘러앉아 하시시를 돌려가면서 피웁니다. 중독성이 얼마나 강한가 하면, 하시시를 처음 피우는 사람은 단박에 그 자리에서 쓰러질 정도입니다. 하시시를 피우면 현실세계에서 완벽하게 이탈하는 느낌을 얻는다고 합니다. 세상의 모든 것들, 자신을 둘러싼 수백만 가지의 의미와 생각, 개념들로부터 해방된다는 뜻이죠. 지금까지 보이지 않았던 세계가 보이고, 지금까지 알았던 의미에서 벗어나고, 현실 세계보다 더욱 리얼한 또 하나의 세계가 보인다고 합니다. 인도 승려들이 기원전부터 하시시를 피워온 이유가 바로 거기에 있습니다. 하시시를 하면서 진정한 세계를 보겠다는, 현실세계와 전혀 다른 세계를 경험하겠다는, 종교적 색채가 강한 행위입니다. 오리지널 히피들은 이런 관점에서 하시시에 접근했어요. 하지만 단카이 세대 히피들은 전혀 다른 방식으로 접근합니다. 그들은 하시시를 피우면 큰 소리로 외치거나 격렬하게 발버둥을 칩니다. 두려움 때문입니다. 마르크스와 레닌을 머리로만 공부하고, 머리로만 삶을 살아온 사람들의 특징이지요. 어느 한순간 자신의 세계가 사라진다는 것을 느끼니 엄청난 공포에 빠져드는 겁니다. 진정한 히피라면, 진짜 예술가라면 지금까지 믿고 살아온 세계와 의미가 사라진다고 해서 공포에 질리기보다는 오히려 거기에 진실이 있을 거라고 생각해야 합니다. 가짜 히피들로 인해 마리화나나 하시시가 하나의 기호품으로 여겨지는 것도 안타깝습니다. 일시적으로 자신을 망각하겠다는 목적으로 사용되고 있으니까요. 그런 사람들이 히피를 허무주의, 신비주의로 오해받게 하지요.

김윤덕 **당신은 진짜 히피였다는 뜻인가요?**

후지와라 히피의 물건인 하시시를 만들어도 보고, 티베트에서 인도로 밀반입하는 걸 도운 적도 있지요(웃음). 네팔에 갔을 때의 일입니다. 중국의 탄압을 피해 티베트에서 피난을 나온 친구가 있었지요. '소나무'라는 이름을 가진 친구였는데, 그 아이와 내가 나쁜 짓을 잔뜩 했죠. 친구는 티베트에서 도망쳐 나올 때 불상 같은 보물을 가지고 나왔어요. 그걸 인도로 가지고 가서 열 배의 이익을 남기고 팔더군요. 그 돈은 중국 정부에 대한 티베트 난민의 저항 자금으로 사용되었습니다. 티베트 사람들의 용기는 정말 대단했지요. 문제는 그들에게 아이디어가 부족했다는 것입니다. 그 보물들을 어떻게 해서 인도로 밀반입할 것인가에 대해 매번 고민을 하더군요. 그때마다 내가 아이디어를 제공했습니다.

김 윤 덕　**공범자였군요**(웃음).

후지와라　그 친구가 고안해낸 방법이라는 게 너무나 단순하고 위험했으니까요. 이를테면 인도를 여행하는 사람들은 커다란 침구를 가지고 다니는데, 진주로 된 불상을 그 안에 넣어 반입할 계획을 세우는 겁니다. 불상을 숨긴 베개를 손으로 들어보면 아주 무겁겠지요? 그러면 검문소에서 바로 걸립니다. 하나에 수십만 엔, 아니 수백만 엔짜리 물건을 빼앗기고 마는 거지요. 그래서 내가 제안했습니다. 네팔 현지에서 사용하는 오토바이를 활용하자고요. 오토바이의 연료통을 이중구조로 만들어서 위에는 가솔린, 그 밑에는 진주 불상을 넣는 겁니다. 트럭을 이용한 아이디어도 제안했지요. 인도는 자원이 부족하기 때문에 네팔에서 목재를 운반해오는 트럭들이 많습니다. 검문소에서는 트럭에 실린 목재를 하나하나 내려서 검사한 다음 통과시키죠. 그런데 트럭 바퀴는 타이어 두 개가 한 짝으로 돼 있습니다. 그 안쪽 바퀴에 물건을 넣어서 통과시키자고 했지요. 그래서 나는 아이디어맨으로 통했습니다(웃음). 뭔가 보물을 운반해야 할 때마다 어떻게 하면 되겠느냐고 물어오더군요.

김윤덕　하시시도 그런 방법으로 밀반입을 도왔다는 뜻인가요?

후지와라　당시 가격으로 하시시 1킬로그램이 10만 엔이었어요. 그 돈은 네팔에서 1년을 살 수 있는 돈입니다. 보통 하시시는 대마 잎의 수액을 손으로 문질러 만들어내는데요. 하지만 소나무라는 친구는 하시시를 손에 전혀 대지 않고 제조하더군요. 손바닥의 땀 같은 불순물이 들어가면 품질이 급격히 떨어진다고 했어요. 이건 일급비밀인데, 그 친구의 제조법을 알려드리죠. 일단 고도 4천 미터쯤 되는 히말라야에서 자라는 대마들을 가져와 지붕에다 널어놓은 뒤 자연 건조시킵니다. 2주가 지나면 완벽하게 마르지요. 건조되고 나면 지붕 밑에 인도의 전통의상 사리를 죽 깔아놓은 다음 막대기로 천장을 계속 두드립니다. 그러면 대마의 수액이 알맹이로 맺혀서 아래로 떨어지지요. 그렇게 사리에 떨어진 알맹이를 다시 흔듭니다. 사리는 옷감 틈새가 성글어서 이걸 흔들면 잎은 걸러지고 사리 밑으로 가루들만 떨어지지요. 이게 바로 최상급 하시시입니다. 문제는 유통이겠지요. 그걸 납작한 용기에 넣어서 네모난 판 모양으로 압착한 뒤 경전 같은 책에 그림을 잘라내고 하시시를 한 장 한 장 끼워 넣는 것이 내가 제안한 아이디어였어요. 하시시 판 위에다는 색칠을 합니다. 내가 그림을 잘 그리니까 거기에 불상 같은 것을 그려 넣었지요. 그걸 암스테르담 같은 곳으로 보냅니다. 책 한 권이면 10만 엔을 버는 셈이지요. 네팔이라는 곳은 이거 한 권만 만들면 1년을 그냥 살 수 있는 겁니다. 하시시에는 브랜드도 있는데, 우리가 만든 하시시의 이름은 '무스탕'이었어요. 3주만 일하면 1년을 놀고먹을 수 있으니 정말 좋은 생업을 찾았다며 기뻐했지요. 그런데 하필 그때 미국 대사관 직원이 마리화나를 대량으로 유통시킨 게 발각되는 사건이 터집니다. 그 직원은 종신형에 처해졌고, 그 후로 단속이 아주 심해졌지요. 물론 우리의 작업도 중단됐습니다. 파산난 거죠(웃음).

김윤덕　　**하시시를 직접 피워보신 적이 있나요?**

후지와라　　노코멘트입니다(웃음). 한 가지 분명하게 말씀드릴 수 있는 건, 하시시 같은 마약보다 더욱 강렬한 것이 인간을 태운 '재'라는 것입니다. 나는 인도를 여행하면서 줄곧 시신을 찍었습니다. 하루는 시신을 태우고 남은 재를 혀로 핥아봤습니다. 아무 맛도 안 나더군요. 그냥 혀에 스윽 스며드는 느낌, 무색, 무취, 무미가 인간의 맛이었습니다. 반세계反世界라고 해야 할까요. 재는 우리가 살고 있는 3차원의 물질이 아니었죠. 순간 나의 의식이 확 변해버렸습니다. 이제 시신은 그만 찍어야겠다는 생각이 들더군요. 그 후로 하시시 같은 세계에도 관심이 시들해졌어요. 자연스럽게 보통의 생활로 돌아왔습니다. 시신을 태운 재를 먹고 도로아미타불이 된 셈이지요(웃음).

겪어야 진짜

첫판 1쇄 펴낸날 2014년 5월 16일

지은이 후지와라 신야 · 김윤덕
발행인 김혜경
편집인 김수진
책임편집 윤진아 편집기획 이은정 김교석 이다희 백도라지
디자인 김은영 정은화
경영지원국 안정숙
마케팅 김용환 문창운 김혜경 조한나 노현규
회계 임옥희 양여진 신미진

펴낸곳 (주)도서출판 푸른숲
출판등록 2002년 7월 5일 제 406-2003-032호
주소 경기도 파주시 회동길 57-9번지, 우편번호 413-120
전화 031)955-1400(마케팅부), 031)955-1410(편집부)
팩스 031)955-1406(마케팅부), 031)955-1424(편집부)
www.prunsoop.co.kr

ⓒ후지와라 신야 · 김윤덕, 2014
ISBN 979-11-5675-514-2(03810)

이 도서의 국립중앙도서관 출판시도서목록(CIP)은 e-CIP 홈페이지(http://www.nl.go.kr/ecip)와
국가자료공동목록시스템(http://www.nl.go.kr/kolisnet)에서 이용하실 수 있습니다. (CIP 2014014142)